EMBARDÉES

EMMANUEL PRAG

EMBARDÉES

roman

Embardées

© Emmanuel Prag 2025

En application de l'art. L.137-2.-I. du code de la propriété intellectuelle, toute reproduction et/ou divulgation de parties de l'œuvre dépassant le volume prévu par la loi est expressément interdite

Relecture et Correction : Isabelle Ragot, Isabelle Broussouloux, Séverine Mathubert, Tina Liltorp

Édition : BoD · Books on Demand, 31 avenue Saint-Rémy, 57600 Forbach, bod@bod.fr
Impression : Libri Plureos GmbH, Friedensallee 273, 22763 Hamburg (Allemagne)

ISBN : 978-2-322-56067-7
Dépôt légal : 02/2025

*À Tina Liltorp,
dont l'amitié et la générosité ont permis
cette publication*

A TERRE

1.

Le silence digérait le fracas.

Après avoir détaché la ceinture qui m'avait sécurisé, je tirai la poignée de la portière sans ménagement. Les yeux écarquillés, ne distinguant rien à l'intérieur de l'habitacle, c'est à tâtons sur la moquette dégueulasse que je retrouvai mon chausson perdu dans le choc. Je n'osai pas regarder à gauche, vers la silhouette de Bruno dont la mort me semblait inespérable.

Sa « super caisse » venait de terminer sa carrière dans un fossé vaseux, garant du bon drainage de la chaussée, de la prolifération des insectes et, par là même, du bonheur des batraciens. Les grenouilles reprirent leur chant amoureux, sans comprendre ce qui venait de se jouer tout près. Les contes de fées commencent parfois avec des grenouilles. Pour le moment, je ne croyais pas aux contes de fées. Je ne croyais qu'aux animaux répugnants, gluants, qui sautaient sans grâce dans des flaques putrides.

Ripant sur le marchepied de porte, je m'écroulai dans le fond de soupe froide en retenant un petit cri. Je me redressai d'un coup pour balayer la nuit fraîche et acre d'une main, tout en cherchant de l'autre, dans le sol spongieux, mes chaussons décidément trop lâches. Les enfiler souillés aurait dû me révulser, mais j'avais le cœur tétanisé et la plante des pieds sensible.

Je glissai à plusieurs reprises sur les hautes herbes en essayant de rejoindre la route, redoutant de sombrer dans un monde qui voulait m'envaser. Il m'était impossible de me hisser hors de la tranchée, le souffle trop court, les muscles pas assez longs, la gorge nouée. Ce sont les premiers râles de Bruno qui m'aidèrent à bondir suffisamment loin, au-delà des herbes folles — comme un petit crapaud effrayé — et parvenir à ramper jusqu'à l'asphalte.

La route, nappée du rouge des feux arrière, s'illuminait au tempo des clignotants dont je remarquai seulement le bruit caractéristique derrière un acouphène. Tic ! Tic ! Tic ! Tic ! Coââ ! Tic ! Tic !

De l'autre côté, là où le bitume cède à nouveau à la végétation, il y avait une masse sombre, en miroir de moi. Elle aussi semblait ramper. Je ne résistais pas à son attraction, malgré l'angoisse et l'urgence de déguerpir. Les beuglements de Bruno me parvenaient maintenant en sourdine. Il insultait sa ceinture de sécurité coincée, alternant avec des râles de bovin.

— Sa mère ! ... Lâche-moi ! Fils de pute !

Quand il en aurait fini avec elle, c'est à moi qu'il s'en prendrait. Les insultes, alors, ne lui suffiraient plus. Il fallait que je me sauve mais je n'arrivais pas à lâcher du regard ce qui était étendu dans l'ombre, de l'autre côté, tout près. J'écarquillai un peu plus les yeux, avançant en zombie sensible, mon bas de pyjama trempé, les pieds nus dans mes chaussons vaseux. Le pire dans un cauchemar étant de ne pas voir le monstre, j'avançai vers l'effrayant rampant. Un corps se dessina à la place ; un corps dont les jambes tenaient une position impossible. J'admis qu'il ne rampait pas. La silhouette désarticulée était animée par l'éclairage intermittent. Tic ! Tic ! Tic ! Tic ! Tic ! Tic !

Ses lèvres remuaient presque imperceptiblement, au bas de son visage en clair-obscur. Tout près de sa pommette enfoncée, des doigts crispés cherchaient à agripper quelque chose. Il émit un son très faible, en même temps que Bruno éructa mon prénom. Cette reconnexion avec le réel me fit prendre la fuite, malgré des guiboles incertaines et une vision confuse.

Les phares d'une voiture au loin projetèrent mon ombre démesurée devant moi, jusqu'au bois vers lequel je me dirigeais. Je fis un mouvement de côté pour échapper au faisceau. Le véhicule s'arrêta. Un homme en sortit pour se précipiter vers l'adolescent à terre. Il tentait de maîtriser sa voix afin de le rassurer. La panique l'avait percuté, lui aussi. Sa silhouette tranchait dans les feux longue portée, créant ainsi un petit spectacle de lumière au milieu du drame. L'ombre chétive de Bruno entra en scène, titubante et beuglante, tel l'ivrogne pathétique qu'il était.

— Bastien ! Bastien…

Les pieds dans un sillon de terre, planqué à l'écart du faisceau lumineux qui dévoilait cent mètres de route jusqu'aux bois, je tentais de reprendre le contrôle de ma respiration et de mon corps, tout en repensant à ce qu'avait bredouillé l'ado. J'avais entendu « papa ». Ou était-ce « pars pas » ? Son regard au moment du choc se dessinait clairement quand je fermais les yeux. Dans le temps infiniment court qui s'était écoulé entre son surgissement de la nuit et l'impact, ma rétine avait réussi à imprimer son visage. Ce visage juvénile, diaphane au milieu de l'obscurité, n'avait pas fini de me hanter.

*

Quelques minutes avant l'impact, j'avais onze ans. J'étais prostré sur le siège passager d'une voiture qui sentait l'huile, l'humidité et le cannabis froid. Ma vie se partageait alors entre la crainte d'un beau-père débile et l'ennui qui précédait la bêtise d'un programme télé. Je laissais filer mes jours sans conscience de les perdre, cherchant parfois des réponses aux énigmes de la vie dans des traits de crayons difficiles à apprivoiser. Cette nuit-là, j'avais onze ans, vingt-trois kilos de trouille, un pyjama fatigué et des charentaises trop grandes.

Quelques minutes avant l'impact, Matéo Sarre-Defrais avait quinze ans. Il marchait sur une petite route tranquille, s'agitant contre la nuit, dans des vêtements plus chers que tout le contenu de mon armoire. Il trébuchait sur le chemin de l'estime de soi. Pas de chauffeur ; pas de scooter ou de trottinette ; pas de taxi, cette fois. Il était parti à pied pour prouver qu'il n'avait besoin de personne. Sa mère l'avait laissé faire. Elle avait confondu la colère légitime de son fils avec ses humeurs habituelles d'enfant gâté. Elle avait refusé de le conduire. Qu'il se débrouille avec son père ! Elle en avait assez d'arrondir les angles et pallier les manquements de chacun. Elle avait toujours eu le mauvais rôle, celui du parent responsable, inquiet et attentif ; le parent qu'on a besoin de mépriser quand on a quinze ans.

Elle avait résisté un peu, avant d'enfiler une robe, se repoudrer le nez et sortir la Mercedes SLK du garage. Pensant connaître son fils jusque dans les moindres recoins de ses humeurs, elle avait d'abord cru qu'il rentrerait après avoir marché un kilomètre ou deux et qu'elle serait encore là pour entendre ses frustrations d'ado, jusqu'à ce qu'il claque la porte de sa chambre en piaillant qu'on ne le comprenait pas. Mais ça faisait plus d'une heure et demie. Quelque chose n'allait pas. Tout son corps le lui murmurait.

Elle venait de retrouver, malgré elle, cette pesanteur qui l'obligeait au service de son rejeton. Dans l'espoir de l'évacuer, elle prit deux Martini® puis attendit encore un peu, au volant de sa voiture, face à la ruelle devant la maison. Rien ne calmait le bourdonnement de la culpabilité. Dans le confort du cuir pleine fleur, subtilement assorti au nacre de la carrosserie, elle contemplait la voie sans issue qui jouxtait la propriété, découpée par l'éclairage public au tungstène, telle une photographie trop contrastée.

Combien de temps avait-elle perdu, là, à se demander s'il ne valait pas mieux laisser Matéo aller au bout de sa colère ? À quel moment exact, lors de ses tergiversations, le destin avait-il décidé de fracasser sa vie ?

A peine trois kilomètres plus loin il y avait eu un accident. La sirène de l'ambulance se perdait tout juste dans le lointain quand Nathalie arriva à la hauteur des débris. Deux gendarmes luisaient au milieu de la chaussé. Ils sécurisaient la zone et protégeaient des hommes de la voirie, plus visibles encore, qui nettoyaient les débris autour d'une dépanneuse. Un homme dans une autre tenue fluorescente orange actionnait une manette qui redressait la carcasse froissée d'une Golf GTI de 1990 pour la hisser le plateau.

La débauche de gyrophares bleus et oranges, de bandes réfléchissantes et de lampes torches égayait la nuit. Quelque peu étourdie par les lumières trop vives, Nathalie ne demanda pas ce qu'il s'était passé à l'homme qui lui faisait signe d'avancer. Elle détournait son esprit du drame pour se forcer à l'ignorer. Ce n'est que quelques kilomètres plus loin, lorsqu'elle arrêta sa voiture devant la mairie, qu'elle se décida à entendre l'épouvantable certitude qui frappait à la porte de sa raison.

*

Tout au long de sa courte vie, de caprices en chagrins, de joies incomplètes en attentes fébriles, Matéo était resté bien au chaud d'un cocon dont les ors ne suffisaient pas à combler le vide où s'épuisait sa volonté. Nous étions semblables, chacun sur son barreau de l'échelle sociale. Nous cherchions une attention, une direction, une main, une voix, lui dans ses chemises Lacoste ^{Tm}, moi dans mes chaussures d'hypermarché, ces cathédrales païennes d'un monde maboul où j'ai déjà vu des baskets se pendre de désespoir par leurs lacets.

Matéo allait régler ses comptes « comme un homme ». Il regarderait son père en face et en terminerait une fois pour toutes avec la docilité, le mensonge et les faux-semblants. Il avait tant de choses à lui dire. Il l'obligerait à écouter, cette fois.

Il atteindrait enfin son cœur rocailleux, son cœur d'égoïste. Il l'atteindrait. Il réduisait d'ores et déjà la distance. Dans une heure maximum, il lui ferait face. Parce que Philippe Sarre ne sait pas qui est vraiment son fils. Matéo a de la valeur. Il est encore jeune, mais il a de la valeur. Il le sait au fond de lui. Parfois les choses deviennent très claires, comme maintenant, lorsqu'il marche dans la nuit, qu'il a du temps pour y réfléchir. Il est son fils. Il ne mérite pas son mépris. Un père doit élever son fils. L'élever plus haut, pas faire de l'élevage. Lui dire la vérité. Tenir ses promesses. « Un homme qui n'a pas de parole c'est qu'un tas de bidoche » lui avait-il affirmé, un jour. Matéo le lui rappellerait. Son père n'avait pas tenu parole. Son père n'était qu'un tas de bidoche ! Il lui dirait ça... oui, ses quatre vérités. Sa mère ne l'en avait pas cru capable. Elle allait voir, elle aussi...

C'est à cela que pensait Matéo en faisant du stop, par cette douce soirée d'été, sur la D22 en direction de Bayonne. Il est possible que je me trompe un peu. Il se peut que j'en rajoute. Mais ce dont je suis sûr, c'est que Matéo avançait, secoué par le chagrin et la colère, en quête d'un regard.

Rien ne nous rend plus combatif dans la vie, que la quête de ce regard. Et c'est le mien qu'il croisa. Il était vingt-trois heures quinze. Sept kilomètres le séparaient de son père. Pour l'éternité.

2.

Bruno avait séché avant de murir. Ça se voyait dans tout son être. Doué d'une aisance insouciante que je lui enviais parfois, il parvenait à distiller sans complexe sa bêtise abyssale, d'apparence inoffensive. On pouvait se rendre compte assez vite que chez lui quelque chose n'allait pas. Sa voix était mal posée, ses gestes trop brusques, ses idées bien arrêtées à la lisière de l'intelligence. Je me demande encore aujourd'hui comment ma mère a pu succomber à cet être sans charme. On ne choisit ni sa famille, ni les amours de sa famille !

Le mâle, pas nécessaire, était entré dans ma vie bien malgré moi. Cet individu rectiligne, qui paraissait petit sans l'être vraiment et qui semblait ne tenir debout que par la force des nerfs, me terrifia aux premières heures de notre rencontre. Il allait ombrer ma sixième année, ainsi que les cinq suivantes, du voile de sa brutale stupidité.

Il aurait voulu un fils à son image. J'étais content de n'être ni son fils, ni à son image. Hélas, ces qualités m'attiraient ses foudres, comme les différences attisent les haines chez les plus déshérités du bulbe. Entre deux discours moralisateurs, dignes d'un pilier de bar à l'heure de la fermeture, il m'adressait des taloches qui lui semblaient anodines, voire nécessaires à m'éduquer dans un monde si rude. Ces brimades s'ajouteraient une à une sur l'ardoise de ma vengeance. J'avais beau tenter de me convaincre qu'un jour le vent tournerait, que je grandirai plus haut et plus large que lui et qu'il me le paierait, je n'en pouvais plus de ma faiblesse.

Quelques jours avant l'accident, ma mère l'avait foutu dehors. Le soir, elle m'avait juste informé, entre deux bouchées de jambon-purée, qu'elle allait divorcer et qu'on allait certainement déménager dans un HLM. J'avais d'autant plus de mal à la croire que, quelques mois plus tôt, un soir de poulet-coquillettes, elle m'avait juré qu'il ne mettrait plus les pieds chez nous. Deux jours après, elle m'avait dit que c'était aussi chez lui et qu'il lui avait promis de faire des efforts.

Ce soir-là, une semaine après son départ « définitif », il entra grâce aux clefs qu'il avait conservées. Je reconnus immédiatement, du fond de mon lit, sa façon d'investir les lieux. J'éteignis ma petite lampe de chevet pour me réfugier dans un sommeil factice. Je l'entendis errer un peu, avant d'allumer une de ses cigarettes douteuses. Ses râles, sa toux sonore et le bruit du Zippo™ me parvenaient à travers les portes. Il manipulait son briquet à la façon d'un G.I., l'ouvrant, le refermant, sourcils perplexes et lèvres pincées ; première bouffée lentement évacuée dans une extase ostensible. Sombre crétin à la lueur d'un joint.

Je sentais sa menace s'installer peu à peu dans l'obscurité de ma chambre, comme une entité malfaisante qui propageait à distance ses troupes invisibles avant l'assaut. Ma seule défense possible — bien dérisoire, je le savais — consistait à m'endormir vraiment. Mais mon lit me renvoyait la chaleur de ma peur, et mon cœur tambourinait pour aider à l'évacuer.

J'entendais des grands bruits de casseroles dans la cuisine. Ç'aurait pu être un voleur ! Quel voleur sort les casseroles des placards pour faire à manger ? Non. J'avais reconnu son pas erratique de défoncé et le bruit que générait le moindre de ses mouvements. Il y a des gens comme ça qui heurtent tout ce qu'ils touchent, claquent les portes et raclent les chaises. Ils toussent, sifflent ou chantonnent quand le silence menace, comme s'ils craignaient que ce silence les absorbe. Bruno était de ceux-là qui ont une peur permanente que l'univers les oublie à cause de leur inconsistance.

L'univers oublie tout et tout le monde, mais ça, ça les dépasse.

Je restais en vigie auditive, scrutant le moindre de mes gargouillis, la fluidité de mon souffle et les infimes grincements de mon matelas à ressorts. Il n'y eut plus de bruit pendant quelques minutes. Je me demandai s'il s'était endormi ou s'il était parti quand ses pas s'approchèrent de ma porte. Il la poussa en même temps qu'il appuyait sur la poignée, ce qui ajouta un grand bruit métallique à la violence de l'impulsion.

— Allez ! Fais pas semblant de dormir !

Comment pouvait-il savoir ? Je ne bougeais pas d'un cil. Ma respiration était maîtrisée... Je plissais les yeux en imitant le réveil quand il alluma le plafonnier qui m'éblouit pour de vrai.

— Ta mère elle est pas là ?

« À ton avis ! » Pensais-je (pas trop fort au cas où).

Sa force sèche et son odeur âcre emplirent la pièce en même temps qu'elles déchiraient mon espace

vital. J'étais brûlant et mou, tremblant de l'intérieur. Quand il s'assit sur mon lit pour m'embrasser sur le front, comme un père aimant, ma panique se manifesta de la nuque aux orteils. Son haleine aurait pu tuer un nourrisson. Heureusement, j'étais presque un ado.
— Elle est où ?
— Je sais pas.
J'avais pris ma voix la plus fluette possible pour qu'il soit assuré de ma sincérité, mais s'il insistait je lui dirais où était ma mère, sa future ex-femme. Je ne pouvais pas la lui livrer comme ça, sans lutter. Question de dignité.
Il tripota le col de mon T-shirt avec ses ongles sales, sans que je comprenne pourquoi.
— J'm'en tape, de toute façon... Elle peut bien se faire tringler par qui elle veut... Qu'est-ce t'as, à trembler ? T'as pas peur de moi, quand même ?
Je ne pouvais pas répondre « non » et encore moins avouer que j'avais effectivement la trouille de ce mec qui puait le fait divers. Il devint étrangement pathétique. Mon angoisse augmenta un peu, si c'était possible.
— J'te ferai jamais rien, mon gamin... C'est ta mère qui me rend ouf... Les meufs, j'te jure... tu verras... T'as une meuf, toi ? À l'école, t'as une copine ?
Je ne pouvais pas répondre « oui ».
— Tu veux pas me l'dire...
— Si.
Je redoutais l'idée de lui parler d'Émilie mais je n'avais pas l'expérience suffisante pour inventer. Il eut une remontée gastrique qui libéra une bulle de soupçon.
— T'es pas pédé, toi, au moins ?

— Non.
La réponse était évidente. Si je voulais protéger mon intégrité physique, il ne fallait pas laisser de place au doute.
— Parce que franchement, t'as un peu l'air, des fois... des fois, je dis ! Je te respecte, moi... mais faudrait que tu fais du sport, un peu (il avait encore plus de problèmes que moi avec la conjugaison). Et une copine pour le sport en chambre. Non j'déconne.
Rire tuberculeux.
— Mais t'es grand maintenant... t'es en cinquième, c'est ça ?
— Sixième.
— Ouais c'est pareil, le collège, mon gars... hein ! Le collège ! Madame Talbot... les meufs... c'est ça le collège ! On va faire des trucs ensemble, tu vas voir... hein !
Je ne voulais pas savoir de quels trucs il parlait. J'acquiesçai en souriant comme un lâche. J'eus peur de la gifle en voyant sa main s'élever au-dessus de moi, mais il voulait simplement que je lui tape dedans. Il gueula comme un veau.
— Guimifaï-veuuuu !
J'extirpai ma main des draps et de sous sa cuisse pour une tape complice foirée.
— On se comprend tous les deux... hein ! On dirait pas, des fois, parce que t'es un peu chelou, quand même, mais... on s'aime bien, au final... hein !
Je détestais ses mains dégueulasses sur moi et son haleine de bar-tabac moisi un jour de pluie. Je préférais presque quand il me frappait. Je fermais les écoutilles de la terreur en soutenant son regard, comme on fixe dans les yeux un animal sauvage pour parer toute éventualité, sans savoir vraiment

comment parer quoi que ce soit, espérant un instinct de dernier recours. Il sembla s'assoupir. Il avait l'air de fonctionner sur un courant très alternatif. Abandonné de toute forme de vitalité il regardait la moquette où gisaient, parmi les poussières, quelques petites voitures, des fringues sales et un truc en LEGO™ inachevé par manque de briques. Il resta comme ça un instant, inerte à respirer par le nez. Puis, son cerveau se ralluma.

— Hé ! Viens voir !

Il avait bondi, je ne sais comment, et s'apprêtait à sortir de ma chambre. Comme je ne le suivais pas, il revint m'éjecter du lit par le bras. Je crus qu'il voulait me l'arracher.

— Viens ! J'te dis !

En sortant, il heurta le chambranle qui le dévia de sa trajectoire et le propulsa dans le placard du couloir. Sans comprendre ce qui venait de se produire, il m'attrapa par le cou et me frotta le crâne du poing en ricanant, avant de me traîner jusqu'à l'extérieur de la maison. Il voulait me montrer ce qu'il avait de plus cher au monde, le seul truc valable qui lui restait dans sa vie.

— C'est une petite bombe ! Viens voir !

La petite bombe était mal garée sur le trottoir d'en face et avait l'air d'avoir déjà un peu explosé.

— Golf GTI, 16 soupapes ! M'annonça-t-il fièrement. Une rareté des années 90, mon pote. Et ouais !

Il eut soudain, derrière sa diction alcoolisée, une attitude complice très inhabituelle. On aurait dit qu'ils étaient plusieurs à l'intérieur de son cerveau à se disputer l'épisode suivant. Il me parlait comme à un de ses potes douteux. Il me montra le moteur –

que je trouvais très impressionnant, pour lui plaire – et l'intérieur cuir qui empestait déjà le shit et le moisi. Je n'en dis rien, ni sur les nombreux points de rouille et les plastiques noirs blanchis, ni sur l'allure générale du bolide minable, ni sur le fait que je ne savais pas ce que c'était que 16 soupapes. Je n'arrêtais pas de me demander pourquoi il n'avait personne d'autre qu'un mioche comme moi avec qui passer la soirée. Je ne savais pas si ça devait m'inspirer de la pitié ou une plus grande crainte encore.

Je crus naïvement que nous allions passer un moment tranquille à regarder sa bagnole en écoutant son monologue inconsistant. J'étais presque content qu'il soit content, rassuré par ses bouffées de rires idiots qui auraient suffi à le faire interner, dans d'autres circonstances. Puis il voulut m'emmener faire un tour, moi, son « bonhomme », parce qu'on se comprenait, tous les deux. J'étais son fils, après tout, et il fallait pas que je me fasse dominer par cette pute... ma mère. Sinon, j'allais devenir pédé. C'était une obsession chez lui.

Après avoir tenté de refuser d'embarquer, essuyant ainsi une salve de postillons colériques et un tirage de tignasse pédagogique, je le suppliai de me laisser prendre mes chaussons. J'étais sorti pieds nus, et l'intérieur de sa voiture me semblait moins propre que la petite route mal entretenue devant chez nous. Je ne le lui dis pas, évidemment. Il m'encouragea d'une claque dans la nuque en hurlant pour que je me dépêche, faisant ainsi aboyer le chien du voisin, à deux maisons de là.

Je me reprochais à voix basse de ne pas avoir la force de lui résister. À chacun de mes gestes, j'entrais un peu plus dans un piège en tentant de me persuader que ce n'était qu'un mauvais moment à passer. Bruno hurla dans le couloir de l'entrée. Je saisi le haut de pyjama qui traînait sur mon lit et enfilai mes chaussons sans les mains avant de le rejoindre en trottinant, plus docile que le caniche d'à côté, afin que le drame puisse se produire.

*

Il parlait sans interruption, au pare-brise autant qu'à moi. J'étais entré dans sa « super caisse » en qualité de « bonhomme » : petite tape amicale sur l'arrière de la tête. Puis j'étais devenu son « poteau » : coup de poing amical dans l'épaule. Ensuite, certainement à cause de mes hésitations et mon manque d'enthousiasme, j'étais « un gosse bizarre » : baffe amicale et marque éphémère des doigts sur la joue. Et, finalement, je récupérais mon grade de « tafiole », tout cela en moins de cinq kilomètres.

À peine avais-je rechigné à me marrer avec lui que j'avais retrouvé mon statut ordinaire. Les coups portés au levier de vitesse ou au volant étaient plus nombreux mais moins généreux que ceux qu'il me portait en ponctuation de ses phrases insensées. Il avait rarement été à ce point déchiré par les stupéfiants et l'alcool. J'avais rarement été à ce point humilié. La trouille me mollissait. Je ne savais plus comment me réduire pour devenir une cible moins facile. Je rêvais très sérieusement de téléportation.

— Arrête ! S'te plaît, Bruno…
— Oh ! J't'emmène en virée, t'es pas content ?

— Si, mais j'voudrais rentrer, maintenant. J'ai sommeil...
— T'as des couilles ou t'as pas des couilles ?
— Mais c'est pas ça, s'te plaît Bruno...
— Gni-teuplé-buno ! Appelle-moi papa ! Putain ! Chui qui moi ? J'ai tout fait pour toi. J't'ai adopté. Tu sais ce que ça veut dire ? Appelle-moi papa maintenant !

C'était hors de question. Je ne répondis pas. J'étais prêt à prendre le risque.

— Espèce de tafiole ! T'es comme ta mère ! Elle t'a élevé comme une tafiole, et ben voilà ! Tu peux pas kiffer normal ? T'as les yeux en circonflexe. On dirait un autiste, putain ! J'fais tout, moi... tout pour toi... On s'éclate, tranquille ! Et toi... tu bousilles... Comme tes jouets... le grille-pain, là.... Tu casses tout ! T'es comme ta mère, la pute...

Son cerveau subissait les modulations capricieuses des synapses malmenées par les molécules de THC.[1] Rien n'avait de sens. Même la voiture semblait s'en rendre compte. Elle faisait des écarts brusques et inquiétants.

— Oh ! Arrête de chialer ! Kiffe la life, putain ! Regarde ! Sébastien Loeb...
— Nooooon... ! Bruno arrête !
— Oh ! Tu fermes ta gueule maintenant ! Tu comprends ça !

Une taloche moins douloureuse mais plus appuyée m'envoya la tête contre la tôle de la portière. Un virage. Ma vessie menaçait de

---

[1] *Tétrahydrocannabinol, principale molécule active du cannabis*

démissionner. Je ne voulais pas mourir comme une tafiole dans mon pipi. Il m'attrapa les cheveux pour me roter à la face avant de mettre le pied au plancher, galvanisé par sa bêtise répugnante. C'est ce qui déclencha une révolte incontrôlée en moi. Dans un soubresaut de rage ridicule, dont les trouillards ont le secret, je saisis le premier objet à portée de main (une pipe à eau en résine calée dans le rangement de portière), et le frappai à la tête de toutes mes forces, en hurlant ma rage de marcassin hystérique. Sonné mais étrangement réactif — comme s'il espérait ce combat depuis longtemps — il se tourna pour me frapper de tout son corps, oubliant la voiture qui enchaînait les embardées. Tout semblait entrer dans une logique dramatique mûrement organisée.

Quelque chose hurla dans la nuit. Je compris après coup qu'il s'agissait des pneus sur l'asphalte. J'avais d'abord cru au hurlement de l'adolescent, figé dans l'effroi, ébloui par les phares. Blam ! Bruit de tôle sinistre.

Le ciel s'abattît et le silence gagna par K.O. Il ne restait que deux souffles arythmiques qu'un métronome incongru tentait de mettre au tempo : Tic ! Tic ! Tic ! Tic ! Pas d'adolescent sur le capot. J'avais fermé les yeux pour ne pas le voir se fracturer contre le fleuron fané de l'industrie automobile allemande des années 90 et ses 16 soupapes. Dessous, dessus, plus loin ? Je ne voulais pas savoir où il se trouvait. Je renfilai mes chaussons avant de pousser la portière plaintive pour sortir le plus vite possible de la carcasse.

Longtemps j'ai pensé qu'on avait posé là, exprès, cet adolescent dégingandé au milieu de la nuit. Parce que juste avant l'impact, les coups avaient commencé à tomber sur moi, aussi forts qu'une pluie de parpaings. Bruno allait me tuer, j'en étais certain. Matéo avait donné sa vie pour que ça n'arrive pas.

3.

La frêle silhouette de Bruno Massini demeurait instable au milieu de la route.

L'homme de l'autre voiture tentait de porter secours à Matéo. D'une voix brisée, Bruno répétait que ce n'était pas lui. Il criait mon nom aussi faiblement qu'un chaton blessé, me cherchant dans les ténèbres, sans comprendre ma disparition. Il demanda confirmation à la nuit que j'étais bien avec lui dans la voiture. Il retourna y jeter un coup d'œil, ainsi que dans le fossé. J'aurais jubilé, si tout ça n'avait pas été aussi tragique. Quand sa tête de farfadet maléfique chercha dans ma direction, je me mis à courir.

Les champs et les sous-bois aux sols accidentés me tordaient les chevilles. Je tombais et me relevais à plusieurs reprises, étonné chaque fois de n'avoir rien de cassé. J'étais plus solide que je le croyais. Mes chaussons se plantaient dans la boue sans vouloir en repartir. Je les extirpais avec rage et les renfilai chaque fois, car, même trop grands, détrempés et crasseux, ils me protégeaient les plantes des pieds. « Ça te fera plus longtemps » m'avait rétorqué ma mère lorsque je lui avais dit qu'il fallait la pointure en dessous. Dans une matoiserie surprenante, les bois et les ronces m'égratignaient et allaient bientôt sonner le glas de mon pyjama bleu élimé confirmant l'absence d'empathie de la nature pour les êtres fragiles. Qu'elle ne vienne pas se plaindre après qu'on la saccage sans égare !

Je finirai en lambeau, mais chez moi. Il me suffisait d'atteindre notre maison miteuse. Ce taudis que j'avais tant de fois voulu quitter devenait soudain un refuge. Là, ma mère saurait quoi faire. Pourvu qu'elle soit rentrée. Ma fatigue bataillait avec ma peur pour la première place dans un concours absurde. La mélasse dans mes chaussons s'était réchauffée, pourtant je frissonnais entre deux suées.

Je m'arrêtais un instant afin de reprendre mon souffle, sans parvenir à me stabiliser. Mon halètement asthmatique semblait venir d'une autre dimension. La pénombre dansait. Je vomis un peu de bile. J'aurais dû geindre, mais mes égratignures, mon vertige et ma nausée me semblaient bien dérisoires.

Immobile dans le silence habité du bois sournois, espérant retrouver un peu de clarté d'esprit, je luttais contre l'asphyxie et la syncope, submergé par des images qui m'empêchaient d'accéder à toute pensée cohérente : le visage de Matéo avant l'impact et son corps déglingué clignotant dans le noir.

Quand je voulus reprendre ma course l'énergie me manqua. Je m'allongeai, envisageant de disparaître sous le tapis d'humus. Mais l'odeur de la terre, la peur du noir, le froid et les sensations d'être bientôt absorbé par la matière en décomposition sous les feuilles, m'incitèrent à me relever. De faibles lumières, très loin derrière les arbres, comme les signaux imaginaires d'un phare dans la tourmente, me tirèrent des larmes indécises, entre espoir et crainte. J'allais finir en prison. J'en étais persuadé. Devais-je m'enfuir pour de bon, comme Tom

Sawyer ? Était-ce Oliver Twist ? Comment faire pour disparaître ? J'avais déjà faim.

*

Passé le hameau sans nom, où les lumières s'était éteinte le temps que je le rejoigne, je traversais deux champs immenses, quasi à l'aveugle, conscient de m'être trompé de direction, mais trop fatigué pour y penser. Je ne courais plus. Mes pas s'alternaient sans but. Je marcherai jusqu'à mon dernier souffle, jusqu'à l'évacuation totale de mes angoisses. En relevant la tête, je remarquai une masse sombre géométrique, tout au bout d'un champ récemment labouré. Il me fallut en atteindre le seuil pour reconnaître la bicoque minuscule écroulée par un arbre qui bordait une route que je connaissais bien. Elle menait au quartier de Loste. J'avais fait une sacrée boucle. Accélérant un peu mon rythme, je longeais la petite route jusqu'à Ourouspoure, que je contournai en passant par les abords extérieurs des propriétés. Je traversai l'autoroute par le passage à faune. La fatigue m'avait anesthésié. Je ne sentais plus que mes articulations raidies et mes plantes de pieds en feu, très loin, au bas de mon corps.

Mon entrée dans Saint-Pierre d'Irube, en pyjama sale et déchiré, ajouta au sentiment irréel de la nuit. Dans les bois et les champs, j'étais un petit animal blessé. Sous les lumières de la ville, j'étais un déclassé, un clochard pitoyable, un romanichel merdeux.

Je me cachai quand une voiture passa. Mes genoux oscillaient au moindre bruit. Je longeais les murs au sens propre, jusqu'à m'érafler un peu plus. Je me sentais plus sale et gauche que jamais. C'était certain, maintenant, je resterai éternellement sur le bord de la route, tandis que les autres vivraient leur vie au chaud dans leurs foyers, dans ces lumières douces, dorées, dont les ombres caressent les pelouses tondues, les murets soignés et les massifs d'hortensias. Un monde à la quiétude inaccessible.

Au moment où je vis enfin la porte de chez moi, au bout de la rue, je me mis à penser à ce soir d'été où je revenais de colo ; un moment de solitude qui me revenait de temps en temps à l'esprit, en ondes cruelles que je refoulais comme je pouvais.

*

En descendant les grandes marches de l'autocar, je portais en moi les souvenirs encore très frais de feux de camp, de bisous clandestins, de bagarres perdues et d'allergie à l'herbe coupée. Tout un monde d'apprentissages plus ou moins heureux, dans lequel j'étais entré avec inquiétude et que je quittais maintenant avec mélancolie. L'enthousiasme à l'idée de retrouver mon foyer, fondait en un decrescendo irrémédiable à mesure que je voyais mes camarades repartir avec leurs familles, et raconter, dans une hystérie joyeuse, leur séjour « trop super ». Même Jonathan Trachin, le grand blond à tête de fouine, m'apparut docile et attendrissant, sous l'aile bienveillante de ses parents, beaux comme des présentateurs télé. Moi, toutou pouilleux, la truffe pointée vers le bout de la rue d'où personne ne venait pour moi, je ne savais si je devais retenir ma rage ou mes larmes.

Bien avant le départ de l'autocar, la place s'était dépeuplée aussi vite que de l'eau par le siphon d'une baignoire : d'abord sans qu'on le perçoive, puis dans un tourbillon irrésistible. Babette, la monitrice d'ordinaire enthousiaste, se trouva aussi empruntée que moi lorsque le gros véhicule ronflant nous laissa tous les deux, face au rond-point Maurice Ravel et sa sculpture en inox, comme deux cruches, à observer la dissipation des fumées de gasoil. Sans forfait suffisant sur son téléphone portable (début des années 2000 oblige) la monitrice appela chez moi depuis la cabine de la place de la mairie et laissa un message hésitant, d'une politesse contrainte.

La nuit avait pris une teinte blafarde qui relevait toutes les imperfections citadines, les déchets au sol, les trottoirs entaillés, les poubelles fendues, les affiches déchirées, les tags vulgaires... Même Babette avait revêtu l'aspect ennuyeux des gens ordinaires. Elle ne commandait plus. Elle n'avait plus d'idée de jeu, plus de programme de la journée, plus d'accessoires rigolos ni de badge à décerner. On n'osait plus se regarder.

Une voiture l'appela de ses phares en arrivant. Elle y rejoignit son petit ami. Ils parlèrent à couvert de l'habitacle, pleins de l'excitation des retrouvailles qu'ils célébrèrent sans attendre, à grandes lapées de bouches trop ouvertes. Je constatai mon ourlet déchiré.

J'avais épuisé toutes les formes de remerciements et les remarques superflues qui meublent le temps aussi peu efficacement qu'un tabouret rouillé meublerait la galerie des glaces. Je ne trouvais plus de mots pour excuser le retard de ma mère, car j'ignorais comment excuser un tel oubli sans avouer que je n'étais pas son principal souci. J'avais joué au gamin épanoui pendant quinze jours. En moins d'une demi-heure, tous mes efforts avaient été ruinés. Mes vêtements, ma coupe de cheveux maison, ma valise à poignée cassée et mes chaussettes trouées étaient vraiment ce dont ils avaient l'air : les attributs miteux d'un sujet pitoyable.

*

Sous l'éclairage public de ma rue, malgré le choc que je venais de vivre avec la mort de l'adolescent dont je ne connaissais pas encore le nom, je retrouvai ce sentiment trouble de n'être nulle part au bon endroit. Nulle part attendu. Encore une fois, mon état délabré n'était que le résultat d'une séquence logique dans une vie à petit prix. Ce n'était pas un rêve. J'étais bien un enfant de onze ans, négligé, dans le pyjama de mes huit ans et mes pantoufles en solde qu'on avait prises une taille au-dessus pour faire plus longtemps. Tout allait de soi.

Après avoir trottiné les derniers mètres sans parvenir à retenir de petits gémissements, j'atteignis notre vieille maison de ville, façade honteuse et poubelle assortie. Je me collai contre la porte dans l'ombre mince de l'encadrement, comme si elle pouvait me camoufler. J'enlevai ainsi un peu plus de la peinture cloquée du vieux bois, avant de me décider à sonner. Des pas sourds que je reconnaîtrais entre mille, me ramenèrent à la réalité de la situation, très loin des idées d'escapades version Dickens ou Twain. Quand la porte s'ouvrit, je me faufilai illico

jusqu'à ma chambre, sous les piaillements de ma mère.
— Bastien ! Qu'est-ce qu'il s'est passé ?
Je luttai très peu derrière la porte de ma chambre pour tenir la poignée fermée.
— Oh ! Tu ouvres, Bastien ! Tu pues à travers la porte. Qu'est-ce qu'il s'est passé ? Qu'est-ce qui s'est passé ? T'étais avec lui ? Tu l'as encore énervé ?

Je puais à travers la porte, maintenant. Cette phrase me restera en tête et contribuera plus tard à mon changement de politique sanitaire.

Je m'écartai de la poignée. Il y eut un cliquetis. Ma mère ouvrit d'un geste sec et sans violence. En me voyant, elle eut aussi un cliquetis. Sa gorge constatait mon état avant son cerveau dans un silence embarrassant.

— Je l'ai pas énervé. Il s'est énervé tout seul.

Je lui résumais notre virée avec mes mots d'alors. Ce fut assez court et chaotique, d'après mon souvenir. Je n'arrivais pas à trouver suffisamment de raisons d'avoir assommé le conducteur de la voiture dans laquelle j'étais embarqué à la place du mort, aussi bêtement que si j'avais scié la branche sur laquelle j'étais assis. Je ne voulais pas m'avouer responsable de l'accident mais l'évidence fissurait mes justifications. J'avais beau tourner tout ça dans tous les sens, j'étais à l'origine du problème. Alors je répétais. J'insistais sur l'état effrayant de Bruno et ma peur légitime. Il voulait me tuer. Je la crus émue, mais mes larmes mal retenues et ma diction hachée l'agaçaient au-delà de toute compassion.

— Et après, qu'est-ce qu'il s'est passé ?

J'avais envie de me blottir et ne rien dire de plus — Peu importe ce qui s'est passé. Je suis là — Elle aurait dû me comprendre au-delà de mes mots. Quand je crus qu'elle allait me prendre dans ses bras, elle tira sur mon pyjama comme on saisit un torchon sale. Je restai ainsi, les mains tendues, petit crapaud désabusé.

— Regarde-moi ça... Pfff !

Elle alla ouvrir les robinets de la baignoire. J'étais anéanti. Mes quelques espoirs de tendresse s'étaient échoués sur le sol du couloir entre elle et moi.

*

J'avais quand même droit à la mousse. Une belle mousse chimique immaculée. Tout semblait paisible, au cœur de la nuit, dans la demi-baignoire de la salle de bains trop petite pour accueillir une baignoire de taille standard. En m'allongeant, j'allais bientôt pouvoir toucher les deux murs, sans les mains. Je voulais grandir, vite. La peinture cloquée et les joints de carrelage irrécupérables étaient toujours au même endroit. Tout n'était donc pas bouleversé.

Sylvie Roussey était accroupie devant moi, du côté sec. Nous avions nos places distantes. Ses bras reposaient parfois sur le rebord. Je connaissais par cœur ses mains, roses à l'intérieur et couleur sable sur le dessus, les ongles courts, rongés, qu'elle dissimulait souvent sous des ongles en résine colorée. Je connaissais ses bras, plus musclés que mes jambes ; ses jambes ; ses pieds dans la bassine lors des dimanches-télé assommants ; son odeur vaguement citronnée ; ses yeux gris-bleu avec des touches de marron autour, juste avant le noir du contour de l'iris ; les détails de sa peau qu'elle-même ne voyait pas ; ce grain de beauté sur l'épaule qui m'intriguait. Elle était comme toutes les mères et en même temps unique. Oui, comme toutes les mères, donc.

Notre duo ne parvenait jamais à créer autre chose que de la prudence. Pourtant elle m'aimait. Je le sentais quand elle me tournait le dos. De face, son regard était rodé à l'affront de la vie et ne laissait personne y voir autre chose que ce qu'elle voulait. Je le sentais quand elle croyait que je ne la voyais pas m'observer dans mes jeux. Je le sentais lorsqu'elle rangeait mes affaires dans mon armoire ; quand elle versait de l'eau dans mon verre Astérix ; quand elle frottait ma joue sale de son pouce humide de salive. Et même quand elle terminait la désinfection de mon arcade sourcilière, là, dans cette nuit si étrange. Malgré son air contrarié, je le sentais. Qu'elle le veuille ou non, elle m'aimait. C'était obligé.

Elle ponctua d'un geste de peintre agacé le soin qu'elle m'avait fait sans ménagement. J'étais sa toile, et elle ne savait pas comment me finir. Elle me biffa donc en concluant, à demi menaçante, que je ne dirai rien à personne.

— T'étais là, à la maison et t'as pas bougé. C'est sa parole contre la nôtre.

— Mais il va dire que c'est à cause de moi.

— Il pourra bien dire ce qu'il veut… Il était bourré ?

— Oui.

— Il avait fumé ?

— Je crois, oui.

— Bon ! Alors... Nous, on est deux à jurer que t'étais ici. Tu dormais quand je suis rentrée et puis c'est tout.
— On va mentir ?
— Tu préfères finir à la DDASS[2] ?
Je me posais réellement la question. D'abord, c'était peut-être pas si terrible que ça, la DDASS. Mais je sentais que ça pourrait la vexer.
— Non.
— Bon ! Alors t'as pas bougé d'ici... Personne t'a vu ?
— Le garçon, il m'a vu.
— Le garçon ?
Elle ne comprit pas ma grimace qui cherchait des larmes sans plus les trouver. Elle s'agaça un peu.
— Je vois pas comment il aurait pu te voir, en pleine nuit. Sois pas idiot !
Le téléphone du salon sonna au moment où elle appuyait trop fort sur le pansement de mon arcade. Nous restâmes trois secondes comme des écureuils roublards piégés dans les phares de la vérité. Elle fit un effort pour me parler gentiment.
— Profites-en pour te laver comme il faut !
Je la trouvais très balèze.
Elle sortit répondre sans fermer la porte, prenant une voix endormie. Je ne comprenais pas tout mais je l'entendis affirmer que je dormais. Elle haussa la voix pour dire que je dormais déjà quand elle était

---

[2] *La Direction Départementale des Affaires Sanitaires et Sociale était l'administration qui s'occupait notamment des placements d'enfants dans des familles d'accueil ou en foyer. Les DDASS ont été supprimées en 2010.*

rentrée, qu'elle l'avait vérifié et qu'elle ne comptait pas me réveiller.

Rassuré par la conviction avec laquelle elle mentait, je m'extirpai de la baignoire pour fermer la porte, dérapant au passage sur le lino imitation granit. J'avais voulu fermer, car je ne pouvais réprimer la sourde inquiétude de voir Bruno débarquer. Mais aussi, j'avais besoin de réfléchir à l'abri, bien au chaud, réfléchir au séisme, dont je redoutais les répliques et qui viendraient à coup sûr.

Le tintement du téléphone raccroché ponctua une transition vers un silence dépourvu de sérénité. Je maintenais le temps suspendu comme je pouvais en continuant à barboter dans mon eau trouble. La mousse avait disparu presque totalement. Je regardai mes doigts fripés posés sur mes genoux abîmés. Le visage de Matéo dans les phares surgit dès que je fermai les yeux. Il était en train de pleurer... Obnubilé par mon sort, j'avais mis tout ce temps à comprendre qu'il pleurait. Il pleurait au bord de la route, dans la nuit. Seul, très loin des autres. Tout comme moi, là, dans ma crasse diluée. Lorsque nous l'avions percuté, Matéo pleurait, seul dans la nuit. Je perdis la tête un instant.

Tourbillon des éclats de mémoire. Kaléidoscope d'un instant tragique ; planche contact des cauchemars à venir. Son visage ; l'impact sourd ; un crissement lugubre ; mon cœur retourné ; mon corps, pantin fragile dans le siège décharné, secoué sur un manège infernal. Puis l'arrêt brutal dans le fracas d'un froissement de tôle ; la dernière percussion d'un opéra tragique. Et pas d'applaudissements. Le chuintement des objets à l'agonie, jusqu'au silence. Tic ! Tic ! Tic !

Ploc ! Ploc ! Ploc ! Contestait le robinet, tout comme pleurait Matéo. Sylvie toqua sans ouvrir et me cria gentiment de sortir et d'aller me coucher. J'obéis, grelottant au moindre déplacement d'air. Je m'enroulai dans une serviette propre, dont la rugosité des mailles décharnées et l'odeur forte de lavande de synthèse témoignaient de trop de lavages avec une lessive bon marché. J'y restai quelques instants, blotti, genoux et poings serrés, fixant du regard la baignoire à l'émail impacté, comme le pot de chambre de Madame Devigne, la mamie du 33 bis. Je regardais en grelottant, l'eau sale s'écouler dans le siphon ; le gant de toilette compressé, près du savon jaune en forme de planche de surf pour musaraigne ; plus haut, l'attache du pommeau de douche cassée, avec sa vis trop grande et rouillée ; la pierre ponce dont j'ignorais la fonction à l'autre bout de la baignoire.

Le tableau blême, mal éclairé, recelait une part de ma désespérance. Je forçais l'optimisme en imaginant le cauchemar évacué avec l'eau sale. Je refusai de voir les traces de crasse restées sur les parois blanchâtres.

À peu près sec, j'entrai dans mon pyjama rouge et blanc d'où semblait surgir un bolide type Ferrari souligné par un « Vroom ! » façon BD, comme un clin d'œil déplacé à la nuit qui s'achevait. Le pyjama avait le même aspect rêche et la même odeur aseptique que la serviette. Il était presque à ma taille. J'étais bien chez moi.

4.

Sans ma rébellion pitoyable, Matéo serait vivant.

Nous étions désormais trois à le savoir : ma mère, qui semblait l'avoir déjà occulté ; Bruno, qui l'avait hurlé pendant sa comparution sans paraître crédible, et moi, qui avais décidé d'expier mon crime.

J'étais à l'âge qui intéresse tous les fantômes et toutes les peurs. Je croyais encore un peu en ce dieu invisible qui voyait le moindre de mes gestes, mes défauts, mes fautes et mes mesquineries et qui me ferait payer tout ça à la fin. Je devais le remercier pour ce qui m'arrivait de positif et me confondre en excuses, me blâmer, lorsque j'agissais mal. J'avais toujours tort, il était la raison. C'était l'ordre des choses.

Je prononçais donc ma pénitence : j'irai sur la tombe de Matéo chaque semaine, jusqu'à la fin de mes jours. J'irais en bus. Ligne 6, changement à Echauguette-Museoak. Ligne 4 jusqu'à Hargous. Au bout de la rue, le cimetière Talouchet, deuxième allée sur la gauche, tout au bout, la tombe en marbre blanc incrustée d'une plaque de granit bleu de Madagascar dominée par la stèle gravée au nom de MATÉO SARRE-DEFRAIS et deux dates distantes de presque quinze ans. Plus tard, quand j'aurai un vélo, j'irai à vélo, et quand je serai grand, j'irai en voiture. J'en avais fait le serment, un soir, sur mon lit, dans un rituel improvisé où je priais de toute la force de mon cerveau et de mes poings serrés, car mon âme était convalescente.

Le lendemain, j'apportais au cimetière l'Opinel corrodé du tiroir de la cuisine. Mon sang devait couler pour valider le serment. J'apposais la lame piquée de rouille contre ma paume, comme je l'avais vu dans un film, lorsque l'idée du tétanos vint à ma rescousse. Je m'efforçai alors de convaincre Matéo, silencieux sous le marbre, du peu de valeur d'un geste symbolique, inutile et dangereux, comparé à mon engagement à vie. J'étais sûr qu'il était d'accord avec moi.

On distinguait à peine le granit bleu chatoyant qui habillait le centre de la tombe, tellement il y avait de couronnes, de vases, de fleurs, de plantes et de plaques, plus pathétiques les unes que les autres. C'était la plus belle tombe du cimetière, la plus belle tombe que j'ai vue de ma vie, encore aujourd'hui. Les autres avaient l'air de vieilles sépultures glauques ou prétentieuses. Celle-ci éblouissait par le blanc précieux de son marbre de Carrare et flamboyait en son centre de nuances azurées, parfois translucides ou veinées. Cette tombe, on aurait dit une scène pour un spectacle de magie.

Parmi les objets funéraires plus ou moins durables posés sur la pierre, ressortait une plaque plus grande et plus blanche que les autres. Il fallait se pencher un peu, à cause des fleurs, pour pouvoir lire entièrement ce qui y était gravé en lettres d'or : « Tu n'es plus là où tu étais, mais tu es partout où je suis ». Une colombe stylisée dans le coin gauche en haut, abritait de ses ailes la prose déchirante, une branche d'olivier dans le bec. Au royaume du pathos, les plaques tombales sont reines. Celle-ci était signée

« Maman ». Je cherchais « Papa » sur les trois autres plaques, en vain. Elles m'informèrent simplement que Matéo avait des amis dans un club d'escrime, une Tatie qui lui ordonnait gentiment de reposer en paix et quelqu'un qui l'avait assez aimé pour offrir une plaque de marbre noir moucheté en forme de cœur, avec une inscription en lettres gothiques dorées « À jamais dans mon cœur ». Ce n'était pas le genre de plaque que met un père sur la tombe de son fils. Donc, Matéo non plus n'avait pas de père. Alors pourquoi l'avait-il demandé dans ses derniers mots ? Il avait peut-être finalement bien murmuré : « Pars pas ! ». Et je m'étais enfui.

*

À mon arrivée au cimetière, ce jour-là, je trouvai un homme aux épaules basses et à la barbe négligée, qui semblait se recueillir devant la tombe recouverte des témoignages d'affection normalisés des vivants. Il portait des lunettes noires. Son allure générale hésitait entre le SDF et le randonneur. Je l'observai un moment, caché derrière les arbres du columbarium. L'homme s'agenouilla, déposa quelque chose au milieu des fleurs étrangement résistantes et murmura sans que j'entende ce qu'il disait. Puis, il se remit debout. Il avait l'air d'expliquer quelque chose aux objets immobiles. Je m'attendais à ce que les fleurs, encore pimpantes, lui répondent. Une vieille dame me fit sursauter en me demandant avec fermeté de l'aider à porter son arrosoir. Ça ressemblait plus à une injonction. J'eus très envie de dire non.

Elle avait plus de rides qu'un Shar-Peï et ses yeux, d'un bleu laiteux, coincés sous deux millions de replis de paupières, semblaient regarder au-delà de moi. Je pensai finalement qu'il serait imprudent de refuser un service à une sorcière.

Je remplis donc l'arrosoir et le portais jusqu'à l'autre bout du cimetière en me demandant comment la vieille brinquebalante aurait fait sans moi. Je pensai à ces chariots à six roues (deux fois trois) qui tournent sur elles-mêmes pour monter les escaliers, qui accompagnent généralement les personnes de cet âge. Mais ça ne devait pas être pratique à rouler dans le gravier des allées.

Les bras distordus par l'effort et le souffle plus court qu'elle, je la laissai au pied d'un bloc de marbre noir lustré avec son « merci mon petit », aussi amical qu'un crachat. Je ne me retournais que pour vérifier le regard perçant d'un moustachu en noir et blanc dans un médaillon ovale inoxydable, figé pour longtemps sur la stèle, bien plus chic que la vieille dame. Je ne m'attardais pas sur cette constatation, pourtant intéressante.

Lorsque je revins au columbarium pour poursuivre mon espionnage, l'homme mystérieux avait disparu. Je m'approchais alors prudemment de la tombe de Matéo pour découvrir ce qu'il y avait déposé. C'était une pierre blanche joliment lustrée, épaisse, de la forme et de la taille de l'aile du F14A Tomcat au 1/32e que j'avais déboîtée quelques jours plus tôt en jouant à Top Gun. Une fine rose des vents était dessinée en son centre. Je pris délicatement la pierre à deux mains. Elle était encore tiède. Elle me parut lourde comme un lingot de chagrin.

Je découvrais dessous un autre dessin maladroitement gravé, plus énigmatique encore.

Je pensais d'abord au dessin humoristique des deux mexicains sur un vélo. Mais le signe « égal » entre les deux cercles autour d'un point noir me questionna. Puis, le regard de Matéo me frappa. Je pensais soudain que l'homme était son père et qu'il savait que j'avais croisé le dernier regard de Matéo. Le dessin signifiait cela : « Je sais que tu sais ! » Mon pouls s'accéléra. Je reposai la pierre et vérifiai autour qu'on ne m'avait pas vu. Personne. Ma théorie ne tenait pas debout. Ce signe « égal » entre les yeux ne ressemblait pas à un nez. Il ne s'agissait probablement pas d'un regard. L'idée d'emporter la pierre pour mieux y réfléchir me traversa l'esprit. Mais j'étais déjà presque sorti du cimetière et je savais que quelqu'un me voyait, ici ou là-haut.

5.

Bruno n'avait pas convaincu le juge. Moi, si. Après quelques questions faciles d'un policier en civil et d'une assistante sociale, la vie m'avait à nouveau servi de l'ordinaire, comme si tout le monde trouvait son compte dans mon mensonge évident. La version officielle retenait donc que je dormais tranquillement chez moi pendant l'accident et que je m'étais ouvert l'arcade sourcilière et égratigné en tombant dans la friche la veille.

Au collège, l'accident de mon beau-père avait fait de moi l'énigme publique numéro un. Je captais du coin de l'œil les regards fixes qui se détournaient immanquablement lorsque j'essayais de les croiser. Les petits échanges ordinaires étaient devenus rares. Les stylos prêtés ne l'étaient plus. La place libre en cours était toujours celle à côté de moi. « Fils de tueur » entraînait toujours la même réponse de ma part : « C'est pas mon père ! ». Je tentais de ne pas faire cas de ces témoignages hostiles qui me dépassaient. Je n'aurais jamais cru pouvoir me retrouver plus seul qu'avant. J'essayais de me persuader que j'en étais, d'une certaine manière, soulagé.

Je passais mes jours et surtout mes nuits à tenter de dompter le brouhaha de mes pensées. En dehors de mes escapades au cimetière – que je respectais le plus discrètement possible – mon quotidien ressemblait à mon quotidien d'avant, vu de l'extérieur. Le quotidien d'un enfant effacé, premier à rire des moqueries dont il était la cible pour éviter les conflits ; un enfant médiocre qui rusait pour passer entre les mailles. J'étais incapable de résister à quelque pression que ce soit.

A l'intérieur, tout avait été bouleversé. Les images de l'accident surgissaient sans prévenir, souvent la nuit. Mon sommeil se transformait en festival de courts métrages d'épouvante. Ça ne pourrait pas durer éternellement. Le visage de Matéo terrifié finirait bien par s'effacer.

*

Sans Bruno, condamné à 5 ans de prison, dont deux de sursis, l'ambiance s'était nettement détendue à la maison. Le divorce était en cours et ma mère travaillait toujours en trois huit chez les poulets. Les poulets fermiers Savagnon. C'était une blague qu'elle aimait faire quand on lui demandait quel était son métier. Elle emballait des poulets (des dindes aussi, pour être tout à fait juste). Elle ne tuait pas les volailles. Elle tenait à ce détail. D'après ce que j'avais compris, elle attrapait les carcasses sur un tapis roulant, les découpait et les calait dans une barquette. Elle ne les voyait jamais vivantes. Elle avait refusé un poste mieux payé à la logistique parce qu'il fallait réceptionner les caquetantes avant de les dispatcher vers les lignes d'abattage.

Ce boulot, c'était pas sa tasse de thé, comme elle disait, elle qui n'en buvait jamais. Elle prétendait n'avoir trouvé que ça dans la région. Je comprendrai plus tard que ses ambitions avaient été torpillées par son débile de mari, épousé trop vite, dans le feu de paille de leur passion. Les minuscules cendres disparues, la routine avait pris le relais, tant pour l'amour que pour le travail. Les heures de nuit rendaient décent un salaire qui aurait été insuffisant sans cela et supportable une relation qui était partie très vite dans le décor en carton-pâte de l'illusion amoureuse.

Avant sa rencontre avec Bruno, nous habitions Gap. J'ai peu de souvenirs de cette période. Elle travaillait dans une librairie papeterie. Elle lisait un peu et tentait parfois d'écrire. Je l'entendis dire un jour à Corinne qu'elle aimait me raconter des histoires pour m'endormir à cette époque et qui lui arrivait même d'en inventer, alors qu'aujourd'hui elle s'en sentait incapable. Je me demande avec quel rêve elle me confondait. La mélancolie sincère avec laquelle elle mentait en disait beaucoup sur la nécessité de l'invention pour consoler certains aspects de sa vie. Mais peut-être n'ai-je simplement aucun souvenir de tout cela. Peut-être que cela m'arrange de garder le souvenir d'une mère distante. Ça évite de me questionner sur la peine immense que j'ai pu lui faire.

Ce qui lui avait plu chez Bruno ?

— Les mystères de l'amour !

— Un mystère de vingt-cinq centimètres ! lui avait répondu Corinne, du tac au tac avec un ricanement coupable.

Je quittais la pièce lorsqu'elles parlaient de sexe. Leurs allusions grivoises me mettaient mal à l'aise, même quand je ne les comprenais pas ; surtout quand je ne les comprenais pas. J'entendis plusieurs fois ma mère parler de l'erreur du mariage. Selon elle, c'était ce qui avait fait changer Bruno. Il n'avait jamais réussi à trouver sa place entre elle et moi, et ça l'avait rendu agressif. Je n'en croyais pas un mot. Il avait toujours été le même.

Peut-être aidé par les quelques photos mal définies, je me souviens assez bien du jour des noces : les guirlandes en papier crépon, le croque en bouche de traviole (qu'on appelait *pièce montée* par abus de langage), le carrelage des années cinquante de la salle des fêtes trop grande, dont on avait utilisé que la partie autour de la piste de danse.

J'avais passé du temps dans l'ombre, derrière les chaises empilées, à les regarder. Du haut de mes six ans, je sentais déjà que rien de bien ne pourrait nous arriver avec cet homme. Fallait avoir de la merde dans les yeux ! L'amour n'est pas aveugle — c'est même l'aspect physique le premier critère d'un amour — il étouffe toute objectivité sous la fièvre du désir. De là à prendre ce silence du jugement critique pour l'arrivée du bonheur, il n'y a qu'un pas que nous avons tous franchi un jour. Ma mère s'était simplement trompée. Elle avait cru à la perfection d'une relation, alors qu'elle était soumise à une réaction biologique, comme tout le monde. Le mariage avait été envisagé dans cette perspective immature, sans se préoccuper qu'il y ait ou pas une vie après l'amour.

Plutôt que d'adhérer à l'humeur festive, je restai dans mon coin, bien planqué derrière le mobilier municipal, à observer cet homme sec au regard fuyant, avec la sensation très nette d'assister à l'entrée d'un renard dans le poulailler. J'étais son poussin. Comment avait-elle pu me faire ça ?

*

Tout cela était maintenant derrière nous. Le drame m'avait apporté ce petit lot de consolation.

J'allais désormais à l'école comme j'allais au cimetière : deux rendez-vous obligatoires. Élève moins que moyen, j'avais réussi, jusque-là, à jongler avec mes lacunes. L'incarcération de mon beau-père m'avait rendu un peu plus visible pour l'éducation nationale. On me proposait l'étude du soir, or, je n'avais aucune envie, maintenant que Bruno n'était plus là, de passer du temps supplémentaire dans cet endroit hostile en préfabriqué, où la bêtise des uns prenait trop souvent l'ascendant sur l'intelligence ou la faiblesse des autres. C'était un avant-goût des interactions sociales du monde des adultes. Il aurait fallu que je m'y fasse.

Pourtant, je m'en éloignais autant que possible. Je préférais dessiner et rêvasser en bricolant mes modèles réduits. Je savais déjà ce que je voulais faire plus tard : dessiner, écrire et construire. Construire n'importe quoi, mais construire ; des ponts, des maisons, des BD, des films ; construire pour voir, pour comprendre, pour faire quelque chose de tangible, pas pour laisser une trace, non. J'avais beaucoup de faiblesses, mais pas celle de croire à la postérité, et je n'avais pas encore conscience de la force de l'héritage.

L'étude du soir n'était pas vraiment une obligation, mais plutôt un de ces conseils qu'il vaut mieux suivre pour quitter la ligne de mire des professionnels de l'enseignement et de l'assistance sociale. J'affichais donc ma bonne volonté en acceptant le marché. On m'assigna une aide scolaire

— qu'on aurait pu appeler un auxiliaire Être, je suppose — sous la forme d'un accompagnant, doté, paradoxalement, d'une parlote diarrhéique et d'une allure constipée.

Quand je découvris qu'Émilie Poirson allait aussi à l'étude, ma confiance en l'institution reprit des couleurs. Je redoublais d'intérêt et d'application pour passer le plus de temps possible près de cette poupée, si parfaite que je la croyais issue d'une autre caste. Elle me toisait de la hauteur de sa grâce, tandis que je m'abîmais l'amour-propre à sourire bêtement à ses sarcasmes. En bon gamin crédule, je gardais l'espoir d'un amour réciproque à force de servilité, bien que l'amour fût encore à ce moment un concept nébuleux.

Très vite, notre relative proximité révéla un vernis fragile chez Émilie. Je saisissais un peu de la sottise de ses regards et de l'immaturité de sa conduite policée. J'étais certain d'avoir entendu quelques petits pets venant d'elle, qu'elle tenta de dissimuler par une fausse toux et un mouvement agacé avec sa chaise, comme si le pauvre meuble académique pouvait émettre un chapelet de bruits d'une telle rondeur. Je ne me moquais pas. Je trouvais ça charmant, rassurant. J'avais envie de péter à mon tour par solidarité. Mais avec moi, ça serait passé pour quelque chose de moche.

Je voyais bien que nous étions différents ; qu'elle ne regarderait jamais qui j'étais, derrière mes jeans sans marque et ma coupe de cheveux approximative. Je me sentais orang-outan, triste et piégé, près d'elle. J'en avais vu un dans un zoo, une fois. Il m'avait regardé longuement, moi, au milieu de dizaines de gamins. C'est moi qu'il avait fixé le plus longtemps de ses yeux rapprochés, encastrés dans la chair calleuse de sa face couronnée d'un long poil roux. J'étais de sa race, avais-je pensé, frappé par une impression impossible à formuler à ce moment de ma vie et pourtant forte comme une révélation : nous étions tous deux exposés au monde qui nous considérait avec le mépris et la condescendance qu'on réserve aux espèces aimables, un peu curieuses et peu évoluées ; un monde qui piétine la fragile vérité des sentiments ; un monde qui obéit à l'esbroufe et n'accepte que les révérences soumises ou la menace supérieure ; un monde qui ne se souvient que des vainqueurs alors qu'il fabrique une majorité de perdants. Moi, je ne comprenais même pas les règles.

Pourtant, j'étais amoureux de cette gamine méchante, trop rose et trop blonde. Ça me faisait mal au ventre. Je voulais en guérir. Certain de ma souffrance à venir, je préférais arrêter de la frôler en risquant l'arrêt cardiaque, de l'observer sans espoir, dans le silence d'une classe rancie par les passages journaliers d'enfants sales. J'allais quitter l'étude, quoi qu'on m'oppose. J'étais décidé à résister à la pression de l'autorité pour conserver mon amour-propre. Je fus un peu vexé de m'apercevoir que mon absence ne déclenchait aucune réprimande et très peu de questions. Le prétexte d'avoir envie de voir ma mère le soir plus longtemps avant qu'elle parte au travail avait suffi.

Je ne sortais presque plus. Je voyais bien que ce n'était pas une solution. Malgré la quiétude que me procurait ma chambre, je commençais à avoir peur de me rétrécir. C'est Monsieur Belloux, le prof d'E.P.S. qui me l'avait dit : « Tu n'es pas obligé d'aimer le rugby ou le foot, et même le sport en général, mais à rester dans ta tanière, comme ça, à éviter sans cesse le combat, fais attention de ne pas te rétrécir ! ».

Il avait l'accent et le nez d'un talonneur de rugby. J'avais tendance à lui faire confiance. Je n'étais déjà pas bien costaud, c'eut été une mauvaise idée de me rétrécir. Ce jour-là, il m'avait pris à part, pendant que les garçons et les filles s'engueulaient pour savoir qui restait en défense, sans qu'aucun ne comprenne que la défense était une phase de jeu et pas un poste. Sa silhouette immense, aussi large que haute, m'avait fixé, sans une ombre pour voiler son regard marron foncé, légèrement convergent. Il m'avait attrapé le cou comme il devait le faire avec ses camarades de jeu le dimanche, d'une main ferme et bienveillante qui aurait pu me briser sans effort. Nos visages étaient proches. J'eus le temps de lire sur le sien toute la sincérité d'une bonne âme solide, la compassion rugueuse d'un rugbyman, sans fioriture, sans détour. Ce n'était pas de la pédagogie officielle. C'est peut-être pour ça que je crus en moi quelques secondes. Mais Monsieur Belloux était trop rare.

*

Toutes les trois semaines, lorsque ma mère travaillait de nuit, elle partait vers dix-huit heures pour diner chez Corinne. J'aimais Corinne comme un Chamallow. Cette mangeuse d'homme exubérante était sucrée et avait une peau si fine qu'on voyait toutes ses veines à travers. Elle m'enlaçait, me serrait contre sa poitrine généreuse et me complimentant pour des qualités que je n'avais pas. Ça me faisait rire. Elle avait toujours un petit truc à me donner à manger ou à boire. Mais, ce qui faisait d'elle ma déesse éternelle, c'est qu'elle avait osé tenir tête à Bruno. Elle l'avait foutu dehors un jour que nous étions avec ma mère dans sa petite maison. J'avais vu alors la peur, naître dans le regard perfide du petit coq, face à la grosse poule impériale, toutes griffes dehors. Il avait bien senti qu'il ne gagnerait rien à lui tenir tête. Avec sa carrure de lanceuse de poids, je suis sûr qu'elle lui aurait collé une trempe s'il avait bronché. Et elle l'aurait découpé en filet pour l'emballer sous cellophane dans l'usine où elle travaillait avec maman. J'aurais aimé voir ça.

*

Quand ma mère rentrait du boulot, vers cinq heures quarante-cinq, elle ne se couchait pas tout de suite. Elle attendait qu'il soit sept heures, pour s'assurer de mon réveil. Si je tardais, elle allumait la lumière de ma chambre en répétant mon prénom deux fois, puis, simplement « Ho ! » de plus en plus fort, alterné avec des petits sifflements, jusqu'à ce que je me lève. Le ton devenu agressif signifiait qu'il valait mieux que j'obtempère. En général, elle ne repartait se coucher que lorsque j'étais assis sur le bord de mon lit, les yeux totalement ouverts. Alors commençait le jeu du roi du silence : je pissais le long de la cuvette, je me lavais peu ou pas, je déjeunais sans heurter mon bol avec la cuillère, je ne mettais pas le son de la télé et je n'enfilais mes chaussures que lorsque j'étais sur le perron, même s'il faisait froid. Mon petit-déjeuner m'attendait sur la table de la cuisine. Notre rituel m'ennuyait parfois, mais je ne me plaignais pas. Nous étions tous les deux. Elle avait l'autorité et la raison. J'avais le devoir et l'obéissance. J'étais absolument certain que c'était mieux que la DDASS.

Le meilleur de ma journée c'était le chemin de l'école. Trois kilomètres de rêverie au rythme qu'il me plaisait de prendre, sauf lorsque j'avais mis trop de temps à m'asseoir sur le bord de mon lit, ou que ma mère avait arrêté de m'appeler un peu trop tôt.

J'aimais le lever du jour où tout était encore possible. J'imaginais la journée idéale : Je ne serais pas interrogé en maths ; j'en avais appris assez en français pour avoir une note raisonnable ; nous n'irions finalement pas à la piscine ; je passerais une récré tranquille ; ça serait une journée entière sans remarques vexantes. Je ne demandais rien de plus. Pas de faveurs. Juste une place discrète parmi les autres. Que d'espoirs, lorsque je traversais les rues léthargiques au petit jour et que je grimpais vers la friche pour éviter le centre-ville !

La friche était un interdit sans danger apparent. On appelait aussi cet endroit la brousse, parce que la végétation y était dense et un peu mystérieuse, mais il ne s'agissait réellement que d'une friche, un résidu de terrain vague, boisé en son extrémité, qui devait sa survie à un marché de l'immobilier local morose. Moi, il m'allait bien, ce lieu un peu pourri, à l'écart du monde.

Le matin, la rosée trempait le bout de mes chaussures. Parfois, j'entendais un petit animal invisible détaler vers le bois. Chat ? Écureuil ? Lièvre ? Je n'avais même pas peur. On croisait de tout dans cet îlot misérable. Des vestiges d'un confort passé côtoyaient certains désirs abandonnés pour d'autres plus récents : fauteuils éventrés et fracturés, tuiles, seaux de plâtre, frigo rouillé, matelas souillés jusqu'au cœur, jantes plastique, radiateur, grillage, rouleaux de moquette... et la nature. Des insectes, des chats errants, des plantes et des arbres, un champignon, un papillon, un scarabée, des colonies de fourmis, des aigrettes de pissenlits qui s'envolent sous le vent de ma main. Une autre fleur étrange que j'imagine toxique. Des sauterelles l'été et du givre l'hiver qui sublime les herbes, les rendant moins mauvaises d'apparence. Toutes ces distractions me piégeaient dans leur temps qui se déroulait bien plus lentement que celui des hommes et me faisaient parfois arriver en retard à l'école, même quand j'étais parti en avance.

L'observation de la brousse demeurait, avec le dessin, la plus fascinante de mes activités. J'aurais voulu rester là toute la journée, toute la vie, construire une cabane et manger des Bounty, dormir à la belle étoile et...

Et puis quoi ? Rêver une fois de plus de Matéo ? Entendre à nouveau ce crissement et ce choc... ce bruit de tôle sordide, le capot, le pare-brise. Me relever, toujours. Courir. La peur, le bain sale, ma mère, les frissons d'une serviette en coton rêche et mes larmes interminables dans mon petit lit dont les lattes se cassent sous le poids de mon chagrin et qui finira lui aussi dans une décharge, où d'autres enfants en peine lui imagineront une vie meilleure, afin de ne pas croire que tout est foutu. J'irai à l'école. Je ne sais pas pourquoi, mais j'irai. Peu importe le trajet. Je veux grandir tout de suite.

Pourrai-je oublier un jour la grande injustice du monde ? Pourquoi avoir mis cela sur mon chemin ? Je ne suis qu'un enfant. Moi, Bastien Roussey, onze ans, je me déclare innocent des charges que je faisais peser sur moi. C'était un accident.

Je relève la tête devant mon écran, submergé par le réalisme de ces mots en désordre, que je ne rangerai pas. Mais non, je ne croyais pas vraiment à ce que je m'ordonnais de croire en quittant la brousse : mon innocence d'enfant. Ça m'aurait soulagé, mais je n'y croyais pas. Il y avait une raison à mon tourment : J'étais coupable. Je le savais. Et je sentais déjà que je n'y pourrai plus jamais rien.

6.

Le temps s'écoulait aussi lentement que possible. La respiration de la salle de classe était faite de bruissements légers, de raclements de gorge discrets, d'un crayon tourné entre le pouce et l'index frottant sur une table et des pas tranquilles de notre professeur en semelles de crêpe qui couinaient quand il pivotait. Dans cette arythmie douce, nous lisions, honteux parfois, confus souvent. Les plus hardis se hasardaient à des intonations pour atténuer leurs difficultés face à la prose d'Homère. Ça partait bien. On y croyait, et pof ! Savonnage, bégaiement, erreur de ligne… tout ce que je redoutais. Ils étaient rares, ceux qui s'en sortaient honorablement. Quand ça arrivait, nous étions tous embarqués près des rives d'Ithaque, camouflés sous les traits d'un vieil homme pour retrouver notre royaume, après une odyssée incroyable. L'interruption brutale du prof me ramenait à la réalité de ma gorge nouée.

La pendule au-dessus du tableau me narguait encore. Je calculai la probabilité que mon tour arrive avant que la cloche retentisse. Cinq minutes, Alban, Nahima et Marie avant moi… je vais pouvoir échapper au calvaire.

— Alban et Nahima, vous êtes passés la semaine dernière. Marie, tu lis la suite !

Quoi ? Mon cœur accélère. Ma tête tremble. Je n'arrive plus à suivre sur mon livre de poche

d'occasion qui sent le moisi. Quand mon prénom tombe, comme la porte d'une cage rouillée sur ma tête de piaf, les mots dansent sans rythme, juste pour échapper à mon discernement.
— Très bien ! Bastien. Tu continues...
Silence.
— Bastien ! *Le prince crut d'abord...* Allez ! Dépêche-toi !
J'inspire en silence, le regard fixant chacun des groupes de mots de la phrase que j'ai enfin retrouvée. Et je me lance, en quasi-apnée.
— Le prince crut d'abord à un Dieu mais son père le trompa...
— Le <u>dé</u>trompa !
Merde ! J'y croyais. Je me ressaisis.
— Le détrompa, se... nomma et se fit...
— Non. Reprends ! Doucement. Prends ton temps. On ne fait pas un concours de vitesse, je vous l'ai déjà dit. Allez ! *Le prince crut d'abord...*
— Le prince crut d'abord à un Dieu, mais son père...
Impossible de franchir l'obstacle. Son père... Je reste en suspens au-dessus de mon livre corné. Matéo appelait son père au moment de mourir. Papa... pars pas... J'ai si souvent appelé le mien, face au néant de mes crépuscules oppressés de solitude. Quelle belle phrase pour parler du manque originel ! Le soir, quand tout s'est apaisé et qu'il reste du temps avant le sommeil pour scruter les petits et grands maux de la vie. S'envelopper le plus possible au chaud. Faire le vide en espérant que la nuit n'ajoute pas la terreur à ce sentiment de vulnérabilité.

— Bastien ! On n'a pas toute la journée, non plus. Fais un effort s'il te plaît ! *Son père...*
— Il est en tôle son père, Monsieur !
Jérôme a tranché. La honte m'emporte dans un tourbillon de rires cinglants.
— Jérôme tu me sors ton carnet, et les autres : silence !
Le prof a crié si fort qu'au lieu de couper court au sarcasme de Jérôme, il donne de l'intérêt à ce qu'il a révélé.
— Allez ! Bastien... continue ! *son père...*
Il insiste trop gentiment. Lui aussi commence à être dépassé. Plus un son dans la classe. Juste le faible bruit du blouson en sky sur la chaise devant, quand Marie se tourne de gêne. Quelqu'un renifle. On est en octobre mais je me persuade qu'il pleure. Je veux disparaître. C'est la rage qui me fait continuer.
— Son père le détrompa, se nomma, se fit... reconnaître. Télémaque l'embrassa, pleura... Le désir des larmes... montait en eux...
Et en moi... Mais la sonnerie de 16 h 55 m'en sauve.

*

En courant un peu, me faufilant sous les épaules des troisièmes, évitant leurs sacs à dos tendance, mais pas l'odeur âcre douce de la fragrance sueur-vanille, esquivant d'un pas alerte les valises des cinquièmes, dévalant les escaliers avec une témérité de fugitif, je parviens à la sortie du bâtiment bien avant mes camarades de classe. J'évitai ainsi la cohue et les ennuis, mais pas l'entonnoir à adolescent derrière les grilles du collège, dont le débit était régulé par un ou deux pions, aléatoirement attentifs aux carnets qu'on leur présentait.

À peine sorti, je fonçai vers la brousse. Ce trajet avait l'avantage de diminuer nettement mon temps de marche jusque chez moi, mais ma crainte, particulièrement après l'épisode de la lecture et la punition de Jérôme, c'était que lui et ses sbires viennent me rattraper à l'abri de la civilisation pour tester ma résistance à la brûlure indienne ou pire.

Je n'avais pas réussi à retenir mes larmes la fois où ils avaient simplement jeté ma chaussure dans un buisson de piquants et uriné dessus à tour de rôle. C'était la semaine après la rentrée. Quand j'étais revenu le lendemain avec les mêmes chaussures, ils m'avaient traité de cancrelat. Je ne savais pas ce que c'était (la plupart d'entre eux non plus) mais je savais que ce n'était pas un compliment. J'avais eu beau leur répéter que j'avais nettoyé la chaussure et qu'elle avait séché sur mon radiateur, ils avaient mimé des vomissements, tout en me chassant avec des coups qu'heureusement j'évitais, comme un cabot craintif, habitué à l'exercice.

Bien que ce raccourci à travers la végétation folle et les carcasses d'électroménagers rouillées fusse à l'opposé de leur trajet, je supposai qu'ils pourraient avoir envie de faire le détour, motivés par la promesse d'une vengeance immédiate sur une proie facile. Je pressai donc le pas, bretelles de cartable en position footing, les pouces en dessous.

La friche déserte me rassurait un peu. Je ne flânai pas pour autant. Je remarquai le silence excessif qui y régnait, au moment où un chuintement, trop vif pour être un animal, termina sa course dans un buisson derrière moi. Je tentai de me convaincre qu'un mammifère particulièrement rapide et petit avait foncé dans la végétation ; un lièvre peut-être. Quoi que ce fut, ça s'était immobilisé, à l'image de toute la brousse. L'envole d'une corneille à la cime des arbres, accompagné d'un coassement très sonore, me fit sursauter.

Après un arrêt digne d'un Braque allemand affuté, je repris ma marche, le cœur battant, préparant ma fuite sans trahir mon intention. Au moment où je m'apprêtais à accélérer, un petit claquement sec émergea du bois, suivi d'un chuintement qui termina cette fois sa trajectoire dans ma cuisse. Un cri suraigu m'échappa, moins fort que celui de la corneille. Ma jambe céda sous mon poids quand je voulu déguerpir et je m'assommai à moitié avec mon sac d'école en tombant. Passant une main prudente et fébrile sur le haut de ma cuisse engourdie, j'y trouvai une fléchette plantée profondément. Je me souviens des ailettes jaunes fluorescentes et du réservoir translucide dans lequel il restait un peu de liquide. Je la retirai avec difficulté car sa pointe avait une forme de harpon. J'eus le temps de lire sur le réservoir : *ZOOTOOL® 13 ml* et une référence de quelques chiffres. Une fléchette de zoo ! Ça me paraissait une vengeance extrême, trop grave, cette fois. J'irai chez le directeur et je les dénoncerai.

— Mais ça va pas ? Arrêtez ! Je vous préviens…

Je retenais difficilement mes larmes en rampant derrière des buissons, la jambe ensanglantée en berne, la fléchette toujours dans la main. Qu'allaient-ils me faire, cette fois ? Comment étaient-ils arrivés avant moi ?

Il ne pouvait pas s'agir de mes « camarades » de classe. Je les avais largement devancés en sortant si vite. Comment auraient-ils pu ? Qui ça, alors ? Des étoiles sombres scintillèrent sur tout mon champ de vision qui s'amenuisait. J'eus tout juste le temps de comprendre que j'étais en train de perdre connaissance.

7.

Des bribes de réveils cédaient chaque fois la place aux limbes angoissants.

Lorsque je parvenais à y résister, je percevais l'ambiance sourde et familière d'une voiture en train de rouler. Je sentais la moquette rase sur laquelle j'étais allongé. Seule une lumière rouge très faible dessinait des formes au-dessus de moi, juste au-dessus. J'aurais pu les toucher si mes mains n'avaient pas été coincées, attachées... ligotées ! J'étais ligoté et bâillonné... dans un coffre de voiture ! La peur me chavira la tête. Mon corps vibra, hors de contrôle. Mon cœur chercha une issue pour quitter cet endroit épouvantable où la claustrophobie me poussait à la démence.

Je parvins à me calmer, parce que je n'avais pas le choix. Dès la panique éloignée, je commençai réfléchir à une manière de sortir de là. Comment on ouvre un coffre de l'intérieur ? Comment on dénoue ses liens dans un coffre ? Je gesticulais pour placer mes mains contre le centre du coffre, vers la serrure. J'essayais d'en comprendre le mécanisme en me tortillant pour l'atteindre.

Assommé de fatigue, essoufflé par l'effort, j'abandonnais pour le moment tout espoir de m'échapper. J'agonisais, piégé dans un cercueil bruyant. On m'avait attrapé avec une fléchette pour les animaux. C'était peut-être pour me vendre à un zoo, comme dans « La Planète Des Singes ». Zootool, c'était marqué sur la fléchette. Un zoo d'humains ? Je ne parvenais pas à me concentrer. Mon cerveau passait d'une idée à une autre, s'arrêtant parfois au milieu d'une brume de pensées. Comment pouvait-on faire ça à un enfant ? Je voulus supplier quelqu'un, mais il n'y avait que la nuit et le grondement autour de moi. Ma gorge se nouait derrière un bâillon serré trop fort. Impossible de me redresser. Les larmes ne servaient à rien. « Tu pisseras moins ! » C'est tout ce qui me vint à l'esprit. L'envie me prit quand même. Mes cris me restaient dans la bouche. Ne plus penser. Respirer... paisible. Chercher la force. Des larmes silencieuses. Pardon... pardon... je vais mourir... je ne veux pas mourir.

*

Mon seul refuge possible était encore une fois le sommeil. J'avais déjà beaucoup dormi, mais que faire d'autre ? Dans un coffre fermé, c'est toujours la nuit. Je m'éveillais donc, de nuit en nuit, de songes décousus en pensées morbides, traînant sur la frontière de plus en plus imperceptible qui sépare le rêve de la réalité. Le temps n'était pas mesurable.

Je trouvais enfin des toilettes dans un grand bâtiment inquiétant, une sorte de vieux pensionnat où j'errais en quête d'un endroit décent pour me soulager la vessie. À peine installé sur le trône dégueulasse, je me laissai aller à l'extase, comprenant trop tard ce qui se produisait. Je me réveillai alors pour constater le drame humiliant qui se jouait dans mon slip. Les élastiques usés n'avaient rien retenu des déjections chaudes, tant liquides que molles. Le bruyant coffre inconfortable devint alors un bruyant coffre inconfortable insalubre.

J'ignore si l'odeur s'était frayé un chemin jusqu'au bulbe olfactif du conducteur, mais peu de temps après la voiture s'arrêta. Il y eu quelques pas à l'extérieur avant que le coffre s'ouvre. Je demandai pardon en criant comme je pouvais dans le bâillon. Sous la lune, se détachait la silhouette d'un homme, le visage caché derrière un sac en papier kraft, deux trous pour les yeux, effrayant comme un personnage de film d'horreur. Il se pencha et se redressa aussitôt en se masquant le nez à travers le kraft, râlant et trépignant. J'envisageai de lui fausser compagnie quand il revint me fermer le coffre sur le crâne dans un bruit de tôle comique.

Après le flash du choc, je tentai d'articuler, malgré le bâillon, une supplique émouvante, afin d'inspirer la pitié. Le plaidoyer pathétique fut interrompu par le démarrage nerveux de la voiture qui me fit basculer vers l'arrière, répartissant un peu plus de matière limoneuse et odorante dans mon pantalon.

Bien plus tard, la voiture s'arrêta à nouveau, le coffre s'ouvrit de la même façon et l'homme refit mon bâillon. Il me ligota un peu plus fermement et la voiture repartit pour s'arrêter peu de temps après. Je devinais, d'après les vibrations de la carrosserie et les effluves caractéristiques, qu'on faisait le plein d'essence. Je voulus faire du bruit pour attirer l'attention, mais je n'avais plus de marge pour bouger. C'est pour ça qu'il m'avait rattaché. Je gesticulais à la manière d'un ver de terre paralytique et manquais de m'étouffer plusieurs fois en hurlant dans mon bâillon.

*

À l'arrêt suivant, lorsqu'il ouvrit le coffre, je le découvris dans la clarté du petit jour, sans sac sur la tête. Il s'était affublé de lunettes noires, d'un bonnet hors saison et d'une espèce de torchon sur le bas du visage, façon cow-boy. On ne pouvait pas l'identifier, pourtant je refusais de le regarder trop longtemps. Il retira mon bâillon en me mimant le silence d'un index sur la bouche, puis me détacha. Ça faisait du bien de respirer normalement. L'air était juste un peu trop frais. Il m'aida à sortir du coffre et m'accompagna de quelques pas dans la végétation avant de revenir à la voiture. L'engourdissement rendait mes pas douloureux. Je passais mon poids léger d'un pied sur l'autre, espérant que la voiture redémarre et disparaisse pour me rendre ma liberté. L'air était frais, la rosée palpable dans l'aurore douce et claire. Le soleil brille aussi sur les grands drames. Mes genoux claquaient l'un contre l'autre, près d'un joli cours d'eau bordé d'arbres. Le silence bourdonnant de la nature me confirmait que nous étions loin de tout. L'homme me donna un pain de savon tout neuf, désigna mon pantalon souillé et m'indiqua le ruisseau.

— Tou laves…

Je voulus croire à son accent.

— Non, merci.

L'idée de me laver ici était pire que celle de rester dans ma merde. L'air trop frais, la fatigue et la faim agitaient mon corps tout entier de petites vibrations. Mon odeur ne me gênait plus. J'aurais voulu le lui expliquer, mais ce n'était certainement pas pour mon bien-être qu'il voulait que je me lave. Je restai figé, le savon à la main.

— Bon ! Tou donnes vêtement et tou vas !

Il me poussa fermement, mais sans agressivité, vers le ruisseau. L'accent était ridicule et le geste sans ambiguïté. Un refus de plus aurait été risqué.

— D'accord ! D'accord !

Je me tournai pour me déshabiller. La honte m'attrapa à la gorge lorsque je vis l'état de mon pantalon et de mon slip, saccagés de pisse et de matière fécale presque entièrement séchée. C'était remonté jusqu'à mon T-shirt. Je cherchai ma respiration pour éviter les larmes. Bruno avait raison : j'étais un chieur.

Du coin de l'œil, je vis que l'homme était occupé à nettoyer le tapis de coffre qu'il avait disposé dans l'herbe. J'avançais prudemment dans l'eau glacée, glissant un peu sur les gros cailloux polis. Je m'accroupis et restais ainsi, le savon à la main, le cul anesthésié par le froid. Il vint prendre mes affaires et les trempa généreusement dans l'eau avant de les emmener à la voiture pour les savonner. Il me fit signe de me frotter.

— Lave ! Et après… touleste là

Il désigna une couverture qu'il avait placée dans les hautes herbes. Son accent était décidément ridicule. Je me savonnai le plus vite possible en tremblant comme une feuille, trop perturbé pour pleurer encore. Je me rinçai en m'immergeant d'un coup sec dans l'eau étrangement épaisse et mille fois plus froide que l'océan en hiver ; si froide que je me demandai comment ça pouvait encore être de l'eau. Je grimpai sur la rive pour aller me mettre dans la couverture, comme il l'avait demandé, au milieu des hautes herbes. La fraîcheur matinale me parut soudain très douce, comparée au ruisseau.

Grâce au bien-être relatif que m'avait procuré mon décrassage, mon cerveau se remit en route. La situation me parut encore un peu plus incongrue. On était à mi-chemin entre le kidnapping et le week-end à la campagne... plus proche du kidnapping, quand même.

— Qu'est-ce que vous allez me Faiiiire ?

Ma voix chevrota tellement qu'elle me surprit. Il aurait pu planter un piquet dans l'herbe et m'y attacher. J'aurais passé le reste de mes jours à brouter autour et à bêler contre mon sort de biquette vulnérable.

— Tais-toi ! ... ou yé té tou.
— Mêêh !
— Tais-toi !

Son accent avait encore changé. Était-ce une blague ? Je commençai à chercher ce qu'il pourrait y avoir de drôle dans le « kidnapping pour de rire ».

Non. C'était allé trop loin pour être une blague.

L'homme frotta plus fort mon jean. C'était sympa de sa part. Peut-être que j'allais être une monnaie d'échange pour quelque chose et qu'il n'était qu'un intermédiaire ? Il devait me présenter sous une allure convenable. Ou alors c'était pour l'odeur qu'il nettoyait. Ou les deux ?

— Si vous me laissez partir, je dirai rien, je jure.

Dans les films, c'est ceux qui parlent comme ça qui meurent en premier, pensai-je, stimulant ainsi à nouveau mon angoisse. Il s'approcha, une bouteille d'eau à la main.

— Pardon ! Non ! S'il vous plaît !
— Chut ! Tais-toi !

— Oui. Pardon...

J'avais redouté qu'il me tue à coups de bouteille en plastique. Il sembla hésiter et regarda autour, comme s'il avait entendu quelque chose. Je regardai comme lui, sans comprendre, enveloppé dans la couverture rêche. Il me tendit la bouteille et retourna terminer la lessive. Je bus goulûment, à m'en faire mal à la gorge.

Lorsqu'il revint, j'étais recroquevillé depuis un moment à regarder l'ondulation des reflets du soleil dans l'eau de la bouteille entre mes pieds froids. Il me tendit un sac-poubelle qu'il avait découpé en forme de short. Je mis un instant à comprendre qu'il voulait que je l'enfile. Les mains protégeant toujours une pudeur qui me semblait être le dernier rempart de ma dignité, j'obéis. Il fixa le plastique souple noir avec du gros ruban adhésif autour de ma taille. Il répéta l'opération à chacune de mes jambes. L'application dont il faisait preuve me rassurait un peu. Chacun de ses gestes semblait contrôlé.

Je remarquai alors son allure générale pour la première fois. Il était loin du criminel bourrin et agressif qu'on voit dans les films. Sans être calme, il ne me brusquait pas, tant que je faisais ce qu'il disait. Il avait parfois l'air aussi gêné que moi. C'était tout l'opposé de Bruno. S'il s'agissait d'un de ses copains qui voulait le venger, c'était certainement le meilleur sur lequel je pouvais tomber. Cette idée s'imposa comme la piste la plus probable, et, plus je le regardais, plus je parvenais à me convaincre qu'il ne me ferait pas de mal. Mais quand il termina d'étancher le short plastique, je compris pourquoi il avait tout nettoyé avec autant d'acharnement : il ne voulait pas que je laisse de traces.

Ce short en polyéthylène n'était pas fait pour m'habiller. Il était là pour éviter les fuites en cas de nouveau « petit accident ». Une couche, en somme. Comme pour confirmer ma crainte, il me bâillonna avec trois tours de ruban adhésif et m'attacha les pieds et les mains, avant de me mettre dans un grand sac de toile qui sentait encore la pomme de terre. Je retrouvais ensuite ma place dans le coffre. J'eus alors la certitude que ça finirait mal pour moi. Je n'avais plus la force de protester, même intérieurement. Je restais dans le noir avec une seule question : pourquoi ?

Brinquebalé dans une nuit absolue, malgré le jour dont je sentais la chaleur croissante, je me heurtais à nouveau aux parois intérieures du coffre. La route, tantôt cabossée tantôt entretenue, semblait interminable. Pourquoi tout ce chemin ? Pourquoi moi ? Les pensées morbides étaient revenues, aidées par la faim et la peur. À qui serai-je livré ? Car je serai livré, c'était certain. Il m'avait nettoyé et empaqueté.

Le temps n'existait plus. Je m'étais laissé hypnotiser par l'inconfort et le bruit, opérant à nouveau d'incessants allers-retours entre le sommeil et l'éveil, quand la voiture s'arrêta enfin.

J'entendis les sons lointains d'une petite ville animée. Le coffre s'ouvrit. À travers les mailles du sac où régnait une chaleur étouffante je devinais le ciel bleu vif. Mon cœur battait trop fort près de mon estomac vide. La silhouette imprécise de l'homme se détachait dans la lumière filtrée. Sans prévenir, il me plaqua d'une main dans le fond du coffre pour me piquer à la cuisse. Je hurlai sans force dans le bâillon et ne tardai pas à perdre connaissance.

*

Lorsque je me réveillais, à nouveau en plusieurs fois, totalement déboussolé, le sol tanguait trop fort pour que ça ne soit que l'effet du vertige. De faibles lueurs passaient par les interstices de la toile. Il faisait nuit. Un clapot régulier confirmait mon impression d'être sur l'eau. Pourquoi avoir roulé si longtemps pour aller sur l'océan qui n'était qu'à une heure de Saint-Pierre d'Irube ?

Nous étions à quelques milles au large d'Alvor, au sud du Portugal, d'où nous avions appareillé le matin. Ce petit port de pêche discret et animé avait servi à mon ravisseur à passer inaperçu parmi les touristes. C'est de cet endroit qu'il avait loué une voiture pour traverser une partie du Portugal, puis l'Espagne, afin de se rendre à Saint Pierre d'Irube et me piéger dans la brousse. Il avait dû nettoyer mes dégâts dans la voiture de location avant de la rendre. C'est pour cela que nous nous étions arrêtés et qu'il m'avait empaqueté dans un sac-poubelle, pour ne pas laisser de traces. De retour à Alvor, il m'avait roulé dans une voile et chargé dans le voilier loué à Madère. Il avait ensuite pris le large pour achever la réalisation de sa mission morbide.

Quelques reprises de conscience dans une cabine humide ne changèrent rien à la désespérance qui plombait désormais tout ce qu'il me restait de pensées. L'air frais, lorsqu'on me porta à l'extérieur, n'y changea rien non plus. La nuit, l'océan, le silence. Une lourde charge me pesait sur le ventre ; j'imaginais une grosse pierre ou un poids de barre d'haltérophilie. C'était un pied de parasol en béton.

J'entendais le souffle de mon ravisseur qui se mêlait au bruit du vent du large. Ravisseur : quel drôle de mot pour un criminel.

La bise marine passait à travers les mailles. Je savais maintenant où j'allais finir. Je n'osais pas me dire le mot. Tant que je ne le formulais pas ça restait abstrait, hypothétique.

On me posa. J'hurlai faiblement dans mon bâillon et me débattis sans énergie, d'autant plus inutilement que j'étais trop sonné pour envisager une défense quelconque. J'avais soudain envie de supplier Bruno, ramper à ses pieds, où qu'il soit. M'excuser. Lui jurer ma soumission pour ne pas mourir. L'appeler « papa ». Aux chiottes tous mes principes !

Il y eut un silence tendu, puis quelques pas. Une main chercha mon visage à travers le sac. Une autre y appliqua un chiffon humide. Une forte odeur de produit pharmaceutique que je ne connaissais pas, mais dont je comprenais l'utilité, me pénétra les narines et la bouche. Tant mieux. Je ne voulais pas souffrir. J'allais mourir, là, maintenant. Noyé.

Voilà, c'est dit.

Je me résignais avec un calme surprenant. Était-ce l'effet de l'éther ? La volonté et la peur m'avaient quitté. Elles me laissaient soudain tranquille.

J'avais beau chercher, il ne restait en moi qu'une paix que je n'avais jamais connue. Je me trouvais étrangement courageux. J'allais mourir, O.K. Une chose me contrariait encore un peu : j'aurais aimé savoir pourquoi.

DANS LE MEME BATEAU

8.

Je n'étais toujours pas mort à mon réveil.

Mon corps, à bout de ressources, semblait vouloir se défausser de la vie, mais je n'étais pas mort.

Le vent léger se tamisait entre les mailles du sac, à travers lesquelles je devinais le pont d'un voilier. Il faisait jour. Que s'était-il passé ?

En bougeant pour chasser ma léthargie, je fis tomber le pied de parasol, toujours en équilibre sur moi, qui bascula ainsi et claqua sur le pont en plastique composite, brisant la quiétude du petit matin. La peur prenait son relais sur la faim, tandis que j'attendais une conséquence à ce vacarme. Je n'avais même plus la force d'en trembler. Seuls les clapotis et quelques tintements typiques d'un voilier filtraient au son du battement de mes tempes. Il me fallut plusieurs tentatives pour me mettre debout. Quand j'y parvins, mes repères vacillèrent. Ma cuisse meurtrie par la fléchette heurta le haut de la filière. Le déséquilibre me fit basculer par-dessus bord dans un vertige d'adrénaline, immédiatement éteint par l'impact avec la surface glacée de l'océan. Un million d'aiguilles me traversèrent des pieds à la tête. J'allais être digéré en quelques secondes, le temps de constater la grande salinité du liquide et l'engourdissement rapide de mes membres. Une masse dans le sac me tirait vers les profondeurs. Mon cartable et mes vêtements avaient été lestés. A bout de souffle, je tentai un mouvement de jambes désespéré qui me fit avaler un peu d'eau de mer. C'est alors qu'une force me propulsa vers le haut. Je crus que mes gesticulations avaient eu un résultat incroyable. Sorti de l'eau, je suffoquai, régurgitant le peu de liquide qui avait commencé à s'engouffrer dans mon œsophage. Je continuai à remonter sans faire aucun mouvement. Était-ce mon âme qui s'élevait déjà ? Non. Le sac était noué et lié au pied de parasol. C'est grâce à ce dernier, resté bloqué sur le pont qu'on avait pu me rattraper. Je heurtai la coque avec l'arrière du crâne, surpris de n'avoir pas plus mal. Sentant l'ourlet du pont dans mon dos avant les filières par-dessus lesquelles on me bascula, je compris que j'étais sauvé, les sinus en feu, l'estomac au bord des lèvres, crachant, grelottant de tout mon être, mais sauvé.

Le visage de l'homme qui ouvrit le sac m'apparut démesuré. Il avait l'air d'un Raspoutine aux abois, les cheveux hirsutes, la barbe désorientée, les yeux boursouflés par le manque de sommeil. Il tenait un couteau à la main. Il avait dû s'en servir pour me libérer, mais mon cerveau, incapable de discernement, m'ordonna la panique. Je hurlai en me débattant avec mes deux pieds liés pour frapper. Je l'atteignis à la poitrine, d'un coup faible mais suffisant pour lui faire perdre l'équilibre et basculer à son tour par-dessus bord. L'ironie de la situation me déclencha un petit rire nerveux étouffé par le bâillon.

Les sens à l'affût, dans une position fœtale qui ne me réchauffait pas, j'appréhendais son retour à bord, préparant toutes mes excuses et mes supplications. Dans le même temps, je me dis que son visage ne m'était pas inconnu. L'avais-je deviné sous ses accoutrements ou le connaissais-je avant ? Je ne savais pas par où il allait surgir. Je l'entendais clapoter et souffler par à-coups à l'arrière du voilier. J'observai rapidement les gréements, les poulies et les trucs enchevêtrés auxquels je ne comprenais rien. J'étais encore à moitié enveloppé dans le grand sac de toile, tremblant, le souffle court, comme si je venais de perdre une course en sac éprouvante. Sa voix parut sortir de mes pensées agitées.

— Petit ! Heu ! Bastien ! Ça va ?

Il n'avait plus d'accent. C'était sa vraie voix. C'était son visage et sa vraie voix. J'étais en danger, à moins que ce ne soit pas lui qui m'ait enlevé. Impossible. J'étais en danger. Je me contorsionnais pour sortir du sac et passer mes mains ligotées devant moi. La petite plaie de ma cuisse me brûlait, mais c'était un souci secondaire. Il commença à m'expliquer, avec quelques pincettes, que je ne devais pas avoir peur parce qu'il m'avait sorti de l'eau pour me sauver. J'arrachai le ruban adhésif de ma bouche avec mes mains, celui de mes mains avec ma bouche et celui de mes pieds avec mes mains. Il me demanda de lui faire basculer l'échelle de bain, car il ne pouvait plus remonter à bord. Je compris alors pourquoi il n'avait pas encore réapparu. Le pont du bateau était trop haut. J'étais hors d'atteinte de mon ravisseur, libre et hors d'atteinte ! Je doutais de pouvoir réellement m'en réjouir au milieu de nulle part, mais, le danger immédiat ainsi évacué, une seule chose me préoccupait : la faim.

Je mis un temps à comprendre comment s'ouvraient les placards à l'intérieur du bateau : pousser le bitoniau pour le faire sortir et ainsi pouvoir tirer la porte. La plupart des rangements étaient vides. Deux d'entre eux contenaient plus de nourriture que tous nos placards après les courses. Il y avait de tout : boîtes de conserves, fruits, légumes, chips, sauces... et des langues de chat à la framboise ! Rompant mon rituel avec mes gâteaux adorés, je ne pris pas le temps de séparer la confiture du biscuit. Je m'empiffrais en écoutant d'une oreille le plaidoyer de l'homme qui barbotait péniblement en tentant de me convaincre de le laisser remonter à bord, jurant qu'il ne me ferait pas de mal et qu'il regrettait tout ça. Je connaissais bien cette voix enjôleuse. C'est toujours la même chose quand un méchant veut obtenir une faveur : culpabilisation pour nous, victimisation pour lui. Je ne me le formulais pas ainsi mais j'en avais compris le principe depuis quelque temps, grâce à Bruno.

Je buvais alternativement du lait et du jus d'orange, un mélange incompatible, et pourtant, rotant et reprenant mon souffle entre deux déglutitions, j'en faisais un nectar. J'avais trouvé le réfrigérateur derrière une trappe sous le plan de travail de la petite cuisine. Je sentis mon estomac frétiller d'un plaisir qui irradiait jusqu'à la moindre de mes cellules. La confiture de fraises était somptueuse sur la brioche, mais les barres de céréale manquaient de chocolat. Je dus reprendre régulièrement ma respiration pour pouvoir continuer à manger. Après la frénésie de sucre et d'arômes artificiels qui explosèrent mes papilles, je me calmais un peu. Je faisais attention à bien mâcher pour éviter de m'étouffer.

L'homme à l'extérieur ne s'excusait pas vraiment. Il semblait sincère quand il disait qu'il avait fait une grosse bêtise et qu'il allait me ramener chez moi. Il me donnait sa parole. Ce n'est pas rien de donner sa parole, ajoutait-il.

— Un homme sans parole, c'est qu'un tas de bidoche !

Voilà la première leçon que je prenais de lui. J'avais soudain envie de lui faire confiance. C'était un être humain qui me demandait de l'aide. Mais la voix de Bruno me revint en mémoire, implorant flagorneur quand il avait besoin d'un service ; dictateur diabolique quand il avait obtenu ce qu'il voulait. Je ne me laisserai plus avoir. Je ne le laisserai jamais remonter. Je ne retournerai pas dans un sac, ni dans un coffre.

Enfin rassasié, je pris le micro de la radio calée sur le canal 16[3] et appuyai sur la manette en répétant « S.O.S. ». Aucun son en retour. Je tripotai quelques boutons au hasard. L'un d'eux fit changer l'affichage de 16 à 28. Après réflexion, je le calai sur le 17, car je savais que c'était le numéro de police secours. J'espérai que ça marchait aussi en mer. Je réitérai mon appel à l'aide à plusieurs reprises, tout en prenant conscience que, même si on me répondait, je ne saurais pas dire où j'étais. L'homme dehors l'avait crié pour me convaincre : « On est comme une aiguille dans une botte de foin. Personne ne pourra nous retrouver ! Si tu ne me laisses pas remonter pour mettre le bateau en route on va mourir, tous les deux ! ».

---

[3] *Le canal 16 sur une VHF est le canal de détresse. C'est la fréquence (156,800 MHz) sur laquelle tout navire doit rester en veille.*

Je grimpai quelques marches pour vérifier l'horizon désert avant de redescendre à l'abri. L'océan était-il si grand qu'on pouvait se trouver isolé pendant si longtemps ? Il aurait fallu que je croise le regard de mon kidnappeur pour estimer la part de mensonge dans ses histoires. Je pensais avoir un sens pour ça. Les yeux ne mentent pas. Mais j'osais d'autant moins m'approcher de lui que sa voix devenait de plus en plus agressive.

Je restais donc là, en bas, à grignoter sans plus avoir faim, essayant de refouler tant bien que mal la culpabilité qui voulait se manifester. Il me tuerait si je le faisais remonter. C'était lui ou moi... ou peut-être nous deux, si ce qu'il disait était vrai. On ne me retrouverait jamais ? Impossible ! Il y a tellement de bateaux et c'est pas si grand l'océan. « Où es-tu Manu-Manureva ? » Je suis né le 12 novembre 1998. Vingt ans quasiment jour pour jour après la disparition du trimaran d'Alain Colas, qui jamais n'arriva. L'histoire, tout comme la chanson, déclenchaient chez moi une sorte de mélancolie. Je pourrais très bien dériver jusqu'à mon agonie, sans son aide.

Le son de sa voix faiblissait. Il fallait que je me décide si je voulais le sauver. Il n'y en avait plus pour longtemps. Combien de temps on peut rester comme ça à barboter avant l'épuisement total ? Et la nuit tomberait bientôt. Le froid... Après tout, il m'avait sorti de l'eau. « Te laisse pas avoir ! » me gueulait l'un des trois petits cochons en allant se réfugier dans une maison en brique. « Rappelle-toi du coffre et de la piqûre ! ».

En fouillant un peu plus, sous une banquette, je trouvai des gilets de sauvetage, plein de trucs dont j'ignorais l'utilité et une mallette qui contenait un pistolet lance-fusées, trois fusées et une notice succincte. Je chargeai le pistolet comme indiqué, avec la peur que ça m'explose dans les mains, et le gardai à portée. Dans mon esprit, il fallait attendre la nuit pour tirer une fusée. Je continuai donc mon exploration du bateau.

Je cherchai de quoi m'habiller dans les cabines. Les deux premières ne contenaient que des sacs de voiles et des ustensiles étranges. Lorsque j'entrai dans la troisième, mon cœur s'emballa, fouetté par l'évidence. Je comprenais tout : ce que je faisais là ; pourquoi le visage de cet homme me disait quelque chose ; pourquoi il avait voulu me tuer. Je savais maintenant à qui j'avais affaire. J'aurais préféré que ce soit un copain de Bruno. Un copain de Bruno, j'aurais pu le laisser crever.

Il y avait une photo coincée dans la jonction du placage, sur le mur au-dessus du lit défait. C'est la première chose que je remarquai. Un enfant à peine plus vieux que moi, souriait de toutes ses dents serties de bagues métalliques, face au vent. Je ne le connaissais pas et pourtant je le reconnus. J'avais croisé ce visage il n'y avait pas si longtemps, lorsqu'il pleurait au bord de la route en pleine nuit, avant qu'on le percute, Bruno et moi. La photo datait un peu, mais il n'y avait aucun doute. Ce visage avait fait la une de nombreux journaux.

Il tenait la barre d'un voilier (plus beau que celui sur lequel je me trouvais) la tête droite, fier sous un ciel impeccable. Derrière lui, on distinguait une ligne de côte sur l'horizon. Je vérifiai en m'approchant. C'était bien Matéo Sarre-Defrais. Il était mon négatif : un môme épanoui, tourné vers la vie qu'il avait devant lui, resplendissant dans l'azur et le vent, optimiste. Chétif dans mon sac poubelle, je restais immobile un long moment, foudroyé par la révélation qui me renvoyait à ma culpabilité.

Lorsque je remontai sur le pont, comme on va à l'échafaud, l'horizon bleu gris était aussi morne que possible. Philippe Sarre avait perdu de sa verve. Le papa de Matéo abattait ses dernières cartes pour me convaincre. C'était inutile. Conscient de ma dette, j'avais décidé de sauver cet homme qui m'effrayait tellement, presque certain qu'il finirait par me tuer. La voix fêlée par le grain de la rancœur, il était arrivé à la sincérité brute d'un être qui n'a plus rien à perdre.

— Si tu me laisses mourir, tu deviens un criminel. C'est ça que tu veux ? Être un criminel, comme ton père ?

— C'est pas mon père !

Mon estomac commençait à se tordre. J'avais trop mangé, trop vite. Sa voix s'éclaircit un peu, encouragée par la présence d'un interlocuteur.

— Ben si ! C'est ton père... y'avait un témoin.

— Bruno, c'est pas mon père !

Mon hurlement lui fit lâcher le bateau.

— T'es pas Bastien Massini ?

— Roussey-Massini.

— C'est ton beau-père ?

— C'est pas mon père.

Il mit quelques secondes à intégrer la nouvelle et fit quelques brasses sur place avant de rattraper le bateau. Quand je me penchai prudemment, il eut un sourire pathétique. Un sentiment de supériorité me traversa. Je dominais. Lui, pitoyable ermite barbotant, avait l'air content de me voir, vraiment

content. Mais je voulais vérifier une chose avant de faire basculer l'échelle.
— Vous croyez que Bruno c'était mon père ? C'est pour ça que vous m'avez kidnappé ?
— Kidnappé, tout de suite les grands mots...
— Ben oui, hein !
— Oui, mais bon... dit comme ça...
Il me jura que c'était fini, qu'il admettait avoir fait une grosse bêtise.
— C'est pas juste une bêtise, ça, hein !
— Oui, t'as raison... c'est... une très grosse erreur. Une connerie...

Aucun qualificatif ne semblait à la hauteur de ce qu'il m'avait fait subir. J'étais soulagé que nous nous parlions et que nous soyons d'accord sur ce point. Je ne voyais que sa tête et ses bras qui dépassaient de l'eau. Il se cramponnait à la coque autant qu'à mon regard. Il n'avait pas l'air bien dangereux. Il me jura encore que c'était terminé, qu'il allait me ramener et, en plus, maintenant qu'il savait que Bruno n'était pas mon père, il n'avait plus de raison de me faire du mal.

Je compris qu'il ne connaissait que la version officielle de l'accident, celle des juges et des journaux : Bruno, ivre et drogué, seul dans la voiture, qui fauche un pauvre gamin sur le bord de la route. En me kidnappant, Philippe avait voulu donner une leçon à Bruno. J'avais donc une chance réelle de m'en sortir. Avant de basculer l'échelle de bain, j'allais quand même chercher le pistolet lance-fusées.

Dès qu'il se hissa sur le pont je le tins en joue, le plus sérieusement du monde. Il s'allongea, face au ciel pour reprendre son souffle, dégoulinant comme une serpillière. En me voyant au-dessus de lui qui le braquai avec le pistolet de détresse, il pouffa et me demanda de ne pas jouer avec ça, parce que ça pouvait mettre le feu. Je venais de lui sauver la vie et non seulement il n'était pas reconnaissant, mais en plus il se moquait de moi. Il se leva et tenta de me prendre le pistolet. Je hurlai d'une voix que j'espérai menaçante.

— Arrêtez ou je tire !

— Vas-y !

Pour lui montrer que je ne plaisantais pas, je tirai la fusée en l'air. Ils faisaient ça dans les films pour se montrer convaincants. J'avais oublié deux choses : premièrement, que ça ne persuadait jamais le méchant et deuxièmement, que je n'aurais pas le temps de recharger. Je vis la petite boule de feu rouge s'élever très haut, jusqu'à ce qu'elle se perde à la frange d'un cumulus. Philippe m'arracha le pistolet des mains en menaçant de me foutre à l'eau si quelqu'un arrivait. Il m'agrippa, comme Bruno le faisait parfois, manquant de me démettre l'épaule, pour me forcer à descendre dans le carré.

Un peu secoué, j'allai m'asseoir dans un coin de la banquette, comme un petit gosse capricieux, puni. Le loup venait de souffler mon abri d'illusions.

*

Je l'avais cru minuscule dans l'eau, mais c'était un colosse, du moins le voyais-je comme tel. La vérité était entre les deux. S'il apprenait mon implication dans l'accident de son fils, il n'hésiterait pas cette fois, c'était certain. Il me noierait comme un chaton dans une chaussette, étourdi par l'éther. N'est-ce pas ce qu'il avait tenté de faire ? Je me sentis soudain très fatigué. Philippe Sarre me paraissait beaucoup plus impressionnant que Bruno. Sans les mots, sans les coups, il parvenait à me rendre minuscule d'un seul regard. Je me sentais encore plus minable.

Je l'observai à travers mes premières larmes de la journée. Indécis et nerveux, il trifouillait les boutons d'appareils, près de la radio, allait à sa cabine pour se changer, puis à une carte marine sur la table. Dans un souffle, il me demanda d'arrêter de chialer. Je répondis de la façon la plus agressive possible que je ne pleurai pas, que c'était mon nez qui coulait. Il me donna des vêtements secs, mille fois trop grands. Il n'arrêtait pas d'aller et venir de l'extérieur à l'intérieur, de cabines en cabines. Il m'étourdissait. J'avais envie de hurler « stop ! ». Mais me forces parvenaient à peine à me maintenir assis. Je ne voulais pas enlever le short en sac-poubelle, parce que je me sentais mal et j'avais peur, encore une fois, de ce qui pourrait sortir de mes intestins sans préavis. C'était bien pratique finalement ce truc. Je tentai d'enfiler le short immense que Philippe m'avait donné par-dessus. Il le remarqua et s'approcha.

— Tu vas pas garder ça...

Espérant me fondre dans le décor à force d'immobilité, comme un caméléon, le regard aussi fixe que tout le reste de mon corps, je ne bougeai pas. Il attendait une réponse. J'étais probablement livide.

— T'as fait dedans ? ... Eh ! Bastien... regarde-moi ! C'est pas grâve... Bastien...

Sa voix s'était adoucie. Il se baissa pour accrocher mon regard. Trop tard pour le prévenir ! Je propulsai une puissante gerbe de vomi sur le père de l'enfant que j'avais tué deux mois plus tôt.

Ma tête bourdonnait. J'entendis sa colère derrière mon vertige. Je m'allongeai à tâtons sur la banquette, essayant de récupérer mon souffle. J'essayai de gagner du temps sur mon agonie.

J'entrevis Philippe tout près, qui ramassait ma bouillie de barquettes-trois-chatons au jus d'orange laiteux, soulevant des trappes que je n'avais pas remarquées. Elles découpaient le sol en bois de marine dans des formes rectangulaires aux angles arrondis. Il s'appliquait à y nettoyer les coulures dégueulasses. Il posa un seau près de la banquette.

Redoutant l'idée de vomir dans un seau, j'essayai d'atteindre l'extérieur quand mon estomac se contracta à nouveau. Je ne fis que deux pas, avant d'asperger les escaliers avec ce qu'il restait de ma pitance volée. Les sucs me brûlèrent la gorge en remontant. Cette fois, la colère de Philippe ressembla à un caprice. Il tapa du pied et cria dans des aigus ridicules. Tout au fond de moi, un personnage riait comme un imbécile souffreteux, pendant que l'intérieur du bateau disparaissait dans un crépitement de taches sombres.

*

Philippe me fit revenir à moi en me giflant. J'avais vu ça dans les films et ça amusa un peu l'imbécile qui subsistait quelque part dans les méandres de mon esprit. Je ne sentais presque rien alors qu'il avait l'air de taper fort.

— Ohé ! Réveille ! Réveille ! Ça va ?

En émergeant, je l'entendis m'expliquer d'une voix douce.

— T'as le sang qu'est parti dans les chaussettes.

N'ayant plus mes chaussettes, je mettais un temps à comprendre que c'était le sang de mes veines qui était descendu dans mes pieds, désertant un court instant le haut de mon corps. Pendant quelque temps, j'allais demeurer inquiet à l'idée que ce sang ne reste pas en place.

Philippe m'ouvrit grand une paupière pour regarder dans l'œil avec une petite lampe. Je me débattis mollement. Il voulut me prendre le pouls mais je m'agitai un peu plus. Il abandonna finalement en râlant.

— Eh ! Ben démerde-toi ! Après tout…

Il se tint à l'écart quelques instants, faisant mine d'avoir d'autres chats à fouetter. Quand j'essayai de me relever, mon corps trop lourd et mes bras de coton faisaient de moi une poupée de chiffon. Je me rallongeai, craignant que mon sang cherche encore mes chaussettes. Je n'avais plus la force de protester lorsqu'il me ramassa et me porta dehors. Je croyais qu'il allait se débarrasser de moi pour de bon et ça m'allait. Je ne voulais plus lutter. La noyade serait peut-être finalement une délivrance.

*

Il m'installa confortablement sur la banquette extérieure, me passa une serviette humide sur le visage et s'appliqua à me rincer la bouche avec. Elle sentait la menthe. Ça faisait du bien. Il me couvrit les épaules d'une autre serviette, m'enleva délicatement le ruban adhésif qui rendait le short plastique étanche et me laissa un moment pour que je me change avec le short en tissus bien trop grand. Au lieu de cela, je m'endormis. Quand je me réveillai, j'étais bien calé sur la banquette. J'étais enrobé d'un duvet, protégé sous ce que je pris pour une bâche et qui était une voile. J'étais véritablement emmailloté, comme un nouveau-né, prêt pour une nouvelle vie.

Oui, Philippe m'a fait renaître, ce jour-là, sans s'en rendre compte. Plutôt que de me tuer, il m'a sorti de la mer et du sac, avant de me langer comme un poupon. Je le sais aujourd'hui, il m'a remis au monde. Sur le moment, je n'avais pas conscience de l'attention qu'il me portait. Je me sentais surtout, une fois de plus, empaqueté, prisonnier.

En me réveillant, je le surpris qui m'observait. Il se trouva un peu bête et meubla sa gêne avec une réflexion désagréable.

— Tu peux gerber tout ce que tu veux, ici...

Il sortit ensuite mon cartable du sac à patates où j'avais séjourné. Je pensais que quelque part en Espagne dans un endroit reculé un tas de patates de 50kg attendait que quelqu'un le trouve. J'espérais que ce serait quelqu'un dans le besoin. Quelqu'un qui aurait faim. Je pensai ensuite à mon cahier de dessin qui serait fichu. Mes vêtements, je m'en fichais. Je n'eus pas le temps de réfléchir à autre chose. Tout se fondit dans les frimas de mes sens, l'air frais, les lueurs, la silhouette de Philippe qui nettoyait et rangeait, créant ainsi une berceuse à la fois visuelle et sonore.

Une lumière forte bougea au-dessus de moi. Une voix rauque l'accompagna.

— Tu veux pas manger quelque chose ?

Je me lovai autant que possible en me détournant de cette lumière importune. Puis, je compris où j'étais. Il faisait nuit. Je chouinai, désespéré de ne pas m'être réveillé de ce cauchemar.

J'entendis un soupir. Philippe glissa des gâteaux secs dans l'une de mes mains et s'assit sur la banquette en face. Je le vis du coin de l'œil. Il avait l'air abattu, le visage rentré sous ses mains, surexposé par sa lampe frontale au milieu des ténèbres. Ça lui donnait un air de statue mystérieuse et un peu inquiétante, un penseur en chair et en os. Je me rendormis en grignotant discrètement. Le visage de Matéo me murmura quelque chose, derrière mes paupières fermées : «Pars pas » ou « Papa » ?

9.

Les sons se perdaient dans l'air léger.
Sans aucun mur, aucun arbre, aucun relief pour les renvoyer, les absorber ou les éparpiller, ils s'égaraient tout près, dans une ouate invisible. Dès ce premier matin conscient, la douceur des éléments et cette paix apparente m'enveloppèrent, alors que j'ouvrais les yeux sur une voile immense, faseyant par à-coups. Je ne voulais pas en savoir plus. J'étais encore engourdi par le long sommeil et je restais allongé, contemplatif, vivant sous le ciel.
— Ah ! Bah ! Quand tu dors, toi…
Le capitaine avait parlé. Il se tenait un peu plus loin, au-dessus de moi, les mains sur la roue de la barre, les cheveux agités par le vent faible. Il m'était apparu à l'envers et j'avais du mal à reconnaître Philippe Sarre, bien plus dynamique et positif que la veille. Était-ce la veille ou avais-je dormi plus d'une nuit ? Un sourire coupable m'échappa.
Lorsqu'il s'approcha, je me redressai avec méfiance. Je n'aurais pas pu faire grand-chose pour me défendre, mais je ne voulais pas qu'il pense que ça serait facile pour lui, quoi qu'il envisage de me faire. Je compris d'autant plus vite le ridicule de mon inquiétude que je découvris un superbe pansement au niveau de ma plaie à la cuisse.

Alors que je constatais toute l'attention à laquelle j'avais été soumis, Philippe se positionna devant moi, avenant et agile malgré le roulis.
— Touche pas ! faut pas que ça prenne l'eau.
Je retirai immédiatement ma main du pansement pour la punir en la rangeant sous l'autre, tout en continuant à admirer la superbe compresse carrée. Je n'étais pas loin de la satisfaction d'avoir été blessé.
En adjudant-chef enthousiaste, Philippe m'exposa les grandes lignes du plan auquel il avait gambergé une partie de la nuit. L'idée, c'était de faire croire que quelqu'un d'autre m'avait enlevé. Si je jouais le jeu, il me promettait beaucoup d'argent.
Ce que j'en disais ? Ça me semblait parfait. Inespéré. Totalement rassuré et reposé, presque hilare au fond de moi, j'étais prêt à jurer que je ne l'avais jamais vu de ma vie, à quiconque me demanderait des comptes. C'était réglé de mon côté. Maintenant, j'avais faim. Je l'interrompis alors qu'il commençait une explication détaillée de son astucieuse embrouille. Il s'énerva d'un coup.
— Oh ! C'est important ce que je te dis, là... ça rigole pas !
— Mais je rigole pas. J'ai vraiment faim.
Mon regard suppliant eut, pour la première fois, raison de l'agacement de quelqu'un. Nous descendîmes dans la chaleur du bateau. Il avait rangé. Je supposais qu'il n'avait pas dormi, ou très peu. Mes vêtements et mes cahiers étaient étendus avec ses vêtements, sur des fils qui traversaient le carré. Mon cahier de dessin était à peine corné par l'humidité. Aucun croquis n'avait subi d'outrage majeur. Quelle belle journée !

*

Nous ne parlions pas. L'ambiance était livrée aux craquements de l'embarcation et aux tintements des ustensiles de cuisine. Philippe préparait à manger avec une dextérité admirable. Aucun geste ne semblait inutile. Il se tournait parfois vers moi qui attendais sagement, les mains entre les genoux. Il hésitait à me dire quelque chose, puis se détournait pour s'occuper autrement. Je sentais que son plan allait nécessiter toute mon attention.

Il me servit du maïs en boîte avec une mayonnaise délicieuse qu'il monta en un tournemain. Jaune d'œuf, moutarde, huile, sel. J'admirai la fourchette qui fouettait le bol aussi vite qu'une machine. Et paf ! Sur la table. Miam ! Il réchauffa ensuite du riz et fit revenir du lard dans une petite poêle. Aucun repas n'avait eu autant de saveur. Oui ! J'avais les papilles d'un môme élevé à la nourriture hard discount et je n'avais jamais eu aussi faim de ma vie.

Lorsque je le remerciai, il crut à de l'ironie et me retira l'assiette vide, avant que je porte ma dernière fourchette à la bouche. J'insistai en lui répétant que c'était vraiment très bon. Il me sourit, mi-figue, mi-raisin et me tendit une pomme en me prenant la fourchette des mains. Je n'aimais plus les pommes depuis que l'une de mes incisives était resté planté dans une Granny Smith. Il me demanda ce que je voulais. Je ne voulais plus rien, merci.

— J'ai bien mangé. C'était très bon. Merci.

Il fut étonné de mon insistance à le remercier et évacua son embarras en nettoyant la table d'un coup de chiffon humide, esquissant d'une main agile des arabesques simples qui ne laissèrent aucune partie du meuble sèche. Il fit le même trajet avec un tissu sec qui ne laissa aucune partie du meuble humide, puis, il étala une carte marine de la zone de l'archipel de Madère et du Cap Vert.

— Bon ! On est là…

Il vérifiait avec une règle de Cras en regardant les chiffres sur le côté de la carte et les vérifiant sur le GPS du bateau.

— Oui, là, précisément.

Il montra le bord de la carte. Aucun moyen pour moi de savoir d'où nous venions.

— C'est où la France ?
— Arrête de m'interrompre ! C'est par là… et nous, on va d'abord là… à Madère…

Je n'avais pas très envie de regarder, à cause de son humeur qui avait changé sans raison. Comme si je l'interrompais sans arrêt ! On avait à peine parlé.

— On va récupérer mon bateau, là… au bout de l'île, et après…

Me voyant jeter un coup d'œil perplexe autour de nous, il me confirma que le bateau dans lequel nous nous trouvions n'était pas le sien.

— On fait pas un cambriolage avec sa voiture personnelle !

Je ne voyais pas le rapport entre une voiture personnelle, un cambriolage et son bateau, mais bon. Il continua l'explication de son plan avec un entrain qui ne tarda pas à être contagieux. On allait devoir me cacher à nouveau pour passer d'un bateau à l'autre sur l'île de Madère. Nous nous lancions dans une aventure qui m'emballait. Je n'en percevais pour le moment que les aspects romanesques, les flots indomptés, les îles mystérieuses et la clandestinité.

Mais il désigna soudain du doigt une réalité beaucoup moins engageante.

— Et enfin, je te dépose là...

Après avoir récupéré son bateau, il me déposerait sur la côte marocaine. C'était le plus simple, selon lui. Sans rien laisser paraître de mon inquiétude, je lui demandai pourquoi on ne retournait pas en France directement. Il me proposa une fanfare pour nous accompagner avec une ironie que je saisissais mal.

Selon lui, la France était trop surveillée pour qu'il puisse passer inaperçu. Avec le Maroc c'était plus simple, surtout dans cette zone de plages immenses et désertes. J'ignore, encore aujourd'hui, s'il croyait vraiment à cette théorie vaseuse qui supposait qu'aucune surveillance n'avait lieu dans cette zone. Je sais seulement que son intention était très sérieuse.

— Et hop ! Terminé. Tu joues le jeu. Tu racontes le bobard. T'as l'argent, beaucoup d'argent et moi, la liberté !

La journée si bien commencée se transforma en nouveau cauchemar, ou plutôt, se révélait n'être que la suite de mon cauchemar. Ce n'était pas une blague. Il voulait vraiment me larguer au Maroc, tout seul.

Je regardai la carte. Je me vis, suffocant dans le désert au milieu des crânes, des ossements et des cages thoraciques déchiquetées par des vautours. Je m'imaginais torturé par les peuples mystérieux du Sahara. Sahara, il avait dit, oui, comme dans les films. Qui sait ce qu'on faisait aux enfants européens dans cette région du monde ? J'eus des images de grands sabres affûtés luisants au soleil et de décapitations. Mais au-delà de cette peur, alimentée par les clichés du monde arabe, il y avait un sentiment bien plus concret, bien plus ancré en moi. Philippe venait de réveiller un mal qui régnait dans les fondations de ma vie — maître de mes angoisses — un sentiment que je ne supportais pas et que je ne supporterai jamais. Je lui en fis part avec amertume.

— Vous allez m'abandonner, en fait.

Il me répondit comme à un demeuré.

— Je ne vais pas t'abandonner, je vais te libérer. Je ne t'ai pas adopté, je t'ai kidnappé, comme tu dis si bien. Donc je ne t'abandonne pas, je te libère.

Ça se tenait. Mais je n'arrivais pas à trouver ça positif. Je me sentais trahi par un homme que je ne connaissais pas, qui m'avait kidnappé et que je ne voulais bizarrement plus quitter. J'avais besoin qu'il ait besoin de moi. C'est très clair aujourd'hui, mais à ce moment-là, je ne comprenais pas les raisons de la peine immense qui m'assaillait.

— Tu ne risques rien, je t'assure.

— De toute façon vous vous en fichez de moi. C'est pas la peine de mentir. Si je meurs vous serez bien tranquilles...

Il hésita à se justifier.

— C'est pas la question que je m'en fiche ou que je m'en fiche pas...

Malgré son mépris apparent, je sentis que j'avais touché un point sensible. Il commença à énumérer ce qu'il avait fait pour moi. Il m'avait soigné, veillé toute la nuit, lavé mon vomi deux fois, et mes fringues et ma merde à six heures du matin dans la pampa espagnole... pour un peu c'était moi le coupable.

— Mais n'importe quoi ! C'est à cause de vous que j'ai eu tout ça !

J'avais crié comme un bébé, la voix chuintant dans les aigus. Le sentiment d'impuissance devant l'injustice et la honte du souvenir de mes vêtements souillés, m'emportèrent de rage jusque dans une cabine en désordre où je m'effondrai, abattu par un chagrin authentique. Je crus un temps qu'il allait changer d'avis devant la profondeur de ma peine. Au lieu de ça, il insista.

— On n'a pas le choix ! Qu'est-ce que tu proposes d'autre ? J'te ramène en France et je vais en prison. C'est ça que tu veux ? Vas-y ! Je t'écoute...

Il n'avait aucune compassion. Ça m'emplissait de rage, mais je ne savais ni ne pouvais le lui dire. La fatigue et les larmes me submergeaient.

— Donc, chialer c'est ta réponse à tout ?

— Meeeeerde !

Avec Bruno ça se serait terminé en raclée. Avec Philippe ce fut le silence. Il sortit calmement, un peu vexé du bide qu'il venait de prendre avec le plan dont il avait semblé si fier. Moi, je croulais sous le poids d'une tristesse démesurée. Le Maroc. Tout seul au Maroc... quand même... je ne parvenais pas à m'y résoudre. Je restais seul dans l'ombre de la cabine-débarras, avec mon angoisse. Je devinais, au-dessus de moi, sur le pont ensoleillé, le capitaine qui reprenait la barre, hésitant à nouveau à se débarrasser de ce morveux ingrat. Je ne sais pas ce que j'aurais fait à sa place.

*

Je fus réveillé par le claquement de la bôme au moment où je rêvais du choc avec Matéo. Notre cerveau organise les images générées lors de notre sommeil en fonction de notre subconscient, de nos peurs, nos conflits, etc. Il crée les rêves, à postériori de nos réminiscences inconscientes, en juxtaposant les images dans le sens qui nous arrange ou nous stimule, d'une manière ou d'une autre. Il crée ainsi, après coup, le montage de nos histoires fantasmatiques, comme avec les rushes d'un film, dans le laps de temps qui nous sépare du réveil. On peut supposer que j'avais entendu le bruit de la bôme avant d'y associer l'accident de Matéo[4].

Le temps s'était voilé. Mon chagrin avait presque totalement été lavé par le sommeil. Philippe n'était plus à la barre. J'entendais ses pas à l'avant du bateau. J'en profitais pour jeter un œil indiscret dans sa cabine. La photo était toujours là. Matéo souriait au vent en me regardant. J'imaginais Philippe derrière l'appareil. Je lui avais infligé la plus grande des souffrances, la mort d'un enfant, et il serait bientôt en prison à cause de ma trouille d'un pays dont j'ignorais tout. Prendre ma libération pour un abandon c'était décidément ne rien comprendre, tout ramener à mon petit malheur. Comment pourrai-je me regarder en face, après ça ? Comment pourrai-je retourner sur la tombe de Matéo ? Je devrais lui avouer que j'avais préféré envoyer son père en prison, plutôt que d'affronter mes peurs irrationnelles.

---

[4] *Cette hypothèse de construction du rêve après le sommeil est notamment évoquée dans le livre de Nancy Huston « L'espèce fabulatrice »* Editions Actes Sud

Lorsque je me présentais en bas des marches de la descente, Philippe venait de reprendre la barre. Il me jeta un regard froid, à vous couper la chique.
— Si tu veux manger tu te débrouilles.
— Non.
C'était faux, mais ce n'était pas le moment. J'hésitais. Est-ce qu'il le méritait ? Peut-être pas, mais je le devais à Matéo.
— C'est bon. Je veux bien aller au Maroc.
Il me toisa à nouveau. Je le rappelai à l'ordre en soulignant par le volume et le ton de ma voix, certainement trop aiguë pour l'impressionner, mon sens du sacrifice.
— J'ai dit : Je veux bien aller au Maroc !
— J'ai entendu.
Voilà ! Il avait sûrement compris. Je le laissai à sa barre, dont je ne voyais pas l'utilité puisqu'on allait tout droit, à en croire la carte. Je retournai dans le carré, prendre mon cahier de dessin pour passer à autre chose et éviter les larmes. Il faudrait bientôt que je l'oublie. J'en avais gros sur la patate comme disait Corinne.

Je dessinai une patate qui me donna faim, mais je ne voulais pas manger. Mon esprit fabriqua un lien hasardeux, comme lors d'une écriture automatique. Je fis de la patate un pirate et lui ajoutai une jambe de bois qu'il posait triomphalement sur... un crabe, tel un chasseur de lions idiot et victorieux, le pied sur sa victime, le fusil à la main. La patate tenait un sabre et ne ressemblait plus du tout à une patate. Je titrai : « Pirate des Crabes ». Avant que j'eusse le temps de finir mon chef-d'œuvre d'humour, Philippe fit irruption et me tint un discours grandiloquent sur l'engagement et l'honneur.

Il me rappela que, désormais, sa liberté dépendait de moi, et que si je le trahissais je ne perdrais pas seulement de l'argent. Nous perdrions tous les deux beaucoup plus. Il était encore question de tas de bidoche.

— Ce qui fait de nous des êtres humains c'est la raison, l'empathie, la richesse de nos pensées, la force de notre raisonnement… et ce pour quoi on l'utilise. Il faut mettre tout cet arsenal au service de causes plus grandes que nous. L'honneur d'un homme est tout ce qui lui reste quand il ne reste plus rien. C'est ce qui est intouchable, que l'on soit puissant ou pas. Ça va au-delà de notre raison. C'est ce qui nous restera au bout du compte. Un homme sans honneur n'est riche de rien. C'est qu'un tas de bidoche. Tu as de l'honneur, Bastien, ou est-ce que tu es un tas de bidoche ?

C'est en substance le discours qu'il me tint.

— De l'honneur.

Il était hors de question que je le trahisse. Plutôt mourir. Galvanisé par les belles paroles et la confiance du capitaine, je me trouvai un nouveau courage. J'en ignorais les limites ou la date de péremption. Je m'efforçais de ne pas y penser au moment où nous nous serrâmes la main pour sceller notre pacte.

*

Notre plan était en marche. Philippe me conditionnait en me faisant jouer l'interrogatoire de la police. Il avait mis une chemise et des chaussures. Je m'étais habillé avec mes vrais vêtements. S'il avait eu une lampe de bureau, il l'aurait utilisée pour m'éblouir lorsqu'il posait ses questions avec la froideur d'un agent d'un régime autoritaire. Même si ça ressemblait à du théâtre, il ne me serait pas venu à l'idée de rire de ce jeu de rôle. Il était allé jusqu'à mettre en scène mon entrée dans la pièce imaginaire, les présentations et tout ce qu'il pensait savoir du protocole d'interrogatoire de la brigade criminelle. Moi, je m'efforçais de répondre avec le plus de sérieux possible.

Il trouvait que je récitais un peu trop. Pourtant je m'appliquais. J'essayais de l'imaginer en uniforme, badge de policier, flingue à la ceinture. Ce n'était pas facile avec la gîte du bateau qui rendait la salle d'interrogatoire aussi praticable qu'une rampe de skate-park et Philippe qui devait s'interrompre régulièrement pour aller ajuster le génois, vérifier le cap ou je ne sais quelle tension sur un bout[5]. Pour ne pas me déconcentrer, je me disais que cet inspecteur avait beaucoup d'autres affaires en cours. Nous parvenions malgré tout à des bouts de séquences très réalistes qui me rassuraient sur ma capacité à rester crédible devant la pression policière. Philippe semblait plus dubitatif.

Je profitai d'un silence entre deux questions pour demander une faveur. À notre arrivée à Madère, Philippe devait aller faire des courses d'avitaillement, car il continuait ensuite jusqu'au Cap Vert, sans escale. Je n'osai pas demander un sweat-shirt ou un pantalon, encore moins des chaussures, et un jouet m'aurait fait passer pour le

---

[5] *Un bout, qui se prononce « boute », désigne un cordage sur un navire. Le mot « cordage » n'est jamais utilisé par les navigateurs.*

mioche que j'étais. Je tablai sur quelque chose d'utile et de raisonnable. La bonne volonté manifeste dont je faisais preuve et ma performance d'acteur dans mon rôle de victime d'un groupe de ravisseurs méritaient après tout d'être récompensées :
— Vous pourrez m'acheter des chaussettes ?
— Quoi ?
— Des chaussettes... pour mes pieds.
— Oh ! On n'a pas fini là !

Autant décontenancé qu'agacé par l'incongruité de la demande, il trouva comme premier argument qu'on ne mettait pas de chaussettes sur un bateau (ben tiens !) et comme deuxième, que de toute façon je ne pourrai pas les garder. Il marquait un point, mais je contrattaquai avec ma tête de Calimero totalement maîtrisée. Pressé de clore le sujet, il consentit un « c'est bon, on verra ». Je ne connaissais pas encore assez bien cette échappatoire. Ma mère la pratiquait, mais je n'avais pas encore compris qu'il s'agissait d'une botte secrète chez la plupart des adultes. « On verra » : ce cessez-le-feu, cette manière de dire non sans le dire, cet enfumage habilement mêlé de particules d'espoir. Passer d'un « non » à « on verra » c'était déjà une petite victoire. J'étais donc quasi satisfait et de plus en plus convaincu de maîtriser une moue qui pourrait bien devenir un jour une arme de persuasion massive.

Ma demande l'avait sorti de sa mise en scène pointilleuse. Il mit un temps avant de reprendre. Je n'osai plus l'interrompre. Mes chaussettes étaient en jeu. Il tourna autour du pot avant de me poser la question qui le turlupinait depuis un bon moment. J'avais remarqué une intensité différente dans son regard et dans sa voix.

— Pourquoi t'es toujours tout seul ?
— Hein ?
— T'as pas d'amis ?
— Si.
— Je t'ai suivi pendant quatre jours. Tu parles à personne... si, aux arbres... et aux insectes. Dans la cour, tu joues avec personne. T'es toujours dans ton coin... C'est quoi ton problème ?

Moitié flatté qu'il s'intéresse à moi, moitié angoissé par ce qu'il avait pu voir lorsqu'il m'espionnait, je n'osai répondre. Je lui dis que les policiers ne me demanderaient jamais ça. Il affirma le contraire. Selon lui, ils me demanderaient beaucoup plus. Et il y aurait un psychologue. Il fallait être prêt à tout. C'est comme ça qu'on gagne : en prévoyant l'imprévu !

Il tentait de me faire croire que la question faisait partie de l'entraînement, mais je voyais bien que je l'intriguais. Est-ce qu'il soupçonnait quelque chose ? Est-ce qu'il m'avait vu au cimetière ? Je finis par expliquer que j'étais un peu triste depuis que j'allais au collège, parce que je ne voyais plus certains de mes amis de l'école primaire et que ceux du collège ne me plaisaient pas, ce qui n'était pas entièrement faux.

J'omettais de dire l'essentiel : j'étais totalement secoué par la mort de son fils, dans laquelle j'avais joué un rôle central. Depuis, tout m'avait semblé un peu dérisoire. Mon cerveau prenait des vacances régulières vers des plages léthargiques où je m'attardais ; observant une plante ou un petit insecte qui crapahutait courageusement sur une tige d'ortie ; regardant les nuages par la fenêtre en histoire-géo ; rêvant de m'y dissiper totalement. Ça pouvait être n'importe quoi, tout ce qui pouvait un temps me soustraire aux pensées accablantes et à la certitude que j'avais tué.

ND# SONGES & CHAOS

10.

Je ne vis le cap Sao-Lourenço que du bout des yeux.

Hissé sur la pointe des pieds, agrippé au hublot, je fus émerveillé par le spectacle, la découpe des côtes dont l'ocre s'opposait au bleu de l'océan avec une vigueur infatigable ; encore plus beau que le Rocher de la Vierge les jours de tempête. L'éclatante blancheur de l'écume des vagues qui venaient frapper la terre, illustrait l'énergie de l'adversité complice de ces éléments. Elles seraient toujours là, l'une contre l'autre, la terre et la mer, à s'abîmer et se mêler dans un combat sans affrontement réel et sans vainqueur, même si les falaises semblaient destinées à céder au bout du compte.

— Reste pas là, on te voit !

J'allais devoir rester à l'intérieur et j'en avais déjà marre de cette cabine au plafond bas, moulé de plastique jauni. J'entendais des gens à la radio parler en anglais. Je ne comprenais rien. Quand nous accostâmes, un homme échangea quelques mots avec Philippe. Ç'aurait aussi bien pu être des onomatopées. Le bateau s'arrêta une première fois. Je restais immobile, tout à l'arrière de la cabine, derrière un sac de voile dans lequel j'aurais tenu sans problème. Philippe quitta le bateau pendant de longues minutes et revint manœuvrer pour changer de ponton. Nous étions à l'une des places les plus éloignées de la capitainerie de Quinta Do Lorde. Philippe me le précisa à voix basse et me donna les dernières consignes, qui pouvaient se résumer en un mot : silence.

Il m'avait laissé mon cahier de dessin, ma trousse et de quoi manger et boire pour la journée. Il m'avait prévenu que ça serait long, mais au bout de trois heures le temps sembla s'être figé. Ma montre avait succombé à son passage dans l'eau de mer. Je n'avais qu'un moyen de connaître l'heure, c'était un cadran doré sur le mur du carré, à côté d'un baromètre dont j'ignorais la fonction. Après l'avoir consulté trois fois dans le même quart d'heure, je décidai de ne plus y aller. Au bout de quarante minutes, je n'y tins plus et renouvelai ma ronde névrotique.

Tous les rideaux des hublots étaient tirés. Je pouvais me déplacer dans le bateau à condition d'être discret et ne toucher à rien. La cabine moche restait l'endroit le plus sûr et le plus confortable en dehors de celle de Philippe.

J'eus tout le temps de peaufiner mon dessin du pirate et du crabe. Très satisfait de mon œuvre, je continuais sur ma lancée en griffonnant des détails du bateau, portant une attention particulière aux lumières et aux ombres, comme je l'avais vu dans un livre de dessin. J'en venais peu à peu à esquisser une paire d'yeux qui m'entraînèrent vers un énième vague portrait d'Émilie, si peu réaliste qu'il se mua en tête de chat. Je rêvassai en griffonnant, jusqu'à m'endormir.

Je fus réveillé brusquement par le visage de Matéo dans un cauchemar qui me laissa tremblant pendant de longues secondes. Le bateau était fermé. Il faisait beau dehors. Je cuisais à l'étuvée. Mon esprit commençait à se perdre dans une zone que je redoutais mais qui m'apportait malgré tout une certaine volupté, celle de l'errance apathique. L'endroit était envahi de drames et de nuages putrides. J'y voyais toute la dureté du monde, mais elle restait à distance. J'y ressassais la haine de certains camarades, les vexations et les frustrations.

Afin de lutter contre ce monde parallèle angoissant, je décidai de rappeler mon corps. Je mis en scène, pour cela, un épisode de Hulk dans la cabine : roulades, plongeons, hurlements silencieux, coups de feu et impacts imaginaires qui m'esquintaient mais ne me tuaient pas. Je pouvais grimper sur les parois et au plafond dans la cabine. Devenu soudain Spiderman, je m'agrippais, les jambes tendues, en demi-poirier. Je heurtai soudain trop fort la résine et me figeai pour épier le silence.

L'absence du moindre son me parut si étrange que j'eus peur de n'être même plus sur terre. Je risquai un œil derrière l'un des petits rideaux froncés en tissu épais qui sentaient l'humidité pour découvrir la marina déserte sous le soleil. Personne. Les petits bateaux étaient immobiles, comme si la mer aussi s'était arrêtée. De cette image de marina figée au creux d'un village fantôme émergea une impression post-apocalyptique qui ne dura pas. J'entendais à présent les vagues au loin qui frappaient la roche ou la digue. Tout redevenait normal. Une voiture et des voix presque imperceptibles rompirent la B.O. de mon ennui. Je me demandais combien de personnes habitaient Madère et aussi comment Philippe ferait pour trouver mes chaussettes sur une île que, dans ma grande ignorance, je supposais quasi déserte. Il ne m'avait pas demandé ma pointure et je ne lui avais pas précisé de couleur. Était-ce lui qui achetait les chaussettes de Matéo ? La chaleur et les questions dérisoires m'assommaient.

Après l'une de mes micro-siestes, je découvris le visage de Matéo mal esquissé sur mon cahier de dessin. Je me souvenais à peine l'avoir dessiné, mais assez bien du malaise qui l'avait motivé. Ce malaise croissait d'heure en heure. Je manquais à présent de ressources pour le repousser. Il gonfla encore un peu lorsque je lus, sous le croquis inquiétant, les mots que j'avais repris de la plaque tombale, augmentés de ma grande spécialité : les fautes de français.

« Tu n'es plus là où tu étais mais tu es partout où je suis ».

Des pas sur le ponton, puis sur le bateau, martelèrent le malaise qui voulait me submerger. Il faisait encore jour. Je me recroquevillai en silence derrière le sac de voile. Quelque chose entra dans le bateau en grognant ; sembla chercher un peu dans le carré et s'approcha de la porte de la cabine qui s'ouvrit très doucement. Je serrai les cuisses, regrettant d'avoir bu le soda en entier, lorsqu'une énorme tête velue surgit. Je ne pus retenir un cri trop aigu. Philippe ricana derrière la bestiole tout en m'enjoignant de me taire. Je mis du temps à comprendre que c'était un ours en peluche énorme. En temps normal, j'aurais protesté et même certainement piqué une colère, mais j'étais tellement soulagé de ne pas être devenu fou (et de revoir Philippe) que j'émis à mon tour une suite de gloussements nerveux.

— C'est quoi ?
— C'est Teddy. C'est une super idée, non ?
— Une idée de quoi ?

— Ben, pour te cacher...

Ma joie convulsive s'étouffa aussi vite qu'elle avait surgi. Il voulait me mettre dans l'ours ! Je commençais à douter sérieusement de sa raison. J'aurais dû le faire depuis longtemps, mais là... Il croyait que, pour faire plus discret qu'un sac de voile ou qu'une valise, il fallait me mettre dans un ours en peluche géant. Sa théorie, c'était que les sacs trop gros attirent l'attention des douaniers. Aujourd'hui, je me demande dans quelle mesure ce totem de l'enfance n'était pas pour lui une façon de prendre soin de moi, en me gardant à l'intérieur d'un symbole protecteur. Je ne me posais pas la question à ce moment-là.

L'espoir qu'il s'agisse d'une plaisanterie se dissipa dès que Philippe se mit à coudre une fermeture à glissière sur le ventre de la peluche plus grande que moi. Il me bobina ensuite les membres dans la ouate de rembourrage tirée de l'animal, qu'il maintint avec un ruban adhésif, le même qui avait servi à ma séquestration deux jours plus tôt. Il m'enveloppa alors de la peau synthétique qui me faisait comme une énorme grenouillère poilue.

Encore une fois, il me semblait que je n'avais pas d'autre choix que d'obéir. J'avais fait le serment de l'aider. Il me fit un rappel inutile de son code de l'honneur.

— Celui qui ne tient pas parole c'est qu'un tas de bidoche. On n'est pas des tas de bidoche, on est des hommes debout.

Ça me semblait d'autant plus incongru qu'avec mon accoutrement je ne pouvais pas me tenir debout.

11.

La fraîcheur de fin de journée s'immisçait dans le vent léger.

Philippe avait mis mes affaires dans un sac à dos et pris l'ours que j'étais devenu dans ses bras pour me sortir de la cabine. Posé sur l'un des bancs, le temps qu'il ferme le bateau, je me laissai tomber sur le côté, suivant ainsi à la lettre ses instructions qui exigeaient que je me comporte en peluche inerte. J'aurais aimé voir à quoi je ressemblais dans ce costume bricolé. La ouate m'irritait et me tenait trop chaud aux endroits où elle était présente. Je sentais l'air traverser les poils synthétiques ailleurs. Je percevais, sans la voir totalement, la marina silencieuse.

Philippe m'avait ordonné d'être un vrai nounours, muet. Me taire, ça je pouvais, mais je ne savais pas comment me maintenir correctement dans ses bras. Il m'ordonnait en chuchotant de mieux m'accrocher, mais pas trop. Ça ne m'aidait pas. Il me répétait sans cesse d'avoir l'air d'un ours en peluche.

— Comment on a l'air d'un ours en peluche ?
— Chut !

Il s'agaçait que je ne parvienne pas à doser correctement le relâchement et le maintien. Il m'agaçait chaque fois qu'il le répétait. J'avais envie de hurler. Je savais que j'avais le pouvoir d'arrêter tout ce cirque. Je savais aussi que ça voulait dire rompre le pacte.

La tête gigantesque était trop lourde. Elle était maintenue par une planche étroite attachée à ma taille et qui montait jusqu'à l'arrière de ma tête. Je ne voyais presque rien à travers le trou discret pratiqué dans le museau et l'ensemble ballottait en m'irritant le nez. J'aurais préféré le coffre. Philippe convint rapidement qu'il aurait été plus judicieux de me mettre dans une grande valise ou un sac. Sans blagues !

*

Il venait de grimper un chemin rocailleux escarpé, pendant un temps qui m'avait semblé interminable, lorsqu'il décida d'une pause. J'avais entendu son souffle se compresser pour supporter l'effort. Je ne l'avais interrompu que pour me plaindre. Lorsqu'il me déposa, dans un râle de soulagement, je me demandais s'il n'allait pas m'abandonner là, au pied d'un rocher, entre des buissons.

L'air marin continu semblait indiquer que nous nous trouvions sur le flanc d'une colline ou d'une montagne. J'entrevoyais la silhouette de Philippe qui se découpait dans le ciel vespéral. Je lui avais reproché de ne pas m'avoir pris de chaussettes comme il l'avait promis, car j'avais froid aux pieds. C'était faux, mais je commençais à être vraiment de mauvais poil (ce qui arrive avec un ours, évidemment) et j'avais froid aux endroits non couverts de ouate. Encore une fois je pensais à mon petit confort plutôt qu'à son épreuve. Il perdit patience et argumenta : primo, il n'avait rien promis (il avait juste dit *c'est bon, on verra* !) ; secundo, il n'avait pas eu le temps de trouver un magasin. Il n'y avait pas de vrai tertio. Il en inventa un qui évoquait, en toute mauvaise foi, la futilité de ma demande. Cela me parut d'autant plus injuste que j'avais été très conciliant. Cette fois je ne me gênai plus pour le lui faire remarquer. Après un silence hostile, je tentai une vengeance mesquine.

— Pourquoi vous avez pas pris Bruno ?

J'aurais voulu dire « tué » mais lui remettre ce truc en tête me semblait risqué. Il me regarda comme on regarde un ours en peluche, étonné de l'entendre parler. J'insistai.

— Hein ! Pourquoi vous l'avez pas attrapé, lui ?

— En prison, gros malin !

Donc, c'était ça. Comme l'autre débile était en prison c'était moi qui avais pris à sa place. Je m'efforçai d'oublier mon implication dans l'accident pour insister, dans le seul but de le blesser.

— Mais j'ai rien fait, moi ! J'suis qu'un enfant...

— Oh ! Arrête un peu... c'est pas après toi que j'en avais. Tu le sais très bien.

Oui, je le savais. Il était aux prises avec autre chose. Moi, je n'étais qu'un intrus dont il fallait se débarrasser au plus vite. Le fait qu'il n'évoque pas ma culpabilité me rassura néanmoins.

Je m'en voulais maintenant de ma question déplacée et injuste, parce que non, je n'y étais pas pour rien. J'abandonnai l'idée de l'embêter, quand il se passa quelque chose dans le silence. Ma question avait porté plus loin que je m'y attendais. Philippe ne résista pas au besoin de se justifier.

— Ça s'est fait comme ça. J'me posais pas de questions... j'attendais qu'il sorte de prison...

sur mon bateau, j'engrangeais les miles...
enfin, voilà... et puis, un soir, j'ai trouvé le
moyen de l'atteindre aussi durement qu'il nous
avait atteints. Les idées qui viennent quand on
les attend plus... Œil pour œil. Fils pour fils.
C'était ça... fils pour fils. Simple ; net ;
équitable... ça m'a fait du bien d'avoir un
objectif d'un coup ; quelque chose à planifier.
Pas de corps, pas de trace, alibi, trajet, location
de bateau, voiture... tout nickel. Ça m'a bien
occupé. Je pensais enfin à autre chose.

Il se confiait à un nounours géant dans la nuit
presque totale. Je crois qu'il ne l'aurait jamais fait si
j'avais été visible. Le vent mangeait quelques-uns de
ses mots. Il semblait avoir besoin d'aller au bout de
la confession, se débarrasser d'un fardeau de
pensées.

Il raconta en détail comment nous étions arrivés
jusque-là. Il complétait le puzzle de mes comas, de la
brousse à l'océan en passant par le coffre et Alvor ;
comment il avait regretté son geste, au moment
même où il m'avait vu, anesthésié dans la brousse,
mon cartable plus gros que moi et ma pauvre tête
toute pâle.

— Ta pauvre tête toute pâle, insista-t-il.

Il m'assura qu'il avait voulu laisser tomber, mais
que tout l'aurait accusé : le produit anesthésiant de
sa société dans mes veines, les traces de son attente
dans la brousse. Ç'aurait été fini pour lui. Il m'avait
donc emmené en se disant qu'il trouverait une
solution en chemin. Lorsqu'il s'était arrêté en
Espagne pour nettoyer le coffre et mes vêtements, il
avait pensé à me désinfecter totalement pour ôter
toute piste pouvant me relier à lui et me laisser là,

sur une rive du Guadiana. Mais la région était trop peuplée. Il avait croisé trop de monde sur le chemin. À force de croire qu'il y aurait une solution plus loin, il m'avait finalement emmené jusqu'au bateau. Une fois au large, il avait beaucoup bu pour se donner du courage. Au moment de me balancer par-dessus bord, attaché à un pied de parasol en béton, il m'avait senti remuer et m'avait alors rendormi avec du chloroforme. Lorsqu'il m'avait repris dans ses bras, léger comme une plume à l'intérieur du sac, au milieu de la nuit paisible, il avait senti ma respiration dans ses mains. Là, il s'était brusquement souvenu de l'époque où il portait Matéo jusqu'à son lit le soir.

Il arrêta son récit à ce moment-là, réalisant qu'il était déjà allé trop loin. Je me sentais voyeur, gêné de l'avoir conduit à cette confidence. Je me disais que s'il avait su mon rôle dans la mort de Matéo ce soir-là, il m'aurait balancé sans avoir besoin de boire. Je commençais à percevoir en lui un simple père ravagé, bien loin du capitaine invulnérable ou du kidnappeur sociopathe que j'avais cru et qu'on tenterait de décrypter par la suite.

Bien sûr, c'était un ambitieux antipathique qui avait toujours privilégié sa carrière et marché sur les autres. Bien sûr, comme beaucoup d'autres imbéciles, il lui avait fallu un choc terrible pour regarder la vérité de son existence et en considérer l'essentiel ; ce qu'il reste après les apparences. Ça ne lui avait pas plu du tout. La rage l'avait d'abord emporté. La raison mettait beaucoup de temps à reprendre sa place.

Je compris enfin le symbole sous la pierre, sur la tombe de Matéo et la promesse qui allait avec. Peut-être était-ce lui qui m'en parla : Œil pour œil.

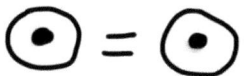

Œil = Œil

En ponctuation de son monologue douloureux, une rafale de vent plus forte meubla quelques secondes le silence. Reprendre la parole aurait brisé le fil fragile de l'instant. Nous laissions donc à la nuit le soin d'absorber cette émotion et nous ramener au tangible. Lorsque Philippe reprit l'ours dans ses bras, je le serrai très fort, mes pattes autour de son cou.

— Merci que vous m'avez pas tué.

Il mit un temps à répondre à mi-voix.

— T'es un nounours, je te rappelle. Tiens-toi comme un nounours !

Il m'écarta un peu les bras pour me redonner l'allure d'un nounours. Je me souviens avoir voulu me laisser emporter par la joie de cette complicité naissante. Mais tout cela était fragile et se terminerait bientôt. Je n'avais rien à espérer de Philippe, qu'un peu d'argent au bout de l'histoire. Je voulais donc profiter de chaque moment que nous passerions ensemble dans cette aventure.

12.

A présent nous descendions. Nous avions passé le haut de la petite montagne et nous nous dirigions vers la ville de Machico en contrebas, son port et sa petite plage luisants sous la lune. Nous devions traverser la ville pour arriver à une crique où nous attendait le bateau de Philippe.
Je supportais mieux le costume depuis notre halte. Nous ne parlions plus. Ce n'était pas nécessaire. Nous communiquions par nos respirations et nos mouvements légers, sa façon de me repositionner plus confortablement, ma façon de l'en remercier sans rien dire. La progression de Philippe semblait, elle aussi, moins pénible. Peut-être était-ce grâce à la descente.
Les notes lointaines d'un groupe folklorique nous étaient parvenues depuis un moment. Plus nous nous en approchions, plus nous en distinguions les chants et les pas sur le plancher d'une scène. Derrière ma grosse tête en peluche je ne voyais que des silhouettes imprécises qui semblaient jouer avec les lumières.
Un petit enfant s'approcha à portée de regard et me fixa avec de grands yeux étonnés. Il osa me faire un signe timide de la main. Je le lui rendis discrètement de ma patte avant droite. Philippe le sentit et me chuchota de ne pas bouger, de continuer à faire le nounours, toujours sur le même ton,

toujours les mêmes mots. L'enfant resta planté avant de disparaître dans les contours imprécis du trou dans le museau de ma carcasse poilue.

La chaleur augmentait avec la foule et la tension aussi. Je la sentais chez Philippe. La fatigue m'assaillait en ondes fiévreuses. La ouate m'irritait toujours plus. Pourtant, en approchant tout près de la musique, mon cœur vibra avec les basses des percussions et le son couvrit toutes mes pensées. J'entendais chaque instrument très fort. Les pas des danseurs martelaient les planches en suivant la grosse caisse et des mains claquaient à contretemps. Des femmes chantaient à pleins poumons dans les aigus, comme si elles voulaient porter les mots au-delà des nuages pour s'adresser au ciel directement. L'euphorie me gagna. J'eus envie de retirer ma panoplie ridicule pour faire la fête à découvert, me laisser porter très haut par la dizaine de chœurs enthousiastes. La foule dansait aussi. Nous frôlions parfois les gens de trop près.

Je me laissai submerger par ce monde joyeusement chaotique quand Philippe s'arrêta soudain et fit volte-face. Je fus un peu plus secoué. Il accélérait sans courir. J'entendais de moins en moins la musique et de plus en plus le frottement de mon déguisement, ainsi que les bribes des voix de gens que nous croisions.

Comme pour répondre à la question que je n'avais pas posée, il murmura entre deux respirations.

— Y'a les flics.

Il pivota brusquement et fit un écart. Un vélo nous percuta. Je heurtai violemment le bitume. Ma tête était protégée, mais mon bras gauche craqua sous nos poids cumulés.

Une douleur extrême éteignit toutes mes farandoles imaginaires. La musique n'était plus qu'un brouhaha pénible. Je geignis à voix haute, certain de la gravité du choc. Philippe, qui m'était tombé dessus, m'ordonna de me taire. Mais la panique m'avait saisi, dans l'obscurité étouffante de la tête d'ours. Philippe me suppliait, sa bouche collée sous l'oreille velue de ma grosse tête. Mon agacement devant son incapacité à réaliser la gravité de la situation me poussa à la crise de nerfs.
— J'ai mon bras qu'est cassé !
— Mais ça casse pas comme ça un bras. Chut ! Y'a la police. Tais-toi ! Je t'en supplie. Bastien, t'as promis. Tu veux pas qu'on perde tout, maintenant ?

Non. Bien sûr que je ne voulais pas, surtout pas qu'ils l'embarquent à cause de moi. Mais mon bras était cassé, j'en étais certain, et je ne voyais pas comment on allait pouvoir s'en sortir.

La douleur s'atténua soudain, sous l'effet de l'adrénaline. La sensation d'un membre cassé restait ; le moindre geste me le rappelait. Philippe parlait en anglais avec un homme. Je supposais que chacun s'excusait.

Lorsque Philippe me reprit dans ses bras, la douleur fut telle que j'eus peur de vomir dans l'ours. Il comprit à ma crispation spasmodique générale qu'il devait y aller plus doucement. Le soin qu'il avait pris à m'enrober de ouate avec de l'adhésif maintenait mon bras rectiligne. Je n'avais qu'à le soutenir un peu.

Pendant le temps de la fuite, Philippe ne dit plus rien. Le son du ressac prenait lentement le relai de celui de la place bruyante tandis que nous nous en éloignions.

Quand Philippe m'agaça à nouveau avec cette histoire d'allure de nounours je lui rétorquai avec toute l'énergie qu'il me restait et une colère que je ne voulais plus retenir qu'il m'avait cassé le bras. Ne trouvant rien à dire, il marmonna un peu et m'encouragea avec une légèreté malvenue.

— On peut pas s'arrêter là. Tu vas pas me faire ça... Hein ! Pense à quelque chose de positif...

Ma colère redoubla, m'infligeant une douleur intense qui me calma illico.

Quand Philippe me posa sur le bord de l'annexe sans ménagement, je rebondis sur les boudins gonflés et en percutai le fond. La douleur me tira des larmes en plus d'un cri, très net cette fois. Il s'excusa pour la première fois depuis le début de notre rencontre. Il avait cru que je me tenais. Je ne réussis pas à savoir s'il mentait ou s'il avait vraiment été stupide à ce point. Il me supplia à nouveau de rester silencieux en me jurant que ça irait.

Non ! Ça n'irait pas. Je ne voyais pas comment ça pourrait aller avec un bras cassé ! Il démarra le moteur. Les secousses des vagues me torturaient. Par chance, le bateau était ancré tout près de la côte.

*

Après m'avoir hissé à bord avec précaution, il me posa sur une banquette extérieure, remonta l'annexe et commença la préparation de l'appareillage. Je distinguais à peine les volumes du voilier. La fatigue gagnait du terrain sur ma vigilance, mais mon bras me tenait éveillé. Philippe passait de la proue à la poupe et du moteur aux cabines avec précipitation, sans se soucier de ma présence. Sa liberté était en jeu. Mon bras cassé ne faisait pas le poids.

Une fois le bateau mis en route, il commença à me dépiauter sous la nuit, peuplée de moutons un peu plus foncés. Il m'enleva la tête de l'ours avec une délicatesse empressée. La fraîcheur me fit du bien. Si je ne bougeais pas, je parvenais à maîtriser la douleur qui pulsait dans mon avant-bras. Mais dès qu'un contact se faisait, c'était insoutenable.

Malgré le standing du nouveau bateau — son vrai bateau, cette fois — je ne pouvais m'empêcher de sombrer dans le désespoir. Tout semblait foutu, consumé, comme à la fin d'une fête, lors de ces minutes pesantes après l'arrêt de la musique, quand on foule les confettis souillés sur le sol, que l'on voit dans un miroir notre belle chemise froissée, tachée, notre nœud papillon aux ailes abîmées, nos chaussures plus très luisantes au bout de jambes lourdes comme des haltères, et, à l'opposé de nos orteils rabougris, des cernes trop marqués sur un visage terne. On constate alors, avec une précision cruelle, l'agonie d'une joie qui avait pourtant semblé plus forte que tout, dans l'euphorie de la nouba.

Il me sortit de la peau de l'ours, sans cesser de regarder la rive dont nous avions du mal à nous éloigner malgré le moteur. Délivré de mes poils synthétiques de grand mammifère made in China, j'avais l'air d'un caniche de concours avec la ouate fixée en boules sur mes membres trop maigres. Il m'aida à descendre dans le carré pour finir de me dépiauter à l'intérieur. On y était bien mieux que dans le bateau de location. Tout était plus neuf et plus harmonieux. Les éclairages subtils et les bois plus clairs, conféraient à l'espace entier une certaine douceur. J'eus l'impression que le bateau nous avait attendus et nous témoignait avec élégance sa satisfaction de nous recevoir. Le carré, à lui seul, me sembla plus grand que notre salon entier à Saint-Pierre d'Irube.

Lorsqu'il découvrit l'état de mon bras, Philippe marqua un temps, les lèvres pincées, le regard fixe, puis acquiesça, comme s'il savait quoi faire. Il alla couper le moteur et hisser les voiles. Il mit le bateau sur le bon bord et enclencha le pilote automatique sans que je comprenne le sens des manœuvres et de ses allées et venues. Il alla ensuite déchirer du tissu dans une cabine.

Il revint me mettre le bras en écharpe avant de remplir l'ours avec la ouate qu'il m'ôtait. Il apportait un soin extrême à une action qui n'en demandait pas tant, parce qu'il n'arrivait pas à prendre de décision. Il gagnait du temps, pensais-je, sans oser le dire. J'espérais qu'il finirait par se rendre compte qu'il fallait retourner à terre pour me soigner. En mettant dans ma voix la plus grande douleur possible, je lui demandai faiblement.

— Comment qu'on va faire ?

Il m'expliqua, avec un aplomb auquel je ne m'attendais pas, qu'il allait me fabriquer une attelle et me donner un calmant. Ensuite, je n'aurais quasiment plus mal.

— On va pas au Maroc, hein ? S'il te plaît. On va pas au Maroc ?

Il répondit sans me regarder. Faussement préoccupé par le remplissage de l'ours.

— On n'a pas le choix.

Là, je ne voulais plus jouer. Il ne se rendait pas compte. Mon bras... c'était mon bras qu'était cassé. Il se figea et se redressa doucement. Je crus un court instant que mon gémissement l'avais fait changer d'avis. Son regard se porta vers l'extérieur. Une lumière bleue très légère balayait son visage en vagues douces qui s'intensifiaient rapidement.

Il sortit en trois enjambées. La police arrivait. La douane. La lumière bleue biffait maintenant le carré tout entier, chaque seconde, de plus en plus intensément. L'éclairage très blanc d'une gigantesque lampe torche tenta de se stabiliser sur nous, comme dans les films avec les hélicos de la police.

Philippe était piégé. Il mit le nounours géant dont il venait de terminer le remplissage dans la cabine de Matéo et m'invita à m'y installer. J'avais remarqué depuis un moment la petite bouée fantaisie en relief collée sur la porte avec le prénom de son fils en travers dans une typographie rondelette. C'était sa chambre. Un mausolée où rien n'avait bougé depuis sa mort. Ça sentait moins bon que dans le reste du bateau. J'imaginais que la cabine attendait le retour de son occupant, et ce n'était pas moi ; surtout pas moi.

Je refusai d'y pénétrer et encore plus de m'y cacher. J'en avais assez. Il y avait un pas de trop à faire. Il y avait mon bras, aussi. Je ne voulais pas perdre mon bras. Je ne voulais pas aller au Maroc. C'était fini ! On allait se rendre et me réparer. Je me fichais de ce qui pouvait arriver à Philippe. Après tout, je n'y étais pour rien... enfin, presque pour rien.

Je fis non de la tête, sans oser le regarder. Je m'attendais à ce qu'il me force, m'attache et me bâillonne.

Il s'assit en soupirant sur les marches. Quand j'osais enfin le regarder, il eut un sourire pathétique. Les policiers criaient dans un porte-voix à l'extérieur, un avertissement en anglais. Philippe passa une main tendre sur ma tête. Croyant qu'il allait me frapper, je fus pris d'un tressaillement.

Alors qu'il montait sur le pont, aveuglé par le projecteur, comme un héros lors de sa reddition dans un film hollywoodien, ma culpabilité me renvoya mon image de tas de bidoche.

— C'est bon ! d'accord. Soufflais-je dans un sanglot retenu.

J'entrai dans la cabine du mort et fermai la porte. Je m'allongeai dans le lit, sans savoir ce que je faisais. Je voulais juste qu'on ne me voie pas. Ensuite on discuterait sérieusement de ce Maroc et de mon bras. J'installai Teddy sous la couette avec moi. La douleur me laminait et j'étais dans le lit de Matéo qui commençait à être colonisé par l'humidité. Il me rappelait vaguement l'odeur du tapis de feuilles dans les bois. Décidément, c'était l'odeur de Matéo, l'odeur de la mort. En m'allongeant, j'eus le sentiment du sacrifice ultime, alors que Philippe terminait d'affaler les voiles.

J'entendis une discussion à l'extérieur et les godasses qui martelaient le pont, avant qu'un troupeau de bovins descende les marches. Ça parlait anglais dans le carré, mais Philippe s'arrangeait pour glisser des phrases clés à voix haute en français afin que je comprenne la situation. Ça n'était pas très fin, mais ça marchait.

— Mon fils il est malade... il a mangé trop de glace. Il dort...
Il avait dû être soulagé que je me sois plié à sa demande. Maintenant, il suffisait que je dorme. C'était facile. Les voix se répondaient. La porte de la cabine s'ouvrit. Blotti dans la couette contre Teddy, je fermai les yeux. Un homme en uniforme appela.
— Matéo !
J'aurais pu décrocher l'oscar du meilleur « enfant-qui-se-réveille ».
— Oui ?
— Common vous allez ?
Il avait un accent qui me donnait un avantage. Pour lui montrer ma bonne volonté, j'articulai du mieux possible.
— Ça va très bien.
— Pas maladie ?
Zut ! C'est vrai que Philippe a dit que j'étais malade...
— Si, si... mais...
Philippe intervint.
— C'est rien, Matéo. C'est la police. Ils font juste un contrôle.

Je remarquai le chien qui les accompagnait lorsqu'il mit ses deux pattes avant sur le lit et renifla dans ma direction. Il était très excité mais peu intéressé par moi. Le douanier attrapa le gros ours pour le présenter au chien. La douleur me fit lâcher un petit cri. Philippe protesta en anglais. Je me blottis sous les draps pour cacher mon bras et mes larmes. Le chien ne trouva rien d'intéressant à l'ours. Le douanier ouvrit la fermeture éclair et sortit un peu de ouate avant de tâtonner toute la peluche et laisser tomber.

Philippe leur parla de façon agressive, feignant de me protéger. J'en profitai pour réaliser un rêve.

— Papa ?

Il marqua un temps qui lui permit tout juste de gérer sa surprise.

— Oui, c'est papa. C'est ça... rendors-toi !

Il était touché, je le sentais, non sans une satisfaction dont je refoulais l'ambiguïté au fond de ma douleur. Peut-être avait-il cru un instant qu'il s'agissait vraiment de son fils. J'aurais voulu suspendre le temps. Le temps de ce regard où on avait chacun joué un rôle qui nous faisait du bien. Il se tourna vers les policiers pour leur confirmer que papa c'était lui, en fermant la porte d'autorité. Je craignis qu'il attire leur attention sur ce qu'ils avaient certainement pris pour une évidence.

Il y eut ensuite des échanges secs. Je les entendis fouiller dans le carré en continuant de parler. Puis ils remontèrent sur le pont un peu moins bruyamment qu'ils n'en étaient descendus. Le moteur de leur bateau vrombit à en faire trembler le placard de la cabine de Matéo. Les ultra-basses s'éloignèrent rapidement, jusqu'à se fondre dans le bruit du vent et les claquements des vagues contre la coque.

Philippe me rejoignit bien après. Je suppose qu'il hésitait. Il ne savait pas comment reprendre contact. J'étais moi-même perdu. J'ignore combien de temps l'inspection avait duré. Je me demande même si je ne m'étais pas un peu endormi. Sa voix trahissait une certaine lassitude.

— Ils sont partis, c'est bon... ils voulaient juste me prévenir pour la météo... enfin, c'était une excuse pour voir un peu... y'a pas mal de trafic avec...

Il voulait dire le Maroc, mais c'était risquer une conversation pénible. Il observa la cabine comme s'il la découvrait.

— Tu peux rester là... tu seras mieux...
— J'ai mal.
— Ah ! Oui...

Il me fit une injection de morphine, puis fabriqua une attelle avec un Tupperware qu'on aurait juré faire partie d'un kit « spécial bras cassé ».

Alors que je geignais et m'inquiétais, il tentait de me rassurer en me parlant de ses études en école vétérinaire. Il avait suivi le cursus jusqu'en deuxième année, période à laquelle il avait eu l'opportunité de monter son entreprise, ZOOTOOL, avec un camarade de promotion aussi peu assidu que lui et dont le père avait de bonnes relations dans l'industrie vétérinaire. Il se vanta, peut-être pour me rassurer aussi, d'avoir récemment obtenu un prix prestigieux remis par l'ordre des vétérinaires. Pas convaincu, je lui rappelai mollement que « les vétérinaires c'est pour les animaux ». Comme s'il avait travaillé la répartie à cette évidence, il répondit en souriant que l'homme était un animal, jusqu'à preuve du contraire. Ça me semblait logique, mais je n'avais pas envie qu'il ait raison.

— Tu sais comment on appelle un vétérinaire qui ne soigne qu'une seule espèce ?

Ma perplexité l'amusa un peu.

— Un médecin.

Je ne compris pas ce qu'il y avait de drôle. Je me plaignis de la douleur toujours présente.

Il me suggéra à nouveau de penser à quelque chose de positif. Il n'y avait rien de positif. Je le lui criai, du fond de mon engourdissement. Il ne sortit qu'un murmure de ma bouche. Il répondit qu'il y avait toujours quelque chose de positif. Je me mis à chercher. Tout semblait pourri, sombre, raté, désespérant.

Il me cala le bras contre le corps. Je trouvai ça étonnamment douillet. La morphine faisait effet. Sans aller jusqu'à l'allégresse, je me sentais bien mieux. Je lui parlai d'Émilie, mon plus grand secret, sans lui dévoiler trop de mes rêves amoureux. Je lui racontai un épisode traumatisant en E.P.S., lorsqu'elle s'était moquée de mes chaussettes trouées. Il fit le rapprochement avec mon désir de chaussettes. Je n'y avais pas pensé. Il trouva étrange que je mette des chaussettes trouées pour l'EPS. Quand je me défendis en expliquant que je n'avais que ça, il me demanda pourquoi je ne me mettais pas pieds nus. Ça non plus, je n'y avais pas pensé. Sentant ma mélancolie prendre le dessus, il improvisa un dicton fataliste qui me sembla assez idiot pour en sourire.

— L'amour, tu sais... c'est comme une boîte de chocolats... ça coûte cher... et ça fait souvent mal au cœur.

Je n'avais pas vu le film auquel cela faisait référence, et mon amour pour Émilie ne m'avait rien coûté. En revanche, il est vrai que j'avais eu très mal au cœur, surtout le jour des chaussettes trouées.

13.

Une force bruyante me projeta hors du sommeil. Depuis que j'avais croisé la route de Philippe, mes réveils se faisaient trop souvent par les vacarmes et les secousses, comme si son monde n'était que rudesse et convulsions. Cette nuit-là, plus que toute autre, fut à l'image de ce chaos qui semblait le suivre.

La douleur me réveilla au moment où je me cognai dans la paroi de la cabine. J'étais secoué sans comprendre pourquoi. Le coffre de la voiture et l'ours n'avaient été que des apéritifs, je dégustais maintenant le fameux plat qui se mange froid.

Mes bonds et rebonds auraient pu m'amuser en d'autres circonstances, à la fête foraine de mai, par exemple, où le bateau dans la tempête aurait été un manège à succès. Mais le vacarme de la pluie sur le pont se substituait aux cris joyeux d'hystérie complaisante. Et les chocs sourds des vagues contre la coque évoquaient plutôt une entité monstrueuse qui fouettait notre havre précaire. Ça rigolait pas.

Sous l'éclairage rouge du carré, j'avais l'impression très physique d'atteindre les enfers et la conviction très morale que c'était ma place. Ma douleur au bras devenait presque secondaire. J'étais focalisé sur les secousses qui n'en finissaient pas, attendant avec crainte la prochaine, dès la fin de la précédente. Je repensais à une araignée que j'avais remuée pendant de longues minutes dans son bocal.

Elle m'avait semblé bien plus solide que moi. Elle se recroquevillait mais se relevait chaque fois à l'affût et combative. Si elle avait pu me voir, maintenant, elle se serait bien marrée.

*

Quand Philippe entra, je ne me souvenais presque plus de lui, tellement la fureur de l'océan avait heurté ma conscience. Il brandissait un ciré jaune et un gilet de sauvetage orange presque à ma taille. Je ne compris pas ses premiers mots, mais ses gestes étaient clairs. Je devais enfiler l'accoutrement qu'il me tendait. Résigné face à la force des éléments, je lui demandai quand même la confirmation que nous allions couler. Il m'engueula en m'enveloppant dans le ciré, comme si, évoquer cette éventualité portait malheur.

Une fois engoncé, j'eus l'impression absurde que plus rien ne pourrait m'arriver. Les flotteurs en polystyrène, à l'intérieur du gilet orange, servaient d'amortisseurs. J'étais maintenant une sorte de bouchon humain, comme les bouchons qu'on met sur une ligne à la pêche. Impossible que je coule. Je m'imaginais barbotant au milieu de l'océan, créant des ronds dans l'eau, au-dessus des abysses d'où pourrait surgir toute sorte de bestiole carnivore qui ne ferait qu'une bouchée de mes vingt-trois kilos. Ça m'effrayait quand même un peu. Je ne parvenais pas à choisir entre ça et la noyade. Je verrai bien le moment venu.

Avant de me laisser à nouveau seul, Philippe me raisonna, prenant un temps pédagogique pour m'assurer qu'il avait le contrôle de la situation et que ce genre de bateau ne pouvait pas couler. Il fallait simplement que je reste à l'intérieur pour être en sécurité. Il me cala du mieux possible avec des sacs avant de sortir. Je me demandai pourquoi il sortait puisque c'était à l'intérieur qu'on était en sécurité. Il attrapa le grand sac du tourmentin, comme on saisit un arsenal, et ressortit dans les bourrasques. Ses pas se mêlèrent au tumulte infernal. Je l'entendais parfois hurler, parfois trébucher. Il semblait y avoir une explication sérieuse entre lui et les éléments.

*

Je ne dormais jamais vraiment et je n'étais jamais vraiment réveillé, non plus. Le jour qui suivit me parut étrange, comme si j'étais pris dans un nuage qui rendait les choses et les heures imprécises. La houle était forte et la pluie tombait sans interruption, mais le bateau ne cognait plus les vagues. Le vacarme avait cédé la place à un grondement régulier. Ou bien est-ce que j'étais devenu sourd ? Sourd, non, mais plus faible que jamais, oui. Je ne pouvais rien avaler. J'avais peur de vomir et je me sentais de plus en plus mal. Philippe m'expliqua les causes du mal de mer. Les cinq « F » : Faim, Froid, Frousse, Fatigue et « Foif ». Ce dernier élément me fit sourire et remit en question la crédibilité de la leçon. Pourtant, j'allais le vérifier tout au long de ma vie, respecter les cinq « F » c'est bien la meilleure façon d'éviter le mal de mer.

Il me força à manger un plat de nouilles chinoises, saveur crevette. La houle me berçait sans ménagement et je ne parvenais pas, avec mon unique main disponible, à tenir le pot et la fourchette.

Philippe prit les choses en main, me cala et me donna à manger comme à un enfant en bas âge. Il ne manquait que la chaise haute. Je fus d'abord très mal à l'aise. Nous nous trouvions soudain trop proches physiquement, dans une situation étrange, sans costume d'ours pour masquer notre gêne.

Il compensait parfaitement les à-coups de la gîte, et toutes les bouchées parvenaient à destination. Il avait même le réflexe de me racler le tour de la bouche avec la tranche de la fourchette pour que rien ne dégouline, comme si je ne pouvais même plus m'essuyer avec ma main valide. Je n'osais pas le lui faire remarquer. Il avait eu le tact de ne pas ironiser sur la situation, alors j'en profitais un peu. Je me laissais faire. J'avais pleine conscience de ma régression, derrière les vapeurs de morphine qui affectaient jusqu'à ma diction.

— Ça pique pas trop trop…

Je voulais bien jouer un peu au papa et au bébé. Nous étions à l'abri. Personne ne saurait que j'avais retrouvé, pour quelques minutes, un étrange et rassurant stade oral, dont le plaisir était brouillé par une crainte confuse : me perdre aux tréfonds d'un bien-être avilissant et ne plus pouvoir retrouver mon âge normal.

Je m'assommais avec cette question quand Philippe estima que le jeu avait assez duré. Il me parla fermement pour que je finisse au plus vite, car il devait reprendre la barre. J'obéissais. Je n'osais plus évoquer le Maroc. Peu m'importait. J'irai où il voudra que j'aille.

Il savait mieux que moi ce qui était bien. Et ce repas réconfortant, c'était toujours ça de pris au bonheur.

14.

Enfin, je me réveillais dans le silence douillet d'un matin idéal.

Il ne manquait qu'une musique douce pour accompagner les premières lueurs. Nous avancions sans heurts. Les rayons bas du soleil nappaient le carré d'une lumière divine. Ils le traversaient en de larges bandes éthérées sculptées par les hublots rectangulaires. Tout, à l'intérieur, était passé au tamis de cette lumière qui conférait au moindre objet une aura fantastique. Même l'éponge sur l'évier était l'œuvre d'un peintre de génie.

En sortant sur le pont, affublé du gilet de sauvetage et du ciré, dont je remarquai seulement qu'il me faisait une grande robe rigide, je restais un temps subjugué par les éléments grandioses qui se donnaient en spectacle. Le ciel et la mer s'étaient chamaillés dans un mélange de bleus et de lumières. Un rose pastel avait essayé de trouver sa place au milieu d'un inimaginable tableau. La réalité n'était pas certaine. J'avais l'envie incongrue de me perdre dans cette peinture, persuadé qu'elle ne pouvait rien contenir de mauvais.

La douleur semblait n'être plus qu'un souvenir dont il restait quelques crampes (les effets de la morphine persistaient). Philippe était affalé près de la barre, les bras entourant un winch qui le maintenait en position. En prolongeant mon regard panoramique vers le soleil, j'aperçus, le long de la ligne d'horizon, au-devant de nous, presque invisible, une bande sombre qui tentait de se dissimuler dans la brume.

J'en voulus soudain à l'espoir bleu éclatant et ses reflets rosés, à la lumière prometteuse et à tout ce qui venait d'emballer mon optimisme. Je m'en voulais surtout d'avoir cru possible un aboutissement heureux à cette échappée délirante. Je n'étais, bien sûr, qu'une petite victime impuissante, qu'un sens de l'honneur absurde avait entraînée dans un mauvais scénario. À peine apparue, ma colère s'étouffa sous mon désespoir.

Quand Philippe se réveilla j'étais encore debout, le regard fixe vers la bande de terre mal camouflée.

— C'est le Maroc ?

La tristesse m'avait noué les cordes vocales.

— Hein ? Non. C'est Lanzarote...

Il se leva pour confirmer.

— Je vais te laisser aux Canaries.

J'eus la vision cauchemardesque d'hôtes très aimables en plumes jaunes avec un bec et des yeux ronds tout noirs. C'était impossible, bien sûr, mais comme aucune idée réaliste ne parvenait à mon entendement, je paniquai et le fis répéter.

— Les canaris de qui ?

Il ne trouve pas la force de rire.

— Les îles Canaries, pas les oiseaux !

— Ah !

Il eut du mal à croire que j'étais sérieux. Pourtant j'ignorais vraiment qu'il existait des îles qui s'appelaient Canari(e)s. Il me jaugea des pieds à la tête, dans mon accoutrement de survie. Pour éviter une réflexion désobligeante qui lui brûlait les lèvres, il me raconta que l'origine du nom « Canaries » n'avait rien à voir avec les oiseaux.

— Ça vient du latin « canariae insulae » : l'île aux chiens. On ne sait pas vraiment si c'est à cause des phoques qu'on appelait « chiens de mer » ou à cause des chiens de garenne. Y'en avait beaucoup à l'époque des premiers colons. Y'a aussi la version du peuple berbère, les « Canarii ». C'est eux qui auraient colonisé les îles en premier... va savoir... avec les hommes, on n'est jamais certain de la vérité.

Je l'écoutais poliment, dissimulant d'un sourire incomplet mon manque d'intérêt pour l'étymologie. Un profond soulagement avait mis ma tension au repos. Plus rien n'avait d'importance que la nouvelle du changement de plan et j'étais pressé d'en savoir plus.

Philippe avait changé d'avis tout de suite après notre départ de Madère. Les vents forts et les courants nous avaient fait gagner un temps précieux en nous poussant vers Lanzarote. Le nouveau plan était qu'il me laisse à l'hôpital et qu'il prenne la fuite comme il le pourrait. Ce qui comptait avant tout, c'était que je sois en sécurité en Europe et qu'on s'occupe au plus vite de mon bras.

Je n'en revenais pas. Je passais désormais avant lui ; avant sa liberté. Je n'étais pas pour autant soulagé, car, de le savoir perdu avait brusquement éteint la lueur d'espoir apportée par notre changement de destination. Je ne pouvais pas me réjouir. Je voyais bien qu'il n'avait pas réellement de plan. Sa description des évènements à venir était vaseuse. Il improvisait mal. Comment allait-il me déposer sans se faire prendre ? Il ne voulait pas l'avouer devant moi, mais il baissait les bras. La tempête semblait l'avoir fait plier.

La culpabilité me rattrapait très vite, au point de lui proposer de reprendre le plan du Maroc. Il se fâcha, sérieusement cette fois. Quand j'insistais en proposant qu'on me fasse passer pour Matéo – puisque ça avait très bien marché avec les douaniers – il me reprocha, d'un ton agressif et cruellement méprisant, mon ignorance et ma vision irrationnelle des choses. Ce qui était un comble de la part d'un kidnappeur d'enfant. Je ne répondis rien. Trop faible pour m'opposer réellement, je me pliais à contrecœur au nouveau plan qui n'en était pas un.

L'ambiance redevint pesante. Nous nous apprêtions à retrouver nos distances, rompre ce lien qui s'était tissé, contre vents et marées… oui, contre vents et marées.

Je résistais mollement lorsqu'il voulut m'enlever le gilet de sauvetage avec lequel je me sentais protégé, insubmersible. Philippe n'eut même pas besoin d'élever la voix pour que je cède. Il était devenu l'autorité qui décidait de ma vie sans que je m'y oppose. Je lui reconnaissais ce droit, aussi volontairement que je l'avais refusé à Bruno, sans m'en rendre vraiment compte, juste parce que c'était juste. Il n'eut même pas besoin d'insister pour que je me lave, moi qui avais l'hygiène d'un chien errant et la pudeur d'une nonne. Je suivais ses ordres sans broncher, confiant et fier de lui obéir. Il ne voulait pas me rendre dans cet état. Comme si ça pouvait changer quelque chose à sa condamnation !

Pendant ma toilette, je priais à nouveau mon Dieu de circonstance que Philippe puisse s'échapper très loin après m'avoir largué chez les « canaris ». Je demandais à cette entité divine improbable et pourtant préoccupante, la possibilité de retrouver Philippe un jour prochain, quand toute cette histoire serait oubliée.

J'avais grogné et même pleuré quand l'eau de rinçage avait ruisselé trop fort sur mon bras, mais j'étais finalement content d'être propre. Il était hors de question que je l'avoue. Philippe m'avait lavé les cheveux et secoué la tête pour les sécher, me claquant la serviette dans les yeux, comme ma mère le faisait quand j'étais petit. C'était pourtant pas compliqué de faire attention ! « J'espère qu'ils se rencontreront » avais-je furtivement pensé, pendant qu'il m'enveloppait avec précautions. Je faillis l'évoquer, mais chassais finalement cette idée qui n'avait pas de place dans la réalité. Ça l'aurait encore mis en colère. Il m'aurait encore dit que je fabulais. Il s'y connaissait en fabulation.

Alors que je terminais de me sécher dans la cabine de Matéo, je regardais mes vieux vêtements comme s'il s'agissait d'une tenue de bagnard. J'ouvris le placard de Matéo, espérant sans trop y croire, une alternative.

Les étagères vides, inutiles, abandonnées depuis longtemps, comme le reste de la cabine, semblaient attendre sagement. La penderie aussi était vide, en dehors de quelques cintres et un grand sac plastique transparent calé sur l'étagère du bas. Je regardais à l'intérieur du sac. Il en émanait une forte odeur de moisi. Je m'en écartai, au moment où Philippe me rejoignit en brandissant un coupe-ongle comme un trophée, plus sentencieux que victorieux.

— Voilà ! L'outil indispensable à tout homme civilisé…

Sa colère fut immédiate. Il me prit le sac des mains. Je remarquais le logo en forme de colombe stylisée au-dessus de l'inscription « Centre Hospitalier de la Côte Basque ». Je compris qu'il s'agissait des vêtements de l'accident de Matéo. Le logo me rappelait l'oiseau sur la plaque tombale (Tu n'es plus là où tu étais, mais tu es partout où je suis) bien qu'il n'y ait pas de lien entre eux.

Lorsque nous étions sur les hauteurs de Machico, moi dans l'ours, Philippe avait parlé de ce sac des affaires de Matéo qu'on lui avait confié à l'hôpital. Ce soir-là, il n'avait pas voulu rentrer chez lui. Il ne voulait voir personne. Il avait roulé longtemps avec sa voiture, le sac sur le siège passager, à côté d'un caducée doré où le nom de son entreprise était gravé : « *ZOOTOOL - 1er Prix de l'innovation technique* ». Vers la fin de la nuit, Philippe avait fini par se rendre au seul endroit où il pensait être à l'abri des condoléances insupportables : là, sur son bateau – j'imaginais la scène – il avait retiré son smoking pour le mettre dans le sac. Il avait tassé ses vêtements avec les vêtements de son fils, comme pour enterrer avec lui sa vie d'avant. Il avait décidé à ce moment-là de tout balancer ; vendre ZOOTOOL et vivre loin des autres. Je commençais à découvrir, dans ses regards perdus, dans ses sourires pathétiques, ses silences ou ses colères rentrées, la profondeur abyssale de la blessure qui l'avait mené sur ce chemin criminel d'où nous tentions de sortir.

Philippe marmonna devant le sac ouvert, plus sous l'effet du choc que pour me faire des reproches.

— Qu'est-ce que t'as besoin de fouiller ?

— Ça sent pas très bon, osais-je, pour détourner l'attention.

— Tu peux parler ! Pouffa t-il sans conviction.

Il allait remettre le sac en place, mais se ravisa, comme si quelqu'un avait appuyé sur « pause » et « rewind ». Il le reposa et se mit à chercher frénétiquement à l'intérieur, balançant sans respect les vêtements sur le sol, à ma grande stupeur. Il en sortit un sac plastique plus petit, du genre sac de congélation, qui contenait un portefeuille fantaisie, une montre, un smartphone et des petits objets que je n'identifiais pas. Il ouvrit le portefeuille pour en sortir une carte d'identité française, celle de Matéo. La photo qui y figurait était ancienne. Il devait avoir à peu près mon âge. Philippe nous compara en positionnant la carte près de mon visage. Je n'osais plus bouger. J'attendais le verdict. Il fronçait les sourcils en essayant de se convaincre que c'était possible. Je comprenais ce qu'il cherchait à savoir : Est-ce qu'on se ressemblait assez ? Il me regarda de la tête aux pieds avec un mépris que j'espérais involontaire.

Je me sentis à nouveau piteux. J'avais onze ans et j'étais petit pour mon âge, sans parler même de la maigreur. Matéo en avait quinze, il était grand et mangeait bio. Philippe conclut sans précautions :

— Ça marchera jamais. Regarde-toi ! Tu peux pas avoir quinze ans.

Je vérifiai la photo sur la carte d'identité pour me défendre.

— On dirait pas qu'il a quinze ans.

Philippe acquiesça. Il évoqua à mi-voix le souvenir du jour où ils avaient pris cette photo pour la carte d'identité de Matéo afin d'aller en Angleterre, six ans plus tôt.

En Angleterre ! Décidément, nos vies étaient des mondes parallèles — et les parallèles ne se rejoignent jamais — Je ne pouvais que le regarder, ce monde qui m'éclaboussait de sa perfection. Mon seul moyen d'y accéder avait été de le percuter. J'étais perdu dans ces pensées quand Philippe me fit sursauter en se précipitant à la table à carte.

Il fit un essai sur un morceau de papier, se concentra, souffla et se lança dans le maquillage du « 3 » de 1993 en « 8 » de 1998 sur la date de naissance de Matéo. C'était pile mon année de naissance, 1998, l'année de la grande victoire, disait Bruno. J'étais la seule défaite de cette année-là, selon lui. Il m'avait lancé ça comme ça, un soir, à table, alors que tout était tranquille. Je ne savais pas quoi répondre. Je craignais qu'il ait raison. Aujourd'hui je sais que c'est faux. Le monde était plein de défaites cette année-là, comme toutes les autres années. Car la victoire des uns nécessite presque toujours la défaite des autres.

Je fixais Philippe qui s'appliquait comme un joaillier sur la carte d'identité plastifiée. J'étais, une fois de plus, béat d'admiration devant autant d'adresse et d'intelligence. Il utilisait un feutre indélébile fin. C'est vrai qu'on ne voyait pas le trucage du 3 au 8. Le résultat changea radicalement son humeur. L'heureux hasard des dates lui était apparu comme un signe du destin, le chemin vers la liberté. On allait me faire passer pour son fils. Je ne voulais pas me vanter, mais c'était mon idée.

Il n'y avait plus qu'à m'acheter des vêtements. Je manquais, hélas, de vigueur pour m'en réjouir. Mon bras me semblait foutu pour de bon et je commençais à réfléchir à ma vie de manchot. La douleur, quand elle revenait, me rassurait presque, elle prouvait que quelque chose subsistait. Malgré cela, je sentais poindre – comme le rose étonnant sur l'horizon de ce matin-là, émanant parmi les bleus et les lumières – une nouvelle Couleur dans ma vie. Je n'arrivais pas encore à définir ce que c'était vraiment, mais c'est bien vers elle que je voulais aller. Je dis Couleur parce que je n'ai pas d'autre mot à mettre sur ce « signe ». Peu importe la forme qu'elle prendrait, sonore, visuelle, olfactive, sensorielle ou tout ça à la fois, je reconnaîtrai cette Couleur dès qu'elle se montrerait. Pour l'instant, j'étais Matéo. Elle m'avait amené là. Elle se mélangeait avec la fatigue et les effets de la morphine, mais je la sentais bien présente. Elle me conférait une acuité plus forte, agrémentant la vie ordinaire d'un certain relief.

Je me fichais de perdre la boule. Ce qui comptait, c'est que j'étais enfin quelqu'un d'autre. Je me débarrassais du mioche perdu dans ses vêtements cradingues, pour un temps au moins.

Je me remontais ainsi le moral, tout en admirant le travail de précision sur la carte d'identité entre mes doigts, quand le silence de Philippe m'interpella. Il avait trouvé une photo parmi les autres documents du portefeuille. Ça ressemblait à une mauvaise nouvelle. Je n'en pouvais plus de ces émotions contradictoires. Quand je m'approchai, je vis la photo froissée d'un vieil homme au milieu d'une végétation exotique très dense. Il se tenait debout, fier, un outil à la main. On distinguait en arrière-plan, légèrement à droite, le toit en tôle bleu ciel d'une maison de plain-pied blanche carrée.

— C'est qui ?
— Mon père... qu'est-ce qu'il foutait avec une photo de mon père ?

Ça me parut d'abord absurde qu'il se pose la question. Son père c'était le grand-père de Matéo. Matéo avait bien le droit d'avoir une photo de son grand-père dans son portefeuille. Lorsqu'il me regarda, je remarquai la lueur trop forte de son cristallin. Je ne m'étais jamais imaginé qu'il pourrait pleurer. Surtout pas pour ça. Il rangea la photo dans sa poche et remit le portefeuille dans le petit sac et le petit sac dans le grand sac et le grand sac dans le placard, avant d'aller préparer le petit-déjeuner.

Je n'osai rien dire. Une question aurait été déplacée. Je le sentais comme on respire l'odeur du gaz dans le noir, un briquet à la main.

— Combien de tartines ?

Que répondre ? Il était passé d'une émotion trop forte à une question totalement anodine avec tant de facilité.

— Heu ! Deux...

Il alla me chercher un de ses T-shirts que j'enfilai comme une djellaba courte. Le coupe-ongle était resté sur le lit.

— Je garde mes ongles ?

Il répondit difficilement, cette fois, la gorge nouée, le visage qui cherchait à s'enfuir. Je vis alors très précisément le masque qu'il tentait de conserver se fendiller. Il n'était pas si fort que ça.

— On verra après.
— D'accord.

Oui, d'accord. Je serai toujours d'accord quand je te sentirai comme ça, au bord du gouffre d'où tu reviens à peine.

Ta grande carapace cachait quelque chose avec un talent cultivé de longue date, me semble-t-il. N'avais-tu jamais parlé vraiment ? Avais-tu toujours gardé ce stoïcisme de statue soviétique ? Ne t'étais-tu jamais confié ? Car moi, au premier grand choc de ma vie, j'avais eu besoin de parler et il n'y avait eu personne. Les mots sont des filins pour nous relier, nous empêcher de tomber dans des crevasses où l'on meurt seul. Je te les lance, encore aujourd'hui. Pas en vain. Je le sais.

Je voulais le consoler mais ne savais comment faire. J'avais besoin de lui, et, encore une fois, j'aurais aimé qu'il ait besoin de moi. Je ne savais pas qu'il existait des hommes comme ça, qui restent debout, quelle que soit la taille de la vague, qui essuient leurs larmes avec autant de dignité.

J'aurais voulu qu'il me redonne à manger comme la nuit passée, pour qu'on retrouve un peu de proximité. Mais l'océan était calme et il faisait jour. Il était impossible de l'approcher.

Lorsque nous passâmes entre La Graciosa et Lanzarote, sous un soleil bien franc, je commençais sérieusement à me demander comment je ferai sans lui.

15.

Je patinais dans la semoule de mes incertitudes lorsqu'il revint. Surveillant l'horloge numérique du coin de l'œil, les sons feutrés de la marina accompagnaient sans à-propos des bribes d'images hachées auxquelles je tentais de rattacher un sens ; en déduire une conduite à suivre. Je fus soulagé d'entendre Philippe sauter sur le pont, avant de voir sa silhouette satisfaite se présenter au bas des marches. Pour se donner un peu d'allant, il brandit un sac plastique, comme s'il avait fait bonne pêche. Il en sortit des vêtements qu'il posa sur la table.

— Ça n'a pas été simple mais je pense que ça t'ira.

Découvrant le butin dont il semblait si fier, je m'assurai, en croisant son regard, qu'il ne s'agissait pas d'une blague.

Il avait acheté un ensemble bermuda/chemise à manches courtes, où s'entremêlaient des imprimés de flamants roses et de grandes feuilles vertes sur un fond blanc. Le sac ne contenait rien d'autre que cette tenue, un caleçon et des tongs jaunes et vertes aux couleurs du Brésil. Je n'osais rien dire. J'interrogeais à nouveau mon sens de l'humour et de l'esthétique, tandis qu'il saisissait la chemise pour me la coller contre le torse.

— Tu vas être pimpant, là-dedans ! Hein ?

Aucune ironie dans son regard. Juste une satisfaction un peu crétine à laquelle je répondis par un timide hochement de tête.
— J'ai pris à manches courtes. Ça sera plus facile à enfiler.
J'essayai de lui trouver des excuses. Il fallait faire vite, il avait fait très vite. Je supposai qu'il avait pris le premier truc à ma taille et ce n'était d'ailleurs pas tout à fait à ma taille, mais ça, j'en avais l'habitude. En tout cas, pour une fois, j'étais un enfant propre, avec des vêtements neufs... et ridicules.
Il faut bien reconnaître que, malgré mon état de fatigue, je n'avais plus du tout l'allure du pauvre gosse de la semaine dernière. Je m'en rendis compte en sortant, quand je foulai les lattes antidérapantes du ponton sous le soleil des riches. D'aimables regards se posaient sur moi. De mon bras en écharpe, mes cannes de serin sur l'île des canaris ou la nuée de flamants roses qui squattaient mes vêtements raides, je ne saurais dire ce qui attirait le plus cette soudaine empathie. Notre bateau était l'un des plus grands. Cela aussi, ça changeait quelque chose en moi. Je ne pus m'empêcher d'en être fier, comme si j'y étais pour quelque chose.

*

Nous prîmes un taxi et quelques bouffées de désodorisant aux agrumes par la même occasion. La combinaison du cuir, de la chaleur et du parfum agressif créait un trait d'union grossier entre l'air marin auquel je m'étais habitué et celui, aseptisé, de l'hôpital dans lequel nous ne tarderions pas à entrer.

Philippe me présentait comme son fils, avec un naturel stupéfiant de menteur professionnel. Même moi, j'y croyais. Ça m'amusait, malgré la douleur lancinante de mon bras et l'angoisse qu'une gaffe puisse tout stopper et changer la comédie en drame, aussi vite qu'on change de chaîne sur une télé.

J'avais appris par cœur mon nom, le sien, celui de ma mère (son ex-femme), ma date de naissance et mes adresses. J'étais Matéo Sarre-Defrais, fils de Philippe Sarre et Nathalie Defrais. Notre petit accident pendant la tempête, qui avait causé ce souci de bras cassé, ne serait bientôt plus qu'un mauvais souvenir et nous pourrions reprendre notre route vers la France pour y retrouver ma mère, ma maison et tout l'amour qui vernissait ce monde tranquille. Même moi, je n'étais pas loin d'y croire.

On nous fit attendre dans un couloir, près d'une porte dont je me demandais si elle s'ouvrirait un jour. Des gens allaient et venaient d'on ne sait où. J'essayais de comprendre ce qui se jouait. On aurait dit des figurants auxquels on donnait le top pour passer. Une femme parlait de temps en temps en espagnol dans les haut-parleurs qui saturaient un peu.

Pour passer le temps, j'observais le troupeau rose sur une jambe de mon bermuda. L'un des flamants m'adressait un regard arrogant au bout de son cou en « S ». Je le retrouvais un peu plus bas sur l'autre jambe, puis sur le côté de ma chemise. J'envisageais de le compter quand je le pourrai. Il était perché sur une patte encore plus fine que les miennes. Lui, avait trouvé le juste milieu entre fierté et ridicule. Je n'avais vraiment pas besoin de ces compagnons.

— Y'avait pas que des oiseaux, quand même ?

— ...
— Hein ! Y'avait pas que des oiseaux roses ?
Philippe mit un temps à sortir de ses pensées.
— Ben... c'est ce qu'il y avait de mieux... ça te plait pas ?
— Bof !
— Tu sais, dans les boutiques des marinas y'a pas grand choix.
Il regarda ma tenue plus précisément.
— Et c'est pas des oiseaux. C'est des flamants roses. C'est chouette les flamants roses. Moi j'aime bien. C'est très à la mode en ce moment, elle m'a dit la vendeuse. C'est élégant... Tu sais, les flamants roses ils ont un truc dans le bec comme les fanons des baleines.
Il pensait peut-être que j'allais trouver ça cool.
— T'aimes bien les baleines ?
— Ben. Ouais... J'adore trop.
J'avais aimé les baleines plus que tout au monde quelques années plus tôt. Elles ressemblent à des montagnes de douceur. J'avais un poster au-dessus de mon lit, avec presque tous les types de baleines : « Baleine bleue, baleine grise, baleine noire, baleine à bosse, baleine boréale ». Je voulais vivre avec une baleine, au bord de la mer, ou mieux, dans une baleine, comme Gepetto. Mais ce n'était pas la question, là, dans l'hôpital. J'aimais aussi les glaces à la framboise et je ne voulais pas pour autant un T-shirt imprimé de glaces à la framboise. Il me prenait pour un imbécile avec ses histoires d'élégance des flamants roses qui ressemblent à des baleines. J'avais peut-être trop joué au bébé.
— Ils mangent de la même façon que les baleines. Et tu sais pourquoi ils sont roses ?

Mon esprit vagabond s'arrêta. Je scrutai le visage de Philippe, tentant de déceler l'effort qu'il faisait pour rester positif.
— C'est parce qu'ils mangent des crevettes.
Je pensai à la photo de son père et au chagrin brutal et irrépressible qu'elle avait provoqué. Je pensai à Bruno. Est-ce que j'aurais versé une larme pour ce connard s'il avait été mort ? Mon esprit s'égarait à nouveau, cherchant une piste au hasard.
— Ton père aussi c'était un connard ?
Je me rendis compte qu'il pouvait croire que « connard » faisait référence à lui, puisque je n'avais pas mentionné Bruno. Son regard dubitatif et son petit rire nerveux me confirmèrent le quiproquo. Je ne voyais pas comment expliquer le cheminement erratique de ma pensée. Je compris qu'il avait compris lorsqu'il soulagea mon embarras en répondant.
— Non. Pas un connard.
Son père était parti s'installer aux Antilles avec sa maîtresse quand Philippe était adolescent. Philippe ne le lui avait jamais pardonné. Il avait eu des nouvelles de temps à autre, mais n'y avait jamais répondu. Pour lui, son père avait fui ses dettes, qu'elles fussent pécuniaires ou affectives. C'était simple. Son jugement était rendu depuis longtemps. On n'abandonne pas sa famille pour une amourette et des illusions de fortune. On tient parole. On n'est pas des tas de bidoche.
La réalité est toujours plus nuancée. Devant ses difficultés à réussir en métropole, il avait simplement cru que l'herbe serait plus verte ailleurs. Il s'était rêvé aventurier, pour regagner un peu d'une dignité perdue dans un mariage moyen et des

affaires indignes de son ambition. Il n'avait rien voulu abandonner, surtout pas son fils. Comme tous les joueurs, il avait juste voulu se refaire.

Malgré ce portrait paternel un peu pathétique, je trouvai la réaction de Philippe excessive. Oui, son père était parti, en imbécile égoïste, mais il ne lui avait jamais fait de mal. Moi, si j'avais un père et si je pleurais en regardant sa photo, j'irais le voir.

— Il habite où ?
— Qu'est-ce que ça peut faire ? Très loin.
— Très loin comme quoi ?
— Comme trop loin.
— S'il est pas mort, c'est qu'il est pas trop loin.

Je fis mouche sans le savoir, au point que Philippe me retourna la question pour ne plus avoir à répondre.

— Et ton vrai père à toi, il est où ?

Je n'avais pas grand-chose à dire de mon vrai père. Je ne le connaissais pas. Ma mère répétait souvent que j'étais le fruit du hasard. Je concluais avec ironie que mon père c'était le hasard. Encore une fois, il me scruta sans comprendre. Je me détournai, gêné. Tandis que le silence s'installait, le regard perdu vers le drapeau brésilien sur la bride de ma tong, je laissais mon imagination fabriquer la rencontre entre Philippe et ma mère, onze ans et demi plus tôt... Ça aurait fait une belle histoire. Mon père, ce hasard !

*

De ce qui suivit, je ne me souviens pas grand-chose : une table en métal très froide pour passer la radio, le bruit inquiétant de l'appareil et la douleur quand on me manipulait le bras, avant de l'irradier.

Ensuite je me souviens avoir été installé dans une chambre à deux lits. Un autre enfant dormait et il ne fallait pas faire de bruit. Quelqu'un m'aida à me coucher. Philippe avait disparu et je ne comprenais rien de ce qui se disait. Je ressentais simplement la bienveillance des soignants espagnols avec cette idée que cette langue musicale, colorée et ondoyante, n'était pas appropriée à une science aussi sérieuse que la médecine.

Lorsque je me réveillais une première fois, en fin de nuit, l'enfant sur le lit d'à côté me regardait. Il me parlait mais je ne comprenais rien et je n'avais pas la force de me lever. J'avais soif. Une aiguille plantée dans mon bras valide était maintenue avec du sparadrap et reliée à un tuyau fin au bout duquel un flacon suspendu distillait un produit transparent. Je pus le voir clairement quand une infirmière entra en allumant une veilleuse dans le mur, au-dessus de ma tête. Elle ne parlait qu'espagnol mais comprit que j'avais soif. Elle me donna un peu d'eau dans un verre ergonomique, me tenant délicatement la nuque de ses mains douces à bonne température. Le garçon du lit d'à côté faisait semblant de dormir. L'infirmière me félicita d'un geste maternel et prit mon pouls. La voyant soudain immobile, je crus qu'elle me tenait la main pour m'apaiser, avant de remarquer son regard sur sa montre, comme l'avait fait Philippe dans le bateau. Je m'endormis sans entendre son départ de la chambre.

16.

Le jour s'immisçait entre les lamelles des stores vénitiens pour me réveiller.

Je remarquai mon bras gauche scellé dans un plâtre en résine bleue, qui partait de la main et s'arrêtait avant le coude. Pour les filles ils devaient mettre du rose. On me l'avait maintenu contre le corps avec une bande élastique, comme Philippe l'avait fait avec les moyens du bord, chiffon et Tupperware.

Philippe. Où était-il ? À quelle heure pourrait-il venir ? Je craignais soudain qu'on m'interroge. Matéo Sarre-Defrais né le... heu... 13 juin 1998, à... Bugeat... heu... mon père Philippe Sarre, ma mère Nathalie Defrais... cinq rue... Castelnau à Villefranque... ouf ! Je me souvenais.

Le lit de mon voisin était vide. Il n'y avait plus aucune affaire, plus de draps. J'avais peut-être rêvé. Ou alors il était parti. J'entendais des pas plus ou moins pressés dans le couloir et des conversations discrètes. J'essayais d'identifier l'origine des différentes sonneries. Téléphone ? Alarme ? Machines ?

La télé était éteinte et je n'osais pas me lever à cause de la perfusion. Quand je commençais à l'envisager, le petit-déjeuner entra et opéra un demi-tour sans explication. La femme qui portait le plateau avait changé d'avis en me voyant. Je crus que je l'avais effrayée ou déçue. Je l'entendis interpeller fermement quelqu'un dans le couloir. Le cortège cantine s'éloigna et les tintements eurent lieu dans une autre chambre qui semblait poser moins de problèmes.

Une infirmière vint me retirer la perfusion. Elle était accompagnée d'une aide-soignante qui m'apportait un plateau repas. Elle voulait absolument me parler pendant que je mangeais. La bouche pleine, je lui fis signe que je ne comprenais rien mais elle insista. Elle me demanda si j'avais bien dormi. Je le compris parce qu'elle faisait des gestes avec ses mains jointes contre sa joue. J'acquiesçais sans arrêter de manger. Elle m'avait agacé dès son entrée avec ses manières bourrines et sa voix trop puissante. Et là, elle m'empêchait de me goinfrer comme je voulais. J'étais obligé de paraître civilisé. Ses cheveux mal décolorés et sa sévère bonhomie lui donnaient des airs de Ielosubmarine, la poissonnière dans Astérix. Une fois le repas léger englouti, je lui demandai des nouvelles de mon père.

— Mon papa... où ?

Elle me répondit une phrase qui trouva une ambiguïté parfaite en français.

— Tu padre volverá pronto. No te preocupes.

— De moi ? No se préoccupesse de moi ? Mais si ! Il se préoccupe de moi !

Qu'est-ce qu'elle connaissait de mon père, cette vache espagnole ? Les larmes me venaient en même temps que je me rendais à l'évidence. Il m'avait abandonné. Je devais continuer le plan tout seul. Il m'avait fait croire qu'il reviendrait me chercher après l'opération, mais il avait préféré s'enfuir. Ne pas risquer d'être pris. Je le comprenais, mais je trouvais quand même ça cruel. Il aurait dû avoir confiance… enfin… il aurait pu me le dire. J'aurais compris. Je me serais bien comporté, et surtout, j'aurais pu lui dire au revoir ou adieu.

Maintenant, il ne me restait de lui que ce rôle à jouer quelques jours, le rôle du fils ; un rôle de composition. Ensuite je redeviendrai Bastien Roussey-Massini. Roussey, ça suffira. Ma nouvelle Couleur s'estompait sans que je ne puisse rien y faire. Je ne m'arrêterai jamais de pleurer, pensai-je.

Ielosubmarine tenta de me consoler sans conviction en me secouant l'épaule et en marmonnant quelques mots incompréhensibles.

— No deberías llorar. Eres un niño grande.

J'étais proche de la crise de nerfs, mais il fallait que je me contienne. Je ne devais pas attirer l'attention, pas avant que Philippe soit assez loin. Visiblement en charge des mauvaises nouvelles, l'aide-soignante m'invita d'une poigne ferme et aimable à me rendre dans la salle de bains pour faire ma toilette. Heureusement, je réussis à lui faire comprendre que je pouvais m'en occuper tout seul. Elle m'aida à couvrir mon plâtre d'une protection et me laissa seul.

Je profitai tranquillement de la douche comme d'un caisson de décompression, pour pleurer tout ce que je pouvais, en pensant à mon calvaire à venir dans cet endroit hostile et au retour de la solitude.

Quand je sortis, enveloppé dans ma serviette, l'imposante poissonnière ibère ne tarda pas à se présenter avec une nouvelle tenue d'hôpital dans les mains. Ça ressemblait à un pyjama, plus décent que la blouse fendue de l'opération. C'était mieux que les flamants roses aussi, alors je ne réclamai pas mes vêtements. Je me souvenais que Philippe avait promis de m'en rapporter de plus discrets, sans animaux. Peut-être viendrait-il plus tard, dans la journée ? « No se preocupes » ça veut pas dire qu'il m'a abandonné. Ça veut juste dire qu'il s'en fiche... Je me demandais ce que j'aurais préféré ; qu'il s'en fiche ou qu'il m'abandonne ? L'un n'empêchait pas l'autre. Il me restait quelques larmes que je décidais d'économiser.

*

La télécommande de la télévision était dans son étui au mur. Dès que je la vis, je l'empoignai pour zapper frénétiquement. Le bienfait hypnotique de l'exercice fut immédiat. Tout était en espagnol. Ça ne me dérangeait pas, parce que j'avais l'habitude de regarder la télé sans le son le matin avant l'école. Là, je m'arrêtais sur une vieille série policière à laquelle je n'allais rien comprendre et qui semblait moins violente que certains mangas. J'imaginais ce qui se disait, déduisant ce que j'avais pu manquer du début de l'histoire. Je corrigeais à mesure que les contradictions m'apparaissaient. Ça m'obligeait à être un peu plus attentif. Du coup, je remarquais mieux la mise en scène approximative et les arrière-plans mal soignés. Quand les scènes devenaient trop confuses ou trop longues, je zappais à nouveau pour m'anesthésier l'esprit dans d'autres images. À force de ne rien comprendre de cette suite picturale hypnotique sans cohérence, mon esprit s'échappa et je finis par sombrer dans un sommeil sans rêve, bien agréable.

Au moment où je rouvrais l'œil, il y avait des intempéries au journal télé. Un reporter affrontait le vent et la pluie pour nous en montrer la violence, comme si les images des lames gigantesques qui passaient par-dessus le parapet du bord de mer et noyaient les terrasses des restaurants ne suffisaient pas à la démonstration. Je vérifiai d'un regard à la fenêtre. Le ciel était plutôt dégagé « quelques nuages épars » aurait dit la dame de la météo.

Quand le présentateur des studios réapparut, impressionné comme nous, il adressa une moue à sa collègue avant de lancer le sujet suivant. Je mis quelques secondes à reconnaître la façade honteuse de notre maison, sur le mur d'images derrière lui. Dans les images suivantes, ma mère sortait d'un immeuble moderne de verre et d'acier, encadrée de gendarmes et d'hommes que je ne connaissais pas. Elle montait dans une voiture que je ne connaissais pas, avant qu'un journaliste baragouine quelque chose que je ne comprenais pas et que ma photo d'école apparaisse sur la moitié de l'écran. Ça, je connaissais. C'était en CM1. J'éteignis la télé comme on retire la main du pot de confiture et réfléchis immédiatement à un moyen d'éteindre toutes les télés de l'hôpital. À la seconde suivante, je tentais de me convaincre que personne ne pourrait faire le rapprochement entre ma photo et moi. J'avais beaucoup changé et je m'appelais dorénavant Matéo Sarre-Defrais. J'essayais de maîtriser ma respiration.

Je ne savais pas trop si on avait arrêté ma mère ou si elle aidait les policiers. En tout cas, elle avait sa tête des mauvais jours et plus de cernes que d'habitude. Mon cerveau jouait à Tetris niveau 12. Où était Philippe ? Comment allais-je tenir quelques jours ? Si on soupçonnait ma mère, c'était un avantage pour Philippe, mais j'espérais quand même qu'ils ne la mettraient pas en prison. Une chose me frappa soudain, à grand renfort de culpabilité : je n'avais presque jamais pensé à ma mère depuis le début de ma disparition. Aucune de mes peurs n'avait dirigé mes pensées vers elle. Son souvenir ne m'était d'aucun réconfort. A bien y réfléchir, je redoutais même qu'elle apprenne que j'avais protégé mon kidnappeur. Il vaudrait mieux alors que je ne rentre jamais.

*

Le temps était encore plus immobile que moi. J'hésitais à rallumer la télé pour tenter de savoir ce qu'ils savaient. Peut-être avaient-ils arrêté Philippe ?
Par la fenêtre, on voyait la ville au loin. L'hôpital était situé en retrait, au milieu d'un paysage volcanique, où ne poussaient que quelques plantes très vertes. Deux grues laissaient supposer que l'expansion touristique n'était pas terminée dans ce coin de l'île. La roche noire accentuait l'impression d'une planète artificielle ; un décor de cinéma.
Je m'étais allongé, relevé, rallongé et relevé, cela plusieurs fois dans l'heure. Le plafond faisait exactement dix-huit dalles de long et dix presque et demie de large. J'avais recompté plusieurs fois pour être sûr. Mais ça ne me menait à aucune conclusion. Le sol de la chambre aseptisée ressemblait à une glace fondue à la vanille qui aurait durci.

De temps en temps quelqu'un entrait pour vérifier que j'étais toujours là. On me parlait et je me détournai sans sourire pour qu'on ne reconnaisse pas Bastien Roussey-Massini.

— Je parle pas espagnol.

Je me demandais pourquoi ils n'avaient toujours pas compris.

Ma vie était en stand-by dans une chambre aseptisée en attendant mon retour dans un bercail dont je ne voulais plus. Et la date de ce retour dépendait désormais de moi, seulement de moi. Combien de temps devrais-je attendre ? Deux jours ? Trois jours ? Philippe ne m'avait rien dit de précis. Il était parti comme ça, sans dire au revoir… il n'était pas vraiment parti. Il n'était juste pas réapparu. Il ne me restait rien de lui, qu'un radius en réparation, une paire de tongs brésiliennes en plastique chinois et un ensemble chemise-bermuda tapissé de flamants roses goguenards. Finalement, son monde si passionnant était en toc, lui aussi !

17.

Le flux d'images hystériques dans le petit rectangle sur le mur n'était plus alimenté.

Les fenêtres étaient désormais mon grand écran 3D. Les terres volcaniques sombres y maintenaient ma mélancolie en éveil. Je décidais de rester là, tout près de la vitre. Je m'asseyais de temps en temps, mais la chaise n'était pas assez haute pour que je voie autre chose que le ciel. Alors je me mettais debout, le front plaqué contre la paroi impeccable, les yeux froncés quand le soleil sortait des nuages. Je me repassais en mémoire mon voyage, du coffre à l'ours et de la tempête à ici. Je n'avais pas envie de penser à autre chose. C'était comme au retour de colo. Encore une fois on m'avait laissé là, comme une vieille sandale, une pelure d'orange, ou je ne sais pas… un truc inutile. Le silence stérile rendait le temps incertain. Quand allait-on me demander de dire la vérité ? Comme si ça existait, la vérité. Je devinais maintenant la date de péremption de mon courage. Ils sauront rapidement qui m'avait kidnappé… Je ne voulais plus dire kidnappé. Il fallait trouver une autre façon de présenter les choses. Je tortillais mon pyjama jetable en me demandant s'il se mangeait, tellement on l'aurait dit fait de barbe à papa bleue, quand la porte s'ouvrit.

« Démerdez-vous ! Faites le lit, faites le ménage. Faites-moi une piqûre… je m'en fiche ! Je dirai rien ! » Je hurlai tout au fond de mon esprit, sans même me retourner. Je ne parlerai plus jamais. C'est ce que j'avais de mieux à faire.

On me mettrait dans un asile de fou et je passerai le reste de ma vie à regretter de n'être pas mort dans la tempête. Mon sens du drame était exacerbé. Mon espoir avait été enterré vivant. Il hurlait avant d'étouffer complètement. La porte s'était refermée dans un claquement atténué par son amortisseur, comme si mes pensées avaient effrayé le visiteur importun. C'est un moulin ici, ou quoi ? Il me restait une drôle d'impression ; le sentiment d'une présence, tout près.

Je me détournai de la grande fenêtre pour éviter d'être ébloui par une éclaircie. Philippe hésitait à sourire. Il était planté juste devant la porte, un sac dans chaque main. Il n'avait pas bougé depuis plusieurs secondes. Il m'avait observé sans faire de bruit.

J'aurais voulu hurler de joie et lui bondir dans les bras. Mais je faisais mon possible pour ne pas paraître surpris. J'eus l'impression qu'il faisait la même chose.

— T'es pas parti ?
— Ben non. Je suis passé ce matin pour prévenir que je reviendrai dans l'après-midi. On t'a rien dit ?
— Non. Je sais pas. Je comprends rien. L'infirmière elle a dit que tu te préoccupais pas de moi. Alors j'ai cru que t'étais parti.

Cette fois les larmes venaient, embarquées dans mes mots. Je les balayais de ma main valide, mais elles continuaient à couler, de joie et de confusion.

— Tu vas voir si je me préoccupe pas de toi... allez ! Faut pas pleurer pour ça.
— Mais je pleure pas, mais... pfff !
Il redevenait enthousiaste, comme s'il avait attendu ma réaction pour s'ajuster. Il posa les sacs sur le lit et en sortit une paire de chaussettes blanches toutes neuves. Je trouvai ça amusant, même si j'avais abandonné l'idée d'en mettre depuis un moment. Je les saisis, quand même très heureux, et essayai de les enfiler. Il voulut m'aider, mais je le repoussai. Plus question d'être comme un bébé... Enfiler des chaussettes neuves d'une main, c'est pas facile, surtout quand on a un bras dans le plâtre avec des restes d'une déchirure musculaire.

Mes gestes étaient gauches, et l'image de ma mère entre les policiers me revenait par à-coups. Devais-je le lui dire ? Il l'avait peut-être vue ? Devant mes hésitations laborieuses, Philippe perdit patience. Il était pressé que nous quittions l'hôpital pour ne pas prendre de risque. Il avait signé une décharge, car le chirurgien m'avait trouvé un peu d'anémie et voulait me garder en observation. Plus vite nous serions loin, mieux ça vaudrait. Il me prit donc les chaussettes des mains, me donna un petit paquet-cadeau en échange et me chaussa pendant que je l'ouvrais.

C'était un livre pour apprendre la voile. Je l'interrogeai avec la plus grande diplomatie, mais quand même dubitatif à propos de l'utilité d'un tel livre, en anglais de surcroît. Il me révéla son nouveau plan : L'île de La Désirade. Il voulait que je l'accompagne.

C'était là que vivait son père, dans les Caraïbes. Je me sentais un peu responsable de cette idée.

Qu'avais-je été lui mettre en tête ? « S'il est vivant c'est qu'il n'est pas trop loin... ». Ben si, quand même ! Les Caraïbes : le pays des pirates, des trésors, des squelettes et de Johnny Depp. Je n'avais aucune idée des distances, mais je savais bien que c'était trop loin. Il semblait décidé à me convaincre du contraire.

Me revinrent alors en mémoire les moments où je l'avais vu se perdre dans ses délires : l'ours, le plan du Maroc, le jeu de l'interrogatoire, les flamants roses... vers quelle chimère allait-il encore m'embarquer ? Une traversée de l'Atlantique !

Devant ma réticence, Philippe s'adressa à moi avec une gravité nouvelle.

— On ne peut pas faire le plan du Maroc comme ça, tu t'en doutes. Et t'en as pour trois semaines de plâtre au minimum... Qu'on attende trois semaines là, à Lanzarote, comme des imbéciles, ou ailleurs... Trois semaines, c'est à peu près le temps qu'il faut pour aller aux Antilles. Alors je me suis dit qu'on pourrait en profiter...

— Pour voir ton papa ?

— Voilà... et aussi... essayer de changer toute cette merde en quelque chose de positif... tu vois ?

Il avait l'air sincère et un peu ému, mais je ne voulais pas me faire embobiner comme un touriste.

— Tu dis toujours « positif ».

La vérité le fit sourire.

— Quelque chose qui allume des petites lumières là-dedans, au lieu de les éteindre, si tu préfères.

Il avait désigné ma tempe. La métaphore me plut.

— Si on part, c'est l'aventure. Si je te laisse là, t'es une victime... Tu crois qu'elle préférerait quoi Émilie, une victime ou un aventurier ?

— M'en fous d'Émilie.
Il me fit une moue dubitative amusée. Il avait utilisé Émilie sans vergogne. Ça marchait mieux que tout le reste. Toutes les promesses de petites lumières ou d'aventures dans les Caraïbes.

Je nous revois, comme si c'était hier, sur le bord du lit de l'hôpital ; moi avec mes belles chaussettes blanches, mon bras en résine bleue et mon pyjama en barbe à papa ; lui, tourné vers moi, mettant trop de formes pour me convaincre. L'éclaircie s'était maintenue un moment, rendant la pièce surexposée incandescente. Nous étions complices, comme je n'aurais jamais osé l'imaginer. Je ne pouvais pas refuser.

Je ne pouvais pas non plus céder trop facilement. Il fallait une contrepartie : un costume de Pirate des Caraïbes... et aussi le sabre. Il accepta. Je cherchai donc quelque chose de plus gros encore. Il refusa la console de jeux. Je demandai un costume de Spiderman — c'était ma période déguisement. Être un autre, c'est tout ce à quoi j'aspirais — Son accord fut si facile que je regrettai de n'avoir pas plus d'imagination pour demander quelque chose d'incroyable. Que peut-on emporter d'incroyable sur un bateau ? Il refusa le chien, le vélo et les rollers, mais me promit que je ne manquerai de rien pour m'amuser.

Au moment de quitter la chambre, je regardai la télé éteinte en pensant à ma mère. J'espérais qu'elle allait bien. Elle s'en fichait un peu trop de moi, mais quand même, elle ne méritait pas d'aller en prison.

*

Dès la sortie de l'hôpital, nous fûmes pris d'une douce euphorie, sous un soleil qui avait fait le ménage autour de lui pour l'après-midi. Philippe était plus attentif. Je le surprenais parfois qui m'observait. Il adoptait alors un air dégagé, mais je voyais bien qu'il me considérait différemment. Oui ! Il se préoccupait de moi ! Je n'avais jamais été aussi heureux de ma vie. Dans les rues d'Arrécif, je parlais fort et je riais avec mon père, pour la première fois. Je n'avais pas peur qu'on me reconnaisse, car ce n'était pas moi.

Nous fîmes les courses au pas de charge. Il dépensait sans compter à condition que ce ne soit pas électronique ou trop imposant. J'essayai quand même, à l'arrêt devant une Nintendo DSi bleue en vitrine, de le convaincre avec mon plus parfait sourire de Calimero. Mon échec remit définitivement en question cette arme de persuasion massive. Mais j'aurais été d'une ingratitude sans nom en insistant plus lourdement.

Il posa une condition à ce que je profite de tous mes jouets : deux heures d'école par jour. Ça me semblait honnête, parce que je ne savais pas quel prof il allait être. Il me proposa d'écrire une lettre à ma mère, pour la rassurer. Il l'enverrait à un ami au Maroc qui la reposterait afin qu'on n'en retrace pas l'origine. Je me dis que c'était l'occasion de la disculper au cas où elle serait accusée.

Avec la distance et le temps qui avait passé, au moment de lui écrire qu'elle me manquait, ça me parut sincère. Je refoulais même une charge de mélancolie. Je parvins à noyer ma culpabilité dans l'enthousiasme de notre nouvelle destination. De son côté, Philippe en profita pour écrire à son père afin de le prévenir de sa visite prochaine, sans préciser de date. Encore un peu fragile sur le sujet, il ne voulait pas le faire par téléphone. De toute façon il n'avait pas son numéro. Le téléphone de Matéo était verrouillé. Il tenait quand-même à s'annoncer.

*

Quand nous arrivâmes au bateau, surchargés de nourriture, de jouets et de livres, je découvris que Philippe avait fait un premier voyage le matin et opéré quelques aménagements, notamment dans la cabine de Matéo.

La petite bouée en relief avec le nom de Matéo n'était plus sur la porte. L'objet avait laissé une belle trace de colle, en forme de demi-lune sur le bois verni. Tout avait changé. J'avais une couette « Pirate des Caraïbes » et un nouveau pyjama avec des poissons dessus. L'armoire était pleine de vêtements. Il y avait même une combinaison de surf à ma taille, un masque et des palmes. D'autres livres, un superbe cahier de croquis et une énorme boîte de crayons de couleur avec feutres, craies et pastels dans une mallette en bois étaient rangés dans l'armoire.

C'était trop ; pas trop à en être infiniment reconnaissant, simplement trop. Ma gratitude ployait sous son propre poids. Mon enthousiasme diminua. Philippe fit mine de ne pas le remarquer en ironisant sur le fait que je n'aurais probablement pas le temps de me servir de tout. Il me demanda de l'aide pour décharger l'annexe et fit ainsi diversion. Je commençais à m'inquiéter tout en me reprochant cette inquiétude.

Il n'y avait là qu'un témoignage de reconnaissance un peu excessif de la part de Philippe, et une façon de s'excuser des jours passés, tentai-je de me convaincre. Après tout, grâce à moi, il était libre et avait trouvé la force d'aller voir son père. Je réduisais au silence, tout au fond de mon esprit, la petite voix qui me criait que tout ça n'était pas normal.

Après une nuit au mouillage, je vis l'ancre se lever en même temps que le soleil éclairait mes craintes. J'avais senti à nouveau la présence de Matéo, la nuit. Je regardais Philippe manœuvrer, tentant de déceler chez lui un signe rassurant. Je ne parvenais pas à deviner s'il était en train de perdre totalement la boule en me prenant pour Matéo ou s'il y avait autre chose. De toute façon, il était trop tard pour reculer.

TRAVERSER

18.

L'île d'El Hierro peinait à disparaître de l'horizon. Nous avions dépassé la pointe occidentale des Canaries depuis la veille, pourtant, sa ligne imprécise nous guettait toujours, tapie sous les nuages bas. Philippe s'inquiétait du sens et de la force du vent. Ses phrases se faisaient de plus en plus courtes et de plus en plus sèches. Moi, je revenais sans cesse au trait épais entre ciel et mer que nous ne parvenions pas à semer. L'idée que l'île nous suivait m'amusa jusqu'à ce qu'elle commence à m'inquiéter. J'eus du mal à trouver le sommeil, revenant régulièrement sur le pont pour voir si la petite lumière scintillante du phare d'Orchilla était toujours visible. Le lendemain matin, l'île n'était plus là.

Les premières journées en mer furent aussi décourageantes que le vent timide. De l'eau, du ciel, du vent décevant et encore de l'eau, du ciel et le bruissement mou des voiles. Mon plâtre m'irritait, la peau et l'humeur. Grimper, barrer ou hisser d'une main était impossible. Les choses nulles aussi, étaient devenues difficiles. Laver la vaisselle, nettoyer la table, lire un livre, me doucher... toute activité anodine, même dormir, était rendue pénible par cette entrave rigide de résine bleue.

Heureusement, il restait le dessin. Je parvenais à griffonner sur mes cahiers en calant les pages sous mon bras lourd. C'était, avec la déprime, l'une des rares activités que j'arrivais à faire aussi bien qu'avant.

Philippe se passait de moi dans les manœuvres et les occupations quotidiennes. Je me sentais glisser à nouveau vers ce sentiment désagréable d'être l'imperfection du tableau, la poussière sur l'objectif. Ce qui avait changé, c'est que je pouvais désormais chasser ce sentiment à l'aide de ma nouvelle Couleur ; cette Couleur d'aube prometteuse. Bien que fragile, elle était là, toujours. Et elle me venait en aide, souvent.

*

Les silences devinrent plus longs. Nous étions à présent dans un ailleurs impalpable, non identifiable, pile entre le ciel et la mer, rien d'autre. « Il y a trois sortes des gens : les morts, les vivants et ceux qui sont en mer », chantait Bernard Lavilliers, reprenant une citation apocryphe d'Aristote.

Nous n'étions ni morts, ni vivants. Nous étions en sursis ; en mer.

Des « Tachetés de l'Atlantique » (*stenella frontalis*, selon le grand livre des cétacés que m'avait acheté Philippe) nous accompagnèrent un long moment. Je leur parlais d'une voix enthousiaste et suppliante que je ne me connaissais pas. C'était la première fois que je voyais des dauphins de si près. Ils restèrent longtemps à jouer autour de notre étrave, au point que je finis par espérer qu'ils nous accompagneraient jusqu'aux Antilles. Je me trompais. Nous allions être seuls. Très seuls. Longtemps après la disparition du groupe d'amis facétieux, je cherchais un aileron ou une forme oblongue à fleur d'eau, autour du bateau. Je m'usais la rétine dans les transparences jusqu'à la nuit ; une de ces nuits tant redoutées où rôdaient un bataillon d'entités malveillantes, et surtout un visage.

Il hurla dans l'éclat d'une lumière aveuglante. Je me réveillai et sentis sa présence tout près. « Sors de mon bateau ! » me criait Matéo, sans dire un mot. « Tu m'as volé ma vie ! ». La frousse me poussa à l'extérieur, sur le pont arrière où un esprit invisible dirigeait la barre par petits à-coups précis. À bord du vaisseau fantôme, j'étais tout proche de plonger dans la masse liquide qui le cernait, glacée, ténébreuse et onctueuse, pour en finir une fois pour toutes avec ces accès de panique. Une rafale de vent refroidit la sueur sous mon nouveau pyjama et me ramena à la conscience. Je voulais faire demi-tour, supplier Philippe pour qu'il me ramène et arrêter ce jeu dangereux, quand soudain la majesté de la nuit océanique m'enveloppa pour me protéger, m'autorisant un peu de ces larmes qu'on verse dans le giron d'une mère. J'étais blotti et apaisé. Je me calmais et réalisais à quel point mes angoisses étaient irrationnelles. Je les éparpillais tout autour de moi. Elles ne pourraient jamais gagner contre cette immensité qui semblait les diluer.

Cette paix nocturne, je l'ai retrouvée mille fois depuis, sur les voiliers. Respirer sans crainte. Savoir l'océan tout près sans le voir. Tanguer dans un berceau géant, sous la lueur capricieuse de la lune et des étoiles, apaisé par le clapot, le bruissement des voiles, les grincements et les claquements des gréements. Je n'ai jamais pu expliquer ce sentiment contradictoire d'être perdu et à l'abri en même

temps. En mer, nous ne sommes ni vivants, ni morts. Nous sommes libres d'oublier que « nous sommes ».
Philippe me rejoignit et fit mine de vérifier le compas et border le foc au beau milieu de la nuit. L'air de rien, il me demanda pourquoi j'étais debout. Je prétextai la gêne de mon plâtre, ce qui n'était pas tout à fait un mensonge. Il prit un air faussement désinvolte pour me répondre qu'il fallait que je m'y habitue, conscient, comme moi, de la vacuité de sa remarque. Le silence s'installa, une fois de plus.
— Tu veux que je te lise une histoire ?
C'était ridicule. Il savait que je n'étais plus un bébé, quand même ! Mon petit rire incrédule le vexa. Il rit à son tour, comme s'il avait plaisanté, mais nous n'étions pas dupes. Je tentai de rattraper le malaise.
— Mais y'a des histoires qui sont pas que pour les enfants, aussi…
— Ben oui.
J'avais froid, d'un coup. Je me sentais ingrat. D'accord, les histoires du soir c'était pour les petits. Mais si ça lui faisait plaisir, je pouvais bien faire un effort. Après tout, je ne me souvenais pas qu'on m'en ait raconté, des histoires du soir, malgré ce que prétendait ma mère. Encore une expérience nouvelle possible. Je me contorsionnai en essayant de trouver le cran nécessaire pour le lui dire, cherchant mes mots dans la torsion de mes doigts.
— Ouais, en fait je veux bien.
— Quoi ? Une histoire ?
J'osai affronter son regard.
— Ouais… Si tu veux.
Je tentai de paraître magnanime, alors qu'à l'intérieur j'étais comme une puce surexcitée par la

promesse d'un moment privilégié. Je crois qu'il n'était pas dupe non plus.

*

Au milieu de la nuit, au milieu de l'océan, dans ma cabine à moi, je m'installais dans la douceur duveteuse des Pirates des Caraïbes, la tête confortablement calée sur un oreiller aux sabres croisés. Nous étions aussi loin que possible de ma vie d'avant. Mon cœur se préparait. Philippe se mit en travers du lit, comme pour faire barrière à l'extérieur hostile. Je me sentis instantanément en sécurité, malgré l'idée persistante que sa protection restreignait mon espace. Un mur nous enferme toujours autant qu'il nous protège.

D'une voix paisible, il commença la lecture de l'*Appel sauvage*, de *Jack London*. J'étais un peu gêné en pensant aux lectures de l'école. Mais lui ne butait pas. Il était convaincant. Je dus vérifier du coin de l'œil que c'était bien lui, le Capitaine, qui me lisait une histoire pour m'endormir. Il semblait avoir, autant que moi, envie de ce moment particulier. Il lisait avec appétit mais sans se goinfrer. Il marquait parfois des pauses trop longues, comme s'il voulait nous laisser digérer un peu ce qu'on venait de déguster. Et les mots semblaient encore résonner quelques instants dans une nuée douce. J'avais du mal à croire à ce rêve qui se réalisait, peu de temps après le cauchemar dont je venais de m'extirper en ce même endroit.

Lors du passage où le chien *Buck* se fait kidnapper et jeter dans un wagon, nous fûmes surpris par la similitude avec le début de notre rencontre. Une ironie douteuse planait. Nos regards se croisaient sans oser rire, ni même sourire. L'aventure de Buck nous rappelait à quel point nous étions en sursis. Elle soulignait aussi ce qu'aucun de nous ne voulait entendre : j'étais toujours son otage. Il était toujours le criminel.

Il continua de lire jusqu'à ce que je m'endorme, et même après, je suppose. On aurait dit qu'il ne pouvait plus arrêter. Sa voix s'était fondue parmi les voix éthérées de mes songes. Je rêvais de chiens, de wagons, de traîneaux, d'indiens et de rivières pleines de pépites d'or. Philippe m'avait apaisé, comme la nuit sur l'eau. Il m'avait bercé jusqu'à la capitulation de ma vigilance. Je dormais cette nuit-là, mieux que jamais. À mon réveil, le soleil soutenait de son optimisme notre quiétude nouvelle. Comme Buck, j'avais enfin quitté le monde des hommes. Pour de bon, pensais-je, laissant mon spleen se fondre dans mon idéal.

19.

Les distances ne se percevaient plus.
Seuls les instruments de bord nous les rapportaient avec précision. Autour de nous, fluctuaient deux zones incommensurables : l'une sous nos pieds, massive et caractérielle, soumise à la Lune et à la mécanique des fluides ; l'autre, au-dessus de nos têtes, s'étendait jusqu'à l'horizon et paraissait avoir autorité sur tout, même sur le caractère de la première. Elles se répondaient dans un dialogue complexe. Les marins expérimentés pouvaient deviner le résultat de ces échanges, souvent sans conséquence, parfois pleins de périls.

Nous étions à l'abri, flottant dans une sorte de marmite dont les bords semblaient vouloir garder toujours la même distance. Bien avant d'entrevoir, sur cet horizon, un infime point grisâtre entre ciel et terre, on détectait sur l'écran du GPS une petite icône en forme de barque de couleur. Quand on cliquait dessus, on avait toutes les informations. Cette fois, c'était le *Clipper Orion*. Un pétrolier norvégien de deux cent cinq mètres par trente-deux, pour quarante mille tonnes et quelques. En provenance de Singapour, il faisait route vers Hambourg à la vitesse de dix-sept nœuds, soit près de trois fois plus vite que nous.

Même quand le vent nous remettait au portant, nous étions loin de pouvoir doubler ces immenses bâtiments d'acier. Nous faisions parfois des pointes à onze nœuds, mais en moyenne nous traînions autour de cinq ou six. En comparaison du tanker, notre voilier n'était qu'une coque de résine aménagée, insignifiante : un grain de poussière dans la marmite, ballotté au rythme du bouillon, avançant grâce à une propulsion aléatoire mais écologique.

*

Une odeur de café me fit bouger dans mon lit. Tentant discrètement d'apercevoir Philippe dans le carré, je surpris son air morose, le regard bloqué sur le coin de la table où rien n'était censé retenir son attention. Je m'étirai dans un gémissement exagéré pour qu'il me remarque. Il se redressa. J'attendis quelques secondes. Nos regards se croisèrent brièvement. Il me demanda si j'avais bien dormi d'une voix claire et dynamique, en opposition totale avec l'image que j'avais eue de lui l'instant d'avant. J'acquiesçai en m'asseyant sur le bord du lit et en bâillant, encore emberlificoté dans ma couette de pirates de fiction.

Il avait préparé un planning pour deux semaines, un petit-déjeuner de rêve et de la musique de l'ancien temps, qu'il diffusa jusque sur le pont. Je supportais les violons et les chants avec l'espoir absurde qu'ils attirent les dauphins ; ce qui n'advint évidemment pas. J'avais supposé une certaine mélomanie chez les cétacés, comme elle existe chez les plantes, paraît-il.

Il me servit à table, entre deux allers-retours aux impératifs de navigation. Je fus vite incommodé par ces attentions inhabituelles. Je n'arrêtais pas de dire merci, sans oser lui demander de changer de musique. Il était toujours précis et bienveillant, mais pas serein. Son enthousiasme calculé le rendait suspect, encore une fois. Le tournis qu'il m'infligeait en s'agitant me fit abandonner ma méfiance. Après tout, quoi qu'il manigance, ça avait l'air de jouer en ma faveur.

Le planning apparaissait sur son ordinateur sous forme de tableau avec les jours et les heures et des couleurs différentes pour chaque matière. J'allais bientôt découvrir la version précepteur un peu rigide de Philippe. Mais les cours ne commenceraient que le surlendemain. Je devais d'abord lire quelques pages du livre de Jostein Gaarder, *Le Monde de Sophie*. Dès les premières, je me sentais largué. Ce pavé de questionnements avait beau tout faire pour vulgariser son sujet, il me paraissait hors d'atteinte. Je continue de croire que c'était trop tôt pour moi qui avais déjà du mal avec les résumés dans les programmes télé.

Nous n'allions en voir que le début, comme une introduction ludique à la philosophie, avait-il tenté de m'expliquer. Mais je sentais déjà que ça allait me prendre la tête, autant que les violons, trompettes et cantatrices braillant comme des oies allemandes offusquées. Comme pour la littérature, mon intérêt pour la musique classique ne viendrait qu'un peu plus tard. Si le souvenir de ces moments-là, avec Mozart notamment, sur le bateau, a contribué par la suite à ma curiosité, je ne percevais alors que des fluctuations sonores qui me semblaient ridicules et dont la cohérence et l'harmonie m'échappaient trop souvent.

Philippe avait décidé, avant notre « rentrée des classes », de me montrer comment fonctionnait le voilier ; une visite complète de la cale à la girouette, en passant par le moteur, les instruments et jusqu'aux réservoirs d'eau douce. Il me fit tenir la barre de ma main valide pour que je sente l'action des safrans et des voiles sur le comportement du bateau. Il allait devoir revenir plus d'une fois sur cette leçon. Il me montra le système de pilotage automatique. L'explication me rassura pour de bon : aucune trace de paranormal ou de monstre invisible dans le guidage automatique de la barre. Il me montra trois nœuds marins essentiels (nœud de huit, nœud de chaise, nœud de cabestan), détailla les ustensiles pour la survie et le radeau ainsi que sa mise à l'eau, puis, tenta de m'expliquer comment on se repérait entre les instruments électroniques et la carte. Mes yeux clignaient comme des feux de détresse devant autant d'informations à absorber. Pour faire diversion, et aussi parce que ça m'évoquait de la guimauve rance, je lui demandai s'il avait autre chose comme musique. C'est à ce moment-là que nous commençâmes à nous amuser vraiment.

*

Les embruns me fouettaient par à-coups. J'étais trempé dans ma tenue néoprène légère. J'acceptais avec joie les éclaboussures glacées qui auraient dû me figer ; tanguant au rythme du bateau qui fendait la houle, le souffle coupé par l'air vif quand mon corps s'élevait avant de retomber tout près de l'eau que je frôlais parfois des orteils. Ça me faisait un peu mal et un peu peur, mais j'en riais à m'en retourner les poumons. Philippe, qui m'assurait depuis le pont, propulsait le jeu au sommet de la perfection par ses éclats de rire sans retenue.

La chaise de mât sur laquelle j'exultais était arrimée au bout d'un tangon déporté sur le côté du bateau, à environ trois mètres du bord, entre un et trois mètres au-dessus de l'eau, en fonction de la gîte. Même une fois vidé par l'effort, je voulais rester là, sur mon manège de privilégié, tourbillonnant, perdant le nord et le souffle, assailli par des rafales de rires.

Quand Philippe me ramena à bord j'aurais voulu le remercier, mais je ne savais pas faire après une telle de joie. Je répétais seulement que c'était trop cool, autant de fois que possible, jusqu'à ce que ça perde son sens. Mon esprit mettait du temps à revenir à lui. Il s'attardait dans le jeu qui m'avait rincé de toute préoccupation. Seul demeurait le tangible : le vent ; la mer ; mon corps encore trémulant, le bateau et surtout cet homme incroyable dont j'observais l'implantation capillaire alors qu'il m'enlevait le harnais. Il me fallut une bonne demi-heure avant que la sensation s'évanouisse assez pour que je puisse parler normalement.

Plus tard, Philippe me fit monter au mât. Je trouvais ça un peu inquiétant et moins drôle, malgré la vue incroyable offerte sur l'étendue déserte autour et cette nouvelle perception des bleus. Je craignais que le bateau se renverse à cause de mon poids ; comme si mon poids plume pouvait modifier l'équilibre d'un voilier lesté avec trois tonnes de quille ! Les bords de l'océan s'étendaient en cercle tout autour de moi, très loin. Je distinguais la silhouette de deux navires. Le plus proche de la ligne d'horizon était invisible depuis le pont. Philippe m'expliqua pourquoi, avec un schéma de la courbure de la terre.

Lors de ces deux jours de sursis, énorme récré où j'avais été le centre d'intérêt, la star incontestable, sans honte et sans reproche, je jouais, je mangeais, je dormais et je jouais à nouveau, sous l'œil attentif du gentil organisateur. Il alternait entre divertissement et apprentissage, mixant parfois les deux activités sans que je le remarque. L'étude, presque inconsciente, passait essentiellement par des divertissements en lien direct avec notre navigation. Il parvenait à transmettre une chose essentielle : une vision optimiste et concrète liée à l'expérience. C'était de la physique avec l'action du vent, des maths avec la navigation, un peu de chimie avec la cuisine, de la géographie et la culture évidemment.

Il voulait faire de moi plus que je ne le croyais possible, révéler en moi le sentiment d'appartenir à ce monde, au même titre que les montagnes et les océans, au même titre que les dauphins ou les girafes, tous les animaux, toutes les pierres, toutes les boues et les nuages, les neiges, les printemps, les orages... Il ne m'expliquait pas les choses et les êtres, il en parlait comme si nous pouvions les sentir tout près. Je me sentais homme ; pas adulte, mais homme, de la race humaine. C'est cela qu'il voulait me faire comprendre : j'avais le droit d'être ici, sur terre, sur mer, autant que n'importe quel humain, autant que n'importe quel être. Je ne valais pas moins. Je percevais alors clairement ce sentiment que j'aurais dorénavant à combattre et qui m'avait laissé croire jusque-là à une idée de caste ; cette sorte de honte de n'être que ce qu'on est. Il fallait que je la remplace par l'idée de faire quelque chose avec tout ce que j'étais.

*

Lors du second après-midi de notre récréation, je m'étais mal endormi sur la banquette du cockpit et je me réveillais de la même façon, avec la marque d'un bout sur la joue, une crampe au mollet et une pointe d'angoisse que je n'avais pas eue depuis bientôt quarante-huit heures.

Je commençais à entrevoir mon humeur sombre, quand Philippe fit péter les watts avec du rock bien enlevé, qui contrastait fort avec la finesse et la complexité de « La Flûte Enchantée ».

Il avait dû sentir que mon réveil n'avait pas réussi à éloigner suffisamment les tentacules d'un sommeil poisseux. Il voulut m'en arracher. Je râlai un peu pour la forme. Il se mit à danser de façon si ridicule que j'en fus mal à l'aise. C'est pourtant ce qui finit par me décoincer en me rappelant que tout était permis sur ce bateau. On pouvait danser et hurler tout ce qu'on voulait, tout ce qu'on pouvait, car personne ne nous entendrait jamais ni ne nous verrait.

Je trouvai alors, dans l'expression de mon corps frêle et gauche, dans chacun des gestes idiots de notre danse caricaturale, un exutoire hilarant.

Sans retenue et sans complexe, je fis le guignol jusqu'à l'hystérie, ridicule jusqu'au bout de mon souffle, riant à m'en mettre à genoux.

Je finissais sur le bastingage avant, debout, vainqueur de je ne sais quel combat, face à l'océan, en Léonardo solitaire, hurlant des bribes de paroles de *Between you and me* de *Marillion*, que je commençais à apprendre dans mon cours d'anglais particulier : « Today I saw music in the sky ! ».

Philippe paniqua brusquement, comme une grand-mère qui se fait piquer son sac, en me voyant ainsi perché sur le balcon de proue, sans gilet de sauvetage. Il m'agrippa pour me faire descendre sans ménagement. Si je tombais à l'eau, je ne tiendrais pas bien longtemps ; peut-être même pas le temps pour Philippe de faire la manœuvre pour me récupérer. Il avait raison. Mais je ne comprenais pas pourquoi il s'énervait comme ça, alors que nous passions un moment tellement génial. Il avait paniqué et je ne le comprenais pas.

Stoppé net dans ma jubilation, je subissais son humeur qui mettait un terme à notre danse de fous heureux. Je le vis alors comme un de ces adultes qui décide du début et de la fin de mes joies. Ça pourrait arriver à n'importe quel moment. Comme les autres, finalement, il allait m'imposer sa façon de voir, de penser et de vivre. Une petite boule de rébellion commença à se former au sein de mon estomac. Pour la garder discrète, j'obéissais sans résistance. J'allais m'installer sur la banquette du cockpit, essayant de transformer cette vexation en mépris. Je ne voulais pas lui faire le plaisir de me voir bouder. Il avait raison. J'avais tort. Et ma mauvaise foi me persuadait que j'avais raison d'avoir tort.

20.

Le soleil voilé et l'horizon menaçant étaient au diapason de notre discorde.

Philippe s'était fendu d'une explication tout à fait logique à propos de la sécurité à bord qui l'emportait sur l'amusement. J'aurais dû être flatté qu'il ait eu si peur pour moi, mais j'avais été vexé par son intervention presque brutale, comme si je n'étais qu'un môme écervelé qui faisait n'importe quoi, alors que c'est lui qui m'avait entraîné dans ce délire où nous nous délections de notre liberté. Je tenais à lui en vouloir. Ça tombait bien ; nos heures légères s'étaient noyées dans le sillage du bateau depuis un moment.

Matéo me réveilla d'une grimace hideuse. Je n'étais plus certain que ce fût lui. Il avait le visage imprécis d'un gobelin entre deux eaux. Je compris juste qu'il y avait un danger à rester endormi. Mes yeux mirent un temps inhabituel à s'ouvrir, comme scellés par le verrou du cauchemar. Le bateau baignait dans une lumière trop faible, produisant plus d'ombres que de matière. J'avançai jusqu'à la cuisinière où bouillait une casserole. Je sentis, plus que je l'entendis, Philippe sur le pont qui s'activait en bougonnant. Il avait l'air de m'en vouloir. Quand je montai pour le rejoindre, les marches me parurent difficiles à gravir. J'étais vraiment mal réveillé et la lumière ne parvenait pas à se faire totalement. Je commençai à m'inquiéter. Rien n'était net. Une brume épaisse flottait dans l'obscurité. Une présence derrière moi me ficha la trouille et je cherchai, dans la nuit totale, cette fois, le visage de Philippe. Quand je le vis, je compris qu'il souffrait. Sans parler, il me criait de m'enfuir. Je percevais maintenant l'imminence du danger. Il ne me restait plus qu'une solution. J'hurlai pour me réveiller.

Mon cœur battait fort dans mes côtes, quand j'émergeai enfin pour de vrai. Malgré la pluie oblique qui dispensait une froide humidité, j'étais soulagé d'avoir affaire à la réalité, et aussi stupéfait du mauvais tour que m'avait joué mon esprit, cet incontrôlable fabulateur. Je me demandais si ces cauchemars cesseraient un jour. Le bruit désormais familier de Philippe dans la cuisine mit fin à mes angoisses. Je le rejoignais pour le petit-déjeuner, sans un mot, frustré par la distance que j'avais décidé de laisser entre nous, enlisé dans la bêtise de mon amour-propre.

*

Il enclencha le pilote automatique, sortit un grand cahier à spirale de cent quatre-vingts pages d'un sac plastique et le posa sur la table du carré. Il tapa des mains pour que je me mette en place sur la banquette comme si on était à la maternelle. Je le lui fis remarquer. Sans répondre, il sortit un livre de mathématiques du sac.

Il avait décidé que c'était le bon jour pour commencer la classe. Moi, je déprimais devant ce manège dont je ne comprenais pas l'intérêt. En plein milieu de l'Atlantique, nous étions en lien direct avec la vraie vie, les éléments naturels et le temps, une réalité irremplaçable. Et j'allais devoir me confronter aux subtilités du langage, aux théories et aux calculs des hommes, ces animaux dominants dont les inventions ont mené à la ruine écologique de la planète et à la misère d'un tiers de leur population. Bon, ma réflexion n'allait pas jusque-là, mais je savais que je ne voulais rien d'autre que vivre chaque jour avec les alizés, le soleil, les grains, la houle et le calme trop plat, quelle que soit la couleur du ciel. Il m'importait peu de connaître la racine carrée de cent vingt et un, l'accord du participe passé ou la capitale de l'Australie, tant que j'apprenais à pêcher, observer les étoiles, vider une dorade et cuire du pain.

Je tentais de rechigner, mais je ne pouvais rien contre la volonté de Philippe. J'en avais marre d'aller bouder dans mon coin toutes les cinq minutes. Je resterai donc sagement assis à l'écouter.

Il me fit un discours, certainement très intelligent, sur le pouvoir du savoir. Je passais tout le temps de son monologue à regarder ses poils de nez et à me demander si un jour j'en aurais. Quand il comprit que je n'écoutais pas, il claqua le cahier de mathématiques sur la table du carré. Il jouait vraiment au prof, sans rire ; ces profs dans les films qui parlent faux pour balancer des banalités. Il était bien plus tendu que moi. Je ne voulais pas le priver de ce que je prenais pour une comédie ; l'envie qu'il avait de sortir sa science. Il avait été généreux avec moi. Je devais respecter notre deal et jouer l'élève discipliné.

*

À mon grand étonnement, je parvins sans mal à tracer *la bissectrice de l'angle ABC,* je trouvai que *The umbrella is under Kevin's bed,* et je récitai les conjonctions de coordination en me souvenant de « *mais, ou, et, donc, or, ni, car* ». Je pensais en avoir assez fait et espérais qu'on pourrait en rester là, sur cette suite de victoires, quand Philippe décida d'une dictée. Il choisit pour ce supplice le livre maudit du moment : *Le Monde de Sophie,* qui aurait tout aussi bien pu s'intituler *Les Malheurs de Bastien.*

Déjà la page blanche à petits carreaux était vertigineuse. J'eus grand mal à viser au bon endroit pour commencer. Je m'appliquais en retenant ma respiration sur les deux ou trois premiers mots, bien trop lentement, ce qui agaça le professeur, parfait en short négligé. Je perdis un peu plus mes moyens.

Mon esprit se prenait les tentacules dans un méli-mélo de mots et de lettres. Mes doigts n'osaient plus aucun mouvement. Je tentai de chercher ailleurs une solution de repli en questionnant Philippe sur tout ce que je pouvais : le baromètre ; le prix de son bateau ; la date d'arrivée de la lettre qu'on avait envoyée à ma mère et celle qu'il avait envoyée à son père... Il finit par me répondre, en haussant le ton, que je l'emmerdais avec mes questions ; qu'il n'était pas facteur. Il me poussa même l'épaule pour que je me remette à l'écriture. J'hésitai à imiter un joueur de foot qui cherche le coup franc et m'écrouler sur la banquette, mais je savais qu'il n'était pas d'humeur.

Le calvaire était censé continuer jusqu'à l'humiliation totale, comme d'habitude avec les dictées. Je préférais abdiquer, moi, le nouveau roi des maths et de l'anglais, dont la gloriole n'avait pas fait long feu. Je butai une dernière fois sur un mot : « philosophes ». J'en connaissais à peine le sens et pas du tout l'orthographe. Ma petite boule de rébellion avait bien grandi, en peu de temps. Je la sentis assez forte pour prendre le dessus. Mes nerfs n'écoutèrent que la rage qu'ils suggéraient et je protestai dans un éclat d'humeur contre l'inutilité de tout ça.

Je me réfugiais une fois encore dans ma cabine en chouinant. Les larmes et les cris ridiculement aigus me firent passer pour le sale gosse que j'étais décidément. J'avais échoué sur toute la ligne. Je me retrouvais finalement là où je ne voulais surtout pas finir, dans un état qui devenait un bouclier pitoyable et inefficace ; un bouclier qui me rétrécissait sans me protéger vraiment.

Les échanges, lors du repas suivant furent réduits au minimum. Philippe parvint pourtant à évoquer les leçons du lendemain. Il n'était pas question de m'y opposer. Quoi qu'il advienne, je devais tenir ; faire comme à l'école. Quand je rouvris mon cahier de dictée dans mon lit, ce soir-là, je constatai qu'il avait terminé le texte en y écrivant correctement « philosophes » et qu'il en avait noté l'étymologie : « Philo » de « aimer » et « sophes » de « sophia », la connaissance. Je compris le titre « Le Monde de Sophie », c'était le monde de la connaissance.

Contrairement à ce que je lui avais dit, je n'en avais pas rien à foutre. J'avais envie d'aimer la connaissance, comme les philosophes, mais mon esprit était dissipé, balayé par une tempête incessante. Chaque réflexion intelligente dans laquelle je me plongeais me faisait perdre la vigilance nécessaire à me protéger du danger qui rôdait. Alors je plongeais le moins possible. Je restais à la surface des choses.

J'eus besoin de dessiner pour me foutre la paix, à l'abri des rafales de ma pensée. Ça marchait à tous les coups. J'allumai ma petite lanterne de poche. Je me demandai où était passé mon petit cahier. Pas le grand cahier *Canson* que Philippe m'avait offert avec la boîte de millions de couleurs, mais celui que j'avais dans mon cartable rescapé de la noyade, là où j'avais dessiné le pirate des crabes. Il fallait que je le trouve. Je regardais sous le matelas et tout autour, le placard, les étagères. Je n'avais aucun souvenir de l'endroit où je l'avais laissé avant l'hôpital. Philippe l'avait probablement jeté avec les affaires de Matéo en croyant que ça lui appartenait quand il avait refait la cabine. Merde ! J'y avais laissé mon empreinte la plus sincère. J'avais l'impression d'avoir perdu un petit morceau de moi. C'était une bonne raison de lui faire un reproche valable. Je décidai de garder cette munition pour plus tard.

*

Philippe barrait toute la nuit pour économiser les batteries du pilote pendant un long épisode de pluie. Figé dans sa veste de quart fluorescente, il donnait l'impression d'un mannequin de plastique dans une vitrine très réaliste, sous un plafond joliment charbonné.

Quand il me vit au milieu du carré, mon pantalon de pyjama à la main, je n'avais pas d'explication digne à lui livrer. Je m'étais réveillé un peu trop tard, quand je croyais pisser tranquillement dans un orphelinat défraîchi. En réalisant le nouveau drame en cours, je crus pouvoir sauver in extremis le matelas de l'inondation, mais non. Tout comme mon beau pyjama de poissons, il fut souillé du succès de mes angoisses. Par chance, les matelas des bateaux sont protégés de l'humidité par une housse en plastique.

Philippe mit quelques secondes à comprendre et descendit me rejoindre. Je bégayais sans parvenir au moindre mot complet pour justifier ce qu'on appelait « petit accident » en maternelle et « humiliation » en sixième. C'était arrivé à Carla Santorini, en plein cours d'histoire-géo, mais je ne pouvais pas prendre ça comme excuse.

Philippe eut le tact de ne rien dire et faire comme si tout était normal. Pendant que je me lavais, je l'entendais changer mon drap et frotter le matelas. Je m'efforçais de garder à l'écart le sentiment d'humiliation en me faisant la promesse, impossible à tenir, que ça ne se reproduirait pas. Je m'imposais de penser à autre chose en me recouchant sur la banquette du carré.

L'avantage des nuits, c'est qu'elles peuvent parfois garder enfermé les événements qui s'y produisent. Avec un peu de chance, on les oublie au lever du jour, parmi les rêves et les cauchemars. Il est rare que nous soyons hantés par les cauchemars au-delà du territoire des songes ; rare mais pas inconcevable.

Dans la matinée, Matéo fit sa première apparition diurne. Ma peur prit alors une autre dimension. Il ne m'apparaissait pas de façon concrète, en fantôme opalescent ou spectre vaporeux. Je le sentais juste près de moi, tout près. J'avais l'impression de sombrer dans un monde parallèle aux fluctuations incompréhensibles. Ce vertige confus était enflé par la fatigue dont je ne me défaisais pas. Je commençais à me convaincre que Philippe sentait la présence de Matéo. Ça pouvait expliquer ses regards suspicieux que je surprenais parfois. Peut-être même le voyait-il. Peut-être même étaient-ils complices.

*

Trois jours passèrent, durant lesquels j'étais toujours un élève médiocre qui ne se rebiffait plus. J'acceptais mon sort. Philippe semblait se satisfaire de ma docilité barbante. Je faisais semblant de réfléchir à mes leçons. Il faisait semblant d'apprécier mes soi-disant progrès.

Sa bienveillance se faisait plus distante, ses hésitations plus flagrantes. Sa voix prenait de plus en plus le ton d'un diplomate insincère. Il n'hésitait plus à me guider sur le cahier pour écrire correctement « mythique », « phénomènes » ou « manœuvre », sans s'attarder sur le sens ou l'étymologie. Il était à l'économie de mots. On faisait deux heures, pas plus. Dès les cours terminés, il passait à autre chose avec un soulagement ostensible, qui me laissait comme un élève anonyme avec ses cahiers, seul dans sa petite classe insolite. Je retournais dans ma cabine comme je rentrais chez moi.

Je voyais bien qu'il ne savait plus quoi faire avec moi. J'ignorais ce qu'étaient ses propres cauchemars. Dans mon égocentrisme, ça m'était passé bien au-dessus de la tête, tout comme m'était passé au-dessus de la tête le fait, pourtant évident, qu'il voulait m'aider.

Ses attentions et sa curiosité se heurtaient systématiquement à ma horde de pétoches et de hontes. Il n'avait trouvé aucune porte pour accéder à ma sincérité et ça le minait. J'étais loin de me rendre compte de la violence de ce qu'il vivait. Ses propres angoisses le submergeaient et il les repoussait comme il pouvait. Il m'appelait à l'aide. À mon âge, j'étais incapable d'imaginer qu'un adulte comme lui eût pu avoir besoin d'un mioche comme moi. Il essaya pourtant de me le faire comprendre à plusieurs reprises. Je prenais ça pour de l'intrusion.

Une nuit, après l'un de mes cauchemars, il me proposa de rester un peu là, près de moi, au bord du lit, le temps que je me rendorme. Je répondis un faible « oui ». Il devait avoir passé du temps à préparer son approche. Après un moment laissé à l'ondoiement tranquille et aux petits grincements familiers, il me demanda de lui raconter mon cauchemar. C'était impossible. Une énième variation de son fils percuté par une voiture : voilà ce qu'était mon cauchemar. Devant mon silence, il m'expliqua que notre voyage était aussi fait pour ça : parler. Se faire confiance. Se confier. Je pouvais tout lui dire.

Se servait-il de moi pour essayer de comprendre ce qui lui avait échappé avec Matéo ? Il avait fait un pas au-delà de ses réticences. Je ne pouvais pas m'en douter. Je préférais me taire pour ne pas prendre le risque d'un aveu dangereux. Plutôt que me mettre en confiance, cette insistance à vouloir connaître le fond de mes pensées m'inquiétait. Que cherchait-il vraiment ? Était-il de ces hommes qui aiment un peu trop les enfants ? Voilà que naissait une peur supplémentaire.

Philippe avait dû se sentir vraiment dépassé. D'une nature opiniâtre, malgré la mélancolie qui commençait à le gagner, lui aussi jouait aux équilibristes sur le fil de nos secrets. Et le vent se levait.

21.

Nous avions les faveurs du vent.

Les éclaircies fréquentes m'avaient fait oublier un peu ma fatigue et mon fantôme durant quelques longues heures précieuses. Je m'étais approché de Philippe avec une tonne de bonne volonté et je lui avais demandé si je pouvais essayer de barrer. Il n'avait pas hésité. Il espérait visiblement cela depuis un moment.

Je commençais à pouvoir me servir de ma main gauche, malgré le plâtre, et pouvais donc agripper l'antidérapant de la barre à roue d'une poigne légère. Philippe restait là pour me rattraper quand je perdais l'équilibre, maîtrisant de son autre main agile les soubresauts de la roue.

Retrouvant un enthousiasme que je croyais évanoui dans nos accrochages, il m'expliqua la différence entre le vent apparent et le vent réel. C'était limpide. Le vent apparent c'est celui que l'on ressent. Le vent réel, c'est celui qui existe pour de vrai, en dehors du vent généré par le mouvement du bateau. Il ne faut pas se fier au vent apparent. Je ne voulais pas dire que j'avais compris. J'aimais bien qu'il m'explique les choses. Je ne voulais pas les retenir. Je voulais qu'il me parle, qu'il prenne le relais de mon cerveau trop occupé à chasser les peurs et les intrusions des voitures dérapant ou des corps étendus sur l'asphalte, des pierres tombales trop belles, des Bruno ivres, des mères insaisissables et des baignoires qui se vident en oubliant les résidus de crasse des bois sur les parois d'émail cabossées. J'en avais assez d'avoir froid dans mes serviettes râpeuses où je trouvais parfois un visage hurlant qui me réveillait en sursaut.

À la barre, le vent balayait tout ce qui tentait de s'accrocher à moi. Je pouvais alors comprendre ma place, savoir où aller. C'est aussi ce que tentait de m'apprendre Philippe : savoir où aller. J'aurais aimé que quelqu'un me prenne en photo, le sourire au vent. Je suis sûr que Philippe y pensa. Mais ça aurait été bizarre. Il avait déjà une photo comme ça.

Les quelques jours qui suivirent allaient être les plus agréables de tout notre voyage. Après les colères et les peurs, les joies extrêmes, les mépris et les larmes, l'harmonie naquit enfin, comme le reste, sans qu'on devine vraiment pourquoi, chacun oubliant un peu ses frustrations. Nos journées, promises à la monotonie et aux humeurs, allaient se parer d'une sorte de sérénité. Notre envie de rester proches, comme pour enterrer la hache de guerre, à se parler de petits riens, à cuisiner ensemble, regarder les étoiles, les lunes ou les soleils, couchants ou levants, était quasi permanente. Cette parenthèse idéale ne durerait pas, nous le savions. Mais nous laissions aller les choses, puisque rien ne les contrariait.

*

Quand je me réveillais, souvent plusieurs fois dans la même nuit, je cherchais toujours où se trouvait Philippe sur le bateau. Parfois il dormait dans sa cabine, parfois il bouquinait avec sa lampe frontale ou écoutait de la musique au casque. La plupart du temps, il tenait la barre du bout des doigts ou des orteils, le regard perdu vers les étoiles. Il dormait beaucoup en journée et très peu la nuit. J'essayais de l'imiter. Planqué derrière le petit hublot intérieur de ma cabine je pouvais l'observer. Ce n'était pas passionnant, mais j'aimais m'assurer de sa présence. Le sommeil me rattrapait toujours très vite.

Je le vis une fois se prendre la tête dans les mains, comme s'il voulait chasser quelque chose. Il y eut aussi cette nuit particulièrement claire où je m'installais longtemps près du hublot, certainement à cause de l'influence de la lune pleine. Il murmurait en souriant aux étoiles, comme un poète fou. Je ne l'oublierai jamais. L'émotion prit l'ascendant sur ma gêne. Philippe balaya ses larmes d'un geste et enclencha rageusement le pilote automatique avant de descendre pour aller se coucher. Je croyais savoir à qui il pensait. Nous avions le même fantôme.

22.

Une découverte mit un terme à la sérénité à bord. Les déguisements que j'avais choisis avec une jubilation fébrile au centre commercial d'Arrecife étaient restés enfouis sous les nombreux paquets de jeux, outils, vêtements et jouets, dans la cabine qui servait de débarras, de l'autre côté de l'escalier. Que j'eusse pu les oublier me sembla incroyable. Je pense que Philippe avait tout fait pour m'y aider. Ils étaient dissimulés dans un emballage enseveli sous tout le reste. Je les découvris en cherchant le jeu de société *Pay Day* pour faire une partie avec Philippe. Tous les jeux ou presque étaient en espagnol ou en anglais. Philippe trouvait ça super, parce que j'étais obligé d'apprendre en jouant. Moi, je trouvais que ça gâchait un peu le plaisir et la légèreté. Mais c'était mieux que l'ennui qui revenait de plus en plus en toile de fond de nos journées. Et je ne pouvais pas me plaindre d'avoir été tellement gâté, bien que ce fût dans une langue étrangère et pour une durée limitée.

J'allais ressortir de la cabine-bazar avec le jeu d'argent, quand je fus intrigué par le bruissement d'un emballage. Mon cœur accéléra quand je compris ce que contenait le paquet.

Ni une, ni deux ! À peine déballé, j'enfilai l'un des costumes, les nerfs à l'épreuve lorsque je dus passer le plâtre de mon bras dans la matière élastique fragile. Ça faisait une protubérance étrange, mais je m'en accommodai. La cagoule terminait de me camoufler et je devenais réellement quelqu'un d'autre. La houle me fit perdre l'équilibre et m'affaler sur les jouets, comme une bouse. Mais je ne pouvais plus avoir mal. J'étais Spiderman !

Je sortis rejoindre Philippe, certain de mon effet. D'abord dubitatif en me voyant bondir comme un hippopotame anorexique rouge et bleu, il finit par esquisser un sourire de défaite.

Bon, la tenue était mal taillée, mais quand même ! Il aurait pu se montrer un peu plus enthousiaste. C'était Spiderman ! Avec la cagoule et tout et tout ! Je me souvins alors qu'il en avait critiqué la fabrication au Bangladesh et le prix trop élevé pour la qualité. Il m'avait également fait un speech sur la portée symbolique trop manichéenne des superhéros. J'avais été prêt à lui faire une crise en plein supermarché pour qu'il tienne sa promesse de me l'acheter. Quand il s'y était engagé, à l'hôpital de Lanzarote, il avait certainement cru qu'on ne pourrait pas trouver de costume de Spiderman sur cette petite île. Mais Spiderman est partout où on a besoin de lui !

Il parvint presque à gâcher mon plaisir. Je retournais chercher « Pay Day » en décidant que je garderai le costume et le masque pour l'emmerder. Mais apparemment ça ne le dérangeait pas. Au contraire, ça lui donnait l'occasion de se moquer de mon allure de catcheur lilliputien. Il faisait ainsi, sans le savoir, référence aux débuts de l'histoire de Spiderman, dans les BD des années soixante, lorsque Peter Parker (le nom de Spiderman) s'inscrit à des combats de catch pour gagner un peu d'argent grâce à ses pouvoirs. Loin de me contrarier avec ses sarcasmes, Philippe participait ainsi au réalisme de mon personnage.

*

Le soir même, la peur revint se loger dans les interstices de mes pensées. Je la sentais prête à surgir comme un félin et se repaître de ma résilience. Je décidais alors d'enfiler le costume qui était ajusté pour un enfant géant de dix ans et dont le tissu bas de gamme pendouillait un peu n'importe comment sur moi, car j'étais très loin de la courbe de croissance idéale. Je passais mon temps à tirer sur les cuisses pour éviter que l'extrémité du collant se tire-bouchonne au bout des pieds.

Comme tous les enfants de mon âge, j'extrapolais et projetais mes illusions sur une réalité pathétique, quand je jouais. Dans mon esprit, j'avais la même dextérité et les mêmes pouvoirs que mon héros quand je mettais sa tenue, surtout avec la cagoule. Vu de l'extérieur, je suppose que je n'étais qu'une silhouette ridicule en combinaison bleue et rouge mal taillée, qui se déplaçait sans grâce, du mât au cockpit et de la barre à la proue, sous les remarques désobligeantes de Philippe qui se croyait drôle. N'empêche que, debout sur le bastingage de proue, dans ma tenue complète et sans gilet, le nez au vent, bien campé sur mes jambes malgré le manque d'adhérence de la rambarde, je me sentais fort et agile. Rien ne pouvait m'arrêter. J'évitais de faire ça quand il me voyait. À un moment où je commençais à « m'y croire », Philippe était arrivé et m'avait saisi par le bras pour me faire descendre, comme la fois de notre délire musical. Il m'avait dès lors obligé à enfiler un gilet de sauvetage dès que je quittais le cockpit. Ainsi affublé du boudin autogonflant, il devenait inutile de jouer aux acrobates légers. J'avais de l'imagination, mais quand même ! Je pouvais alors tout juste m'imaginer prisonnier, mes pouvoirs entravés par la force magnétique du gilet de contention en kevlar et kriptonite. Prisonnier du frelon vert, sur son vaisseau en perdition.

Je dessinais, je lisais, je mangeais en Spiderman. J'avais trouvé ma nouvelle peau. Je dormais en Spiderman. J'allais à l'école de Philippe en Spiderman, sans la cagoule. Quand je la remettais, j'observais Philippe, sans qu'il le sache, croyais-je (trop peu conscient de la position de ma tête). La nuit, je la retirais, mais si l'angoisse gagnait, je savais où la trouver : entre le matelas et la paroi bâbord. Elle ne me protégeait de rien évidemment, mais le fait de l'enfiler me transportait dans un univers plus sûr, où les dangers extérieurs glissaient sur les fibres de polyester. Je me dissimulais. Je m'enfonçais ainsi dans un leurre, avec la confiance d'un matelot du Titanic au départ de Southampton.

Après quelques jours, Philippe me fit une réflexion sur mon hygiène. Certaines odeurs m'avaient, en effet, chatouillé les narines, sans que cela ne me dérange outre mesure. Je lui promis de me changer dès le lendemain et d'en profiter pour me laver. Il ferait beau. La tenue sécherait vite. J'envisageais d'essayer celle du pirate des Caraïbes. Elle était moins pratique pour me dissimuler, mais en attendant ça ferait l'affaire pour explorer d'autres scénarios, peut-être plus adaptés à notre environnement. Je regrettais de n'avoir pas demandé deux tenues d'homme araignée. Mais comment aurais-je pu savoir qu'elle me servirait à me protéger ?

*

Une journée calme ne pouvait rien présager de bon. Trop d'ennui, pas assez de vent, trop de caprices des éléments et des hommes. Même la radio s'était mise à dérailler dans un langage étrange. Philippe s'en était agacé. Il avait hurlé quelque chose en anglais dans le micro qu'il avait raccroché sans ménagement. Les voix avaient continué quelques longues secondes pour protester contre sa colère. Puis ça s'était tu. La radio avait peu à peu retrouvé ses hoquets aléatoires et ses phrases incompréhensibles qui demandaient de passer sur un autre canal pour le bulletin météo. C'était le seul son fabriqué. Philippe ne mettait plus de musique. On ne dansait plus. On ne riait plus.

On s'empêtrait dans nos pensées lourdes. Dans cette atmosphère plus morose qu'inquiétante, je m'attendais à disparaître d'un instant à l'autre. Je me laissais porter sans résistance par ce maudit voilier vers une destination qui paraissait de plus en plus hypothétique.

C'est pour me débattre de cette spirale que je me levais la nuit, à pas de velours, et que j'enfilais mon masque rouge odorant, prêt à nous sauver d'une attaque sournoise ou d'une dérive fatale ; peu importe le péril. Je devais nous sauver. Je n'avais rien de mieux à faire de mes insomnies.

23.

Un cri me réveilla.
Cette fois, il était d'un réalisme stupéfiant. Hors de question de me laisser impressionner par la peur. Ras le bol ! J'allais faire face. J'ordonnai à mon cœur de se calmer. Philippe avait laissé le pilote automatique consommer nos batteries pour pouvoir recharger les siennes. Le bateau était à moi. Dans un mouvement théâtral, je retirai ma veste de pyjama, découvrant ainsi le symbole de l'araignée sur mon plastron. J'enfilai ma cagoule d'un geste que j'aurais souhaité plus fluide, feignant d'en ignorer l'odeur rance. Je devais combattre ce cri, d'où qu'il vienne, mais aussi raisonner ce visage qui découpait toujours violemment mon sommeil. Je voulais le faire plier du côté de la lumière, l'aider à comprendre qu'il ne pouvait pas me hanter comme ça, éternellement. Je piétinais allègrement la frontière entre mes cauchemars et mon imaginaire conscient, cette zone redoutable tout près de la schizophrénie.
J'avançais à quatre pattes — faute de mieux pour une araignée — pour atteindre le pont avant. Je restais un temps en embuscade, essayant de déceler un signe du méchant en m'accoutumant à l'obscurité. La tension était réelle. J'avais beau ne pas croire tout à fait à mes jeux, l'angoisse de voir surgir quelque chose de la nuit était concrète, si j'en croyais les frissons et les tremblements qui me parcouraient

le corps par instants. Un cri dans le ciel me figea ; le même que celui entendu à mon réveil. Je domptai ma vessie, écarquillant les yeux pour être sûr que je ne dormais pas. Le long silence qui suivit, me fit douter. Mes doigts gantés de rouge entoilé se posèrent sur le pont de résine. La main plâtrée, moins délicate, produisait un bruit sourd. Je continuais ainsi ma marche d'araignée grotesque : *Clop ! Hung ! Hung ! Hung ! Clop !* progressant doucement vers le mât dans les rafales modérées qui m'aspergeaient d'embruns, comme autant de soufflets adressés à ma bravoure.

Je vis soudain à travers mon masque comme en plein jour. Le pont, les hublots, les gréements et tous les détails de l'accastillage se détachaient nettement de la nuit. Je crus à une comète de l'apocalypse. Il s'agissait simplement de l'éclairage de pont qui arrosait soudain crûment mon terrain de jeu.

Philippe arriva dans une colère réellement de l'apocalypse, elle, lampe frontale sur la tête, cheveux en bataille, T-shirt et caleçon froissés.

— Tu vas arrêter tes conneries, maintenant Bastien !

Ça sentait la poudre mais j'étais prêt au combat, quel que soit l'adversaire. Conditionné par l'imaginaire de mes Marvel™ préférés, je défiais le *Capitaine Froissé* en adoptant la posture du superhéros, bras croisés, regard frondeur et jambes bien ancrées sur le rouf. Il voulait qu'on se frite ? OK... Je ne tins pas trois secondes, à cause des remous du bateau. M'agrippant au mât pour ne pas chuter et ajouter ainsi du ridicule au ridicule, je n'avais plus d'autre choix que d'obéir, arrêter mes conneries et rentrer au sec. Un claquement violent et un cri aigu (le même qu'avant) nous surprit en haut du mât. Un animal glissa le long du génois et vint finir sa course près de mes pieds en tire-bouchon. Ça piaillait de façon lugubre, comme un bébé mutant. Je vérifiais, en fermant les yeux le plus fort possible, que ce n'était pas une scène de mes rêves. Mon cœur s'était emballé et mes genoux faiblissaient.

Philippe s'approcha de l'oiseau blessé. La scène était surréaliste : Spiderman terrifié sous la lumière trop forte dans la nuit marine, et cet oiseau hurleur agonisant aux pieds d'un dormeur froissé.

— C'est un oiseau ?

J'espérai une réponse rassurante.

— Ben oui...

— Ça veut dire qu'il y a la terre pas loin ?

— Mais non... C'est un migrateur. Un truc, là... un puffin ou je sais plus... Il a dû être perturbé par la lumière.

L'évènement lui avait coupé la chique. Il tendait ses mains avec méfiance vers l'oiseau. Le piaf s'excita soudain, rebondit en frappant le pont et s'envola, désorienté. On l'entendit tomber à l'eau et s'agiter un peu, puis plus rien. Nous étions à l'affût du moindre son, sous l'éclairage qui nous rendait aveugle au-delà de la zone qu'il couvrait. On entendait un cliquetis inhabituel en haut du mât. Philippe y pointa sa lampe frontale sans rien voir. Il alla éteindre l'éclairage de pont et chercher la torche longue portée pour constater les dégâts.

L'oiseau avait cassé la girouette qui pendait sur le côté, cliquetant par moment sur le mât en aluminium. La colère de Philippe semblait avoir été séchée par l'incongruité de l'incident. Il revint quand même à moi, sans un mot.

Même dans la nuit, à moitié aveuglé par la lampe sensée me montrer le chemin, je devinais ses yeux furieux qui ne me quittaient pas, tout le temps que je retournais à l'intérieur du bateau, fragile sur mes appuis. Je sentais derrière moi une colère retenue. Elle manqua de me faire trébucher dans la descente. Je priais pour que Philippe ne parle pas.

— Et tu me retires ce truc qui daube, s'il te plaît !

La formule de politesse était une ponctuation. Que ça me plaise ou non, je devais retirer ma combinaison de superhéros. J'en avais trop usé. Je puais à nouveau à travers les portes.

24.

Le sauna qu'était devenu ma cabine fondait mes humeurs en une bouillie déliquescente.

De mon plâtre dégoulinait une sueur rance. J'aurais voulu retirer ma peau. Philippe, lui, semblait supporter la canicule. Il avait ajouté à sa tenue habituelle un chapeau de baroudeur, replié sur un bord, avec la petite lanière sous le menton. Il soufflait à peine plus que d'habitude dans son bermuda miteux et son vieux T-shirt de bricolage plein de taches. Il pouvait parler de moi et mon hygiène !

Je repensais à la nuit passée, plus étrange que mes songes ; cet oiseau qui nous avait stoppés. Il y avait une chance sur des millions pour qu'il heurte et casse la girouette. Philippe l'affirmait, plus incrédule que moi, encore. Il n'arrêtait pas de le répéter.

— Une chance sur des millions ! Comme les Dupondt dans le désert avec le palmier... OK ! La lumière était forte, mais putain... pile dans la girouette !

Même quand il n'en parlait plus, je voyais qu'il y pensait. Il regardait le ciel autour, puis le mât en remuant les lèvres. Sa perplexité rendait le souvenir de cette nuit-là encore plus incroyable ; une nuit hors de tout, que je ne suis plus certain d'avoir réellement vécue. J'aurais aimé pouvoir en reparler avec lui ; de ça et de tant d'autres choses. Mais les évènements ne nous en donnèrent pas l'occasion. L'anecdotique ne tarderait pas à céder la place aux tourments essentiels.

*

Philippe monta au mât après le petit-déjeuner. Le bateau était arrêté, grande voile affalée, à moitié hors de son lazy bag[6], génois enroulé. On dérivait paisiblement. Je regardais Philippe s'équiper pour grimper tout là-haut, une ceinture d'outils à la taille, comme le gars de l'électricité qui était monté au poteau devant chez nous. Malgré ma rancœur, je ne pouvais m'empêcher de l'admirer.

Installé dans la chaise de mât, il tirait sur l'un des bouts pour s'élever en se stabilisant avec les pieds sur le mât. Moi, assis dans le cockpit, accablé de chaleur, je luttais contre l'embarras de n'être que ce que j'étais. Je tâtais mon biceps, cherchant discrètement d'où et comment pourrait bien sortir un jour une protubérance musculaire remarquable. Je voulais grandir d'un coup, là, tout de suite. L'attente de l'âge me semblait interminable, encore un peu plus désespérante dans cet environnement immobile et sous cette chaleur plombée.

Je m'allongeai de tout mon long, en lézard blanc-bec, me laissant porter par le tangage. Je roulais peu à peu jusqu'au bord du bateau, retenu de la chute par deux chandeliers[7]. Je laissais pendre la moitié de

---

[6] *Le lazy bag est une protection en toile avec fermeture à glissière pour ranger la grande voile sur la bôme.*

[7] *Les chandeliers sur un bateau sont les piquets verticaux fixés sur le bord de la coque, qui maintiennent les filières.*

mon corps tout près de l'eau. De temps à autres, les vagues claquaient et m'éclaboussaient, apportant une fraîcheur insuffisante à ma peau qui cramait.

Le temps se dilatait. Je fixais les scintillements comme un illuminé, essayant de voir le plus loin possible sous l'eau sombre aux reflets turquoise. Je n'arrivais pas à me détacher des ondulations lumineuses, malgré la trop forte réverbération qui m'étourdissait.

Je me serais peut-être abîmé la rétine si Philippe n'avait pas interrompu ma somnolence en me criant de ne pas rester au soleil sans protection. Je fis semblant de ne pas entendre. Quand il cria un peu plus fort, plus menaçant, je ne bougeais pas non plus. Il était perché tout là-haut. J'étais en bas, hors de portée, libre. Il n'avait aucun pouvoir sur moi. Je ferai ce qui me chante.

À bout de patience, il me prévint que si je le forçais à descendre ça barderait. Conscient que ma position avantageuse ne durerait pas, je protestai alors en soupirant et frappant le pont de ma main libre. Contrarié par sa seule voix, dont la capacité de persuasion m'agaçait toujours plus, je rejoignis le carré à pas volontairement lourds, jusqu'à m'en faire mal aux jambes.

Je n'avais pas envie de mettre de crème solaire, ni de lunettes, ni de chapeau. J'avais chaud. J'étouffais dehors et j'étouffais dedans.

Une idée géniale me vint alors, tout droit sortie d'une portion stupide de mon esprit. Je me l'interdis d'abord, avant de faire taire ma raison. On était à l'arrêt. Je ne risquais rien. Je savais que Philippe ne serait pas d'accord. Inutile de le lui demander.

J'enfilai ma combinaison de Spiderman. Elle puait encore plus, si c'était possible. Je fus surpris de ne pas avoir plus chaud avec.

Concentré comme un sprinteur sur son starting-block, au pied des escaliers, je préparais ma trajectoire. Je ne devais pas laisser le temps à Philippe de me voir, pour que ses objections n'entament pas mon courage. Trois, deux, un... je m'élançai, trottinant en tirant sur mes collants d'araignée pour ne pas me casser la figure, et plouf !

Le délice de la soudaine fraîcheur dura quelques secondes, jusqu'à ce que Philippe gueule en haut du mât. Je ne voulais plus le voir, ni l'entendre. Je répondis en hurlant que je nettoyais ma combinaison, ce qui était en partie vrai. Nous étions à l'arrêt et la piscine tout autour m'avait semblé idéale. C'était ça mon idée tellement futée.

Je barbotais, hilare, faisant l'étoile de mer, tête dans l'eau, puis tournée vers le ciel parfait. Protégé par la cagoule aux yeux immenses qui perdait son fumet en même temps que son élasticité, j'entendais la colère de Philippe mais je m'en fichais. Ça faisait tellement longtemps que je n'avais pas été si bien. J'aurais voulu que ça dure. Liberté. Rébellion. Rien ne saurait me faire regretter. Je ne voulais pas penser aux conséquences. La température était parfaite malgré quelques courants froids. Mon apesanteur me libérait. C'était bon d'être si léger. Seul mon plâtre me faisait pencher à gauche par moments. Tiens ! J'en avais oublié la protection étanche... tant pis. Ça fera partir la sueur. Trop tard, de toute façon. Ça me brulait un peu à l'intérieur mais tant pis...

Une vague plus forte m'avertit, comme une gifle, du danger dans lequel j'étais entré. Je revins à la verticale comme à la réalité. J'avais oublié de m'attacher au bateau. C'était une grosse bêtise. Une connerie, pourrait-on dire. C'est ce que me hurlait Philippe : la ligne de vie ! Je le comprenais maintenant. Trop tard.

Je ne parvenais pas à nager correctement avec mon plâtre et le bateau semblait s'éloigner malgré mes efforts de petit chiot à la dérive. Je retirai ma cagoule pour mieux voir et la perdis dans les remous de ma panique. Mes muscles se raidissaient. J'avais envie de pleurer. J'entendais Philippe me hurler de faire la planche alors qu'il entamait sa descente précipitée du mât. Je le voyais déjà trop petit tout là-bas, qui se cassait la gueule en arrivant sur le pont.

Le bateau était maintenant trop loin, l'eau était devenue très froide. J'allais dériver. Un requin ne ferait qu'une bouchée ou deux de moi. Mes os craqueraient sous sa mâchoire puissante et ma chair partirait en lambeaux. Une nourriture pour animaux, c'est comme ça que j'allais finir, comme les poulets plumés qu'on lance aux alligators dans les zoos. Je l'avais vu sur la cinquième chaine. Les poulets fermiers Savagnon ? Combien de temps avant de mourir quand on est croqué comme ça ? Combien de souffrances ?

Je demandais pardon à Philippe sans qu'il entende. Je lui criais de m'aider, avec une voix de chèvre qui semblait décidément traduire le degré ultime de ma peur. Depuis combien de temps n'avais-je pas pleuré ? Pleurer ne m'aiderait pas. Je devais me calmer.

Après avoir récupéré un peu de souffle en restant sur le dos, je tentai de reprendre la nage. Mais dès que je me tournai la panique reprenait. J'éclaboussai trop avec mon plâtre. Je ne voyais plus rien à cause du sel. Mes yeux ne m'apportaient qu'éblouissements et brûlures. J'avalais de l'eau salée qui me faisait tousser. Le souffle saccadé, je décidai d'attendre la fin. Je refis la planche, malgré les vagues qui me fouettaient le visage et m'empêchaient de respirer correctement.

La panique s'était envolée peu à peu dans le ciel lumineux, emportant avec elle les battements de mes tempes. Seul persistait le bruit du clapotis narquois de l'océan dans mes oreilles, certain de sa victoire prochaine sur mes poumons. Je me demandais maintenant ce qu'allait être ma dernière pensée.

J'avais froid et l'espoir de ma survie s'amenuisait sérieusement quand j'entendis un battement énergique à quelques mètres. C'était Philippe. Il était équipé de grandes palmes et d'un gilet orange. En le voyant tout près, je ne fus pas soulagé. Je m'inquiétai de la distance qui nous séparait dorénavant tous les deux du bateau. Il me prit fermement contre lui.

— Philippe ! Pardon...
— Chhhh !

Il entama une nage à reculons en direction du bateau. Il essayait de me calmer d'une voix ferme et rassurante, crachant par moments un peu de l'eau qui tentait de le noyer aussi. Philippe avait dû lâcher la bouée « fer à cheval », car le bout à laquelle elle était attachée était trop court. J'avais vraiment beaucoup dérivé en peu de temps.

Mon inquiétude augmenta un peu quand je vis la difficulté qu'il avait à rejoindre le bateau qui semblait vouloir nous fuir. Philippe faisait de plus en plus de pauses pour souffler. Le bateau se dirigeait vers l'horizon, nous laissant ainsi avec notre problème d'animaux terrestres en milieu aquatique. Philippe me répétait de ne pas bouger. Je voulais juste l'aider en battant des pieds. Il me serra pour que j'arrête, sa joue contre ma tête. Sa barbe m'irritait le côté du visage. J'aurais accepté de mourir ainsi, dans les bras de mon père si l'idée qu'il perde la vie à cause de moi ne m'avait pas été aussi insupportable.

— Tu peux me laisser. C'est pas grave.

Il ne répondit pas. Je me demandais s'il hésitait. Je n'eus pas le courage de renouveler ma proposition. Je me faisais aussi léger que possible et forçais mon esprit à ne pas penser à l'ironie insupportable qui voulait me rendre coupable de la mort du père en plus de celle du fils.

Le bateau fut soudain à portée de brasse. J'avais dû triturer mes pensées plus longtemps que je le croyais. Philippe attrapa la bouée fer à cheval qui trainait au bout de la ligne de vie et me colla dessus en m'ordonnant de m'y agripper et de ne pas lâcher. Il se servit du bout pour rejoindre le bateau et me ramena à bord, comme s'il m'avait pêché.

Mon costume détrempé n'avait plus aucune forme. Les couleurs avaient dégueulé l'une sur l'autre. Le tissu distendu pendait à mon entrejambe, créant un sarouel difforme et s'étirait très au-delà de mes pieds. Le superhéros était battu. L'habit avait craqué d'un peu partout et disparu totalement au niveau de mon plâtre, d'où ruisselait l'eau de mer. Je le détaillais jusqu'aux mailles écorchées, la gorge remplie de sel et d'amertume en m'affaissant sur le pont, laissant la nausée passer son chemin.

Le silence de Philippe enflait ma culpabilité. Nous nous égouttions, bercés par le tangage léger. Je

n'osais pas me relever. Je voulais le remercier mais il grondait sans même s'en rendre compte, le dos tourné, la tête baissée. Combien de temps faut-il laisser passer entre une connerie et les premiers mots d'excuse ?
— J'te demande pardon.
Trop tôt.
— Vire-moi ça !

Je retirai sans précaution ce qui restait de mon déguisement, avant de rejoindre Philippe dans le carré, conscient d'être maintenant, et pour une durée à confirmer, dans l'obligation de suivre ses instructions à la lettre, sous peine d'une colère à laquelle je n'avais pas envie de goûter.

*

Il me jeta une serviette de bain dans les bras, d'une manière dédaigneuse qui me fit penser à notre première tentative de noyade. Nous n'étions plus les mêmes. Les évènements que nous avions vécus ensemble nous avaient indéniablement rapprochés. Pourtant il me traitait comme s'il ne me connaissait pas. Il m'ordonna plusieurs fois de me taire. Je couinais chaque fois en sourdine.

Quand nous fûmes changés, il rinça et sécha l'intérieur de mon plâtre avec un sèche-cheveux qui me brûla par moments. Je n'osai rien dire. Il décida que c'était bon, rangea le sèche-cheveux et retourna au pied du mât pour mettre de l'ordre dans le harnais et les bouts.

Croyant sa colère passée, je rassemblai mes copeaux de courage pour le rejoindre, afin de lui témoigner mon soutien inconditionnel de petit

soldat. Je savais que j'aurais beaucoup à faire pour me rattraper. Quand il me vit, souriant malgré l'angoisse, il se figea. Je n'entendais plus que mon cœur tambourinant et le vent léger, jusqu'à ce qu'il les transperce.
— Qu'est-ce qui s'est passé ?
Sa voix avait changé. Elle déraillait un peu. Je ne comprenais pas. Il avait bien vu, ce qui s'était passé. J'avais dérivé. Je ne comprenais pas qu'il ait pu croire à autre chose.
— Je voulais juste laver mon habit de…
— Je parle pas de ça !
Il avait aboyé et jeté un bout enroulé au sol, comme s'il avait voulu perforer le rouf. Craignant qu'il me tabasse lorsqu'il me frôla pour se rendre dans le carré, je me protégeai le visage, immédiatement honteux de ce réflexe de victime. Pourtant, je restais sur mes gardes. Il se passait quelque chose de grave. J'avais franchi une limite ; abîmé quelque chose de plus important que ce que j'avais cru, et je ne savais plus comment m'excuser. Mes jambes se réduisaient en pattes de flamant rose et ce n'était pas dû qu'à la fatigue.
Il remonta du carré en brandissant mon cahier de dessin. L'ancien cahier ! Une peur différente surgit de la cache où elle se trouvait depuis le début. Une peur bien réelle. Finies les fabulations, les élucubrations et les cauchemars dont on sort toujours indemne. Le danger s'avançait vers moi sous la forme du dessin que j'avais fait de Matéo et la phrase de la plaque tombale dessous. Philippe la prononça à haute voix, sans la regarder. Je comprenais dans le même temps, pourquoi j'étais là, avec lui et pourquoi il m'avait observé de cette

manière, ses attentions et ses questions. Ce que je ne comprenais pas c'était où il voulait en venir.
— *Tu n'es plus là où tu étais, mais tu es partout où je suis.* T'as été sur sa tombe, c'est ça ? Pourquoi t'as été sur sa tombe ? T'étais dans la voiture de l'autre con, là, le soir de l'accident ? C'est pour ça que t'es comme ça ? Ton beau-père, il disait la vérité. T'étais avec lui dans la voiture ? C'est pour ça que tu fais n'importe quoi... que tu pisses au lit à ton âge et que tu joues les flagorneurs à longueur de journée : *Pardon Philippe, Merci Philippe, Oh ! Merci Philippe !* ... Merci mon cul ! T'étais avec lui ? T'es juste un menteur, en fait ! Tu chiales, tu mens et tu rechiales pour t'excuser d'avoir menti ! Réponds-moi ! Qu'est-ce qui s'est passé ? Réponds-moi !

Que voulait-il que je réponde ? Quand voulait-il que je réponde ? Il vidait son sac sans virgules, m'accusant d'être un gosse malsain, incapable de franchise. Ça lui allait bien, lui qui m'avait emmené pour la traversée alors qu'il savait ; il devinait, du moins. Il me soupçonnait même d'avoir été au volant de la voiture. Pour ce que ça aurait changé.

Il alternait entre les cris et la rage contenue. Je reculais jusqu'aux filières. J'étais prêt à sauter pour de bon et ne pas revenir cette fois, par honte plus que par peur. Il le remarqua et me demanda d'arrêter mon cinéma. Il avait raison sur tous les points. Il était temps de dire la vérité. Je hurlai pour qu'il arrête de parler. J'allais tout lui raconter, puisque c'est ce qu'il voulait. Plus jamais je ne lui mentirai, quelles qu'en soient les conséquences. Je lui devais bien ça. C'est ce qu'il répétait depuis un moment.

*

Oui, j'étais dans la voiture. Oui, tout était ma faute. Mon récit me fit l'effet d'une opération à tripes ouvertes. Je changeais de statut, passant de victime à complice ; d'innocent kidnappé à menteur calculateur. Je fis ce que j'aurais dû faire avec un psy. Je racontais tout, absolument tout, même quand j'avais vu Matéo gisant, que je l'avais confondu avec un monstre rampant dans la nuit, sa main crispée, son visage défoncé. « Papa » il avait dit. C'étaient ses derniers mots. J'en étais sûr. Philippe fut submergé à ce moment-là. Il essuya ses larmes, manquant de s'arracher les yeux et n'osa plus me regarder.

Je lui racontais mon retour pénible à la maison. Il n'écoutait plus. Mon amour-propre semblait bien dérisoire. Je poursuivais ma logorrhée, persuadé que mes larmes charriaient avec elles toutes les peurs insupportables qui me hantaient depuis trop longtemps. J'allais être libéré de ce fardeau et ça avait forcément un prix.

Philippe était vidé de toute volonté, comme si je lui avais transmis le poids décuplé de mon souvenir. Il affirmait mollement que ce n'était pas ma faute, que c'était un accident, mais je voyais bien qu'il ne le croyait pas. Il parlait de façon automatique, comme un mauvais commercial, s'adressant à l'espace autour des choses, autour de moi. Ses yeux refusaient de se poser sur quoi que ce soit. Il se forçait à ne pas m'en vouloir ; je le voyais bien. J'avais perdu sa confiance, et ce genre de perte est définitive.

Le bateau dériva tout le temps que Philippe passa dans sa cabine. Il avait remis la réparation de la girouette à plus tard ou à jamais.

Je n'osais pas le déranger. Je cherchais une manière de me faire une place dans son histoire ; une place qui m'autoriserait à interrompre son exil intérieur. Pas la peine de chercher très loin. J'occupais cette place depuis déjà plus de trois semaines.

En fin d'après-midi, prenant l'ascendant sur mes craintes, je finis par toquer à la porte pour lui proposer un marché. Et aussi parce que j'avais faim.

25.

Il maugréa à l'irruption de la lumière dans sa cabine.
— J'arrive, j'te dis !
Je n'avais pas entendu sa réponse la première fois et m'en excusais aussitôt. Je me figeai entre le jour et lui, remarquant immédiatement la photo de Matéo près de son oreiller. J'étais sûr qu'il avait encore pleuré. Ses traits étaient tirés. Il aboya vers mon immobilité.
— Oh ! C'est bon ! Tu me lâches, maintenant !
Je tenais bon sur mes jambes, malgré mon cœur désarçonné.
— Je veux bien faire « fils pour fils ».
— ...
— Tu sais, œil pour œil, fils pour fils... je veux bien faire « fils pour fils ».
Sa tension retomba d'un coup. Son accablement apparut plus clairement.
— Pfff ! Bastien, me gonfle pas !
J'avais réfléchi à la manière de lui présenter les choses. Je ne devais pas passer pour un boulet mais plutôt pour un Joker (la carte, pas l'ennemi de Batman). Je repris donc son idée de départ dans mon argumentaire : « un fils pour un fils ». Pas « un mort pour un mort ». Un fils bien vivant. Avec les papiers de Matéo ça serait certainement possible. Si je ne

rentrais jamais chez moi il n'irait pas en prison : pas de corps = pas de preuve ! C'est lui qui l'avait dit.

Je ne voyais pas plus loin que le bout de mon nez et il me le fit remarquer. La fatigue avait atténué sa colère, mais on sentait qu'elle pouvait déborder encore. Lorsqu'il me demanda si je croyais sérieusement pouvoir remplacer Matéo, je ressentis une honte encore plus forte. Pour qui m'étais-je pris ? Il parlait du problème administratif, mais c'était ambigu. Je comprenais que je ne serais jamais à la hauteur.

Je sortis sans pleurer, percuté par la réalité. Ne sachant comment échapper à son regard intransigeant, j'allai me réfugier près de la proue. J'y restais longtemps, allongé au-dessus de l'étrave, espérant l'apparition de dauphins pour accompagner ma mélancolie. Je ne le dérangerai plus. Je resterai à ma place. Puisqu'il fallait subir sans broncher, je subirai. Puisqu'il fallait que je reste seul, à jamais malheureux, je me construirai un monde loin des autres, fait de dessins et d'imaginaire molletonné. Ne plus bouger. Jamais. Pour ne plus prendre de coups il suffisait peut-être de rester K.O.

*

Quand Philippe réapparut sur le pont, je somnolais à l'avant. En prenant soin d'éviter de croiser mon regard, il se préparait à remonter au mât. Nous sentions la présence de l'autre sans nous observer franchement. L'espace infini autour de nous ne suffisait pas à diluer nos malaises. Le bateau n'était pas assez grand pour qu'ils ne se heurtent pas.

Une fois harnaché il changea d'avis. Il s'approcha de moi. Sentant sa silhouette masquer mon soleil, je me redressai, indécis sur l'attitude à adopter, m'attendant à finir par-dessus bord. Je me préparai à l'accepter, malgré la peur des requins et de l'eau salée trop froide. Une pensée très claire s'imposa à nouveau : la meilleure issue pour lui était que je disparaisse.

Philippe eut du mal à commencer une phrase. Ses raclements discrets et ses soupirs pathétiques trahissaient chacune des mauvaises tournures qui lui venaient pour parvenir à rompre le silence tout en respectant l'harmonie de notre distance.

Il se lança.

— On changera jamais cette merde en quelque chose de positif. J'ai eu tort de dire ça.

— Non...

Il avait tort de croire qu'il avait eu tort. Comment le lui dire ? Il y avait eu beaucoup de positif. Oui, beaucoup de positif ; plus que dans toute ma vie d'avant.

— Je ne sais pas comment t'aider.

Il me recoiffa d'un geste sans nécessité. Incapable de répondre sans pleurer, je me détournai pour m'asseoir sur le bord en me cramponnant aux filières, les pieds au-dessus de l'eau. J'avais été paniqué par son geste affectueux qui ne lui ressemblait pas. Il soupira et retourna au mât. Je l'interrompis, avec une volonté nouvelle de dire la vérité sur tout, de dégager les nuages.

— Et si j'aurais pas fait l'accident, tu voudrais bien de moi ?

Mon oral n'était pas toujours meilleur que mon écrit. Il retint un geste d'agacement et tenta de me

221

convaincre que je n'avais pas « fait l'accident ». C'était le destin. Je n'y étais pour rien. C'était Bruno le coupable. J'insistai malgré tout sur ma responsabilité, convaincu qu'il n'avait pas bien compris mon récit.
— Mais si je l'aurais pas frappé...
— Putain ! Bastien ! Fais un effort avec la conjugaison !

Je ne compris pas sa demande. Il me cria de redescendre sur terre (en pleine mer ça me semblait incongru). Les œufs sur lesquels je tentais de me rapprocher de lui se cassèrent brutalement. Je chialais comme une madeleine, des larmes sèches, cette fois. Je n'avais plus de munitions.

Il mit un moment à se décider à venir s'asseoir près de moi. Il croisa les bras sur la filière supérieure. Nous étions côte à côte, dans la même position, au-dessus de la faible houle. J'étais déjà un peu consolé. Il n'avait pas besoin de me parler. Mais il ne s'agissait plus vraiment de me consoler. Il ne s'agissait plus vraiment de moi.

— Pourquoi Matéo était sur la route, à ton avis ?
— Il faisait du stop.
— Oui, mais pourquoi ?

Je ne compris pas la question. Il commença son explication avec un sourire pathétique.

Ce soir-là, on allait remettre à Philippe la médaille de la ville de Bayonne, après son prix de l'innovation technique reçu de l'ordre national des vétérinaires. Il avait promis à Matéo de vivre ce moment avec lui. Il devait passer le prendre chez sa mère à Villefranque et, dans la tension des préparatifs et l'excitation de sa consécration, qui ouvrait la voie à de nombreuses opportunités, l'avait finalement oublié.

Se voyant ainsi négligé, abandonné une fois de plus, Matéo avait piqué une crise. Il avait décidé d'aller dire ses quatre vérités à son père devant tout le monde, montrer qui était vraiment cet homme qui suscitait tant d'admiration. Il s'était donc retrouvé à faire du stop entre chez lui et la mairie de Bayonne, sur la départementale 22. Philippe avait appris le déroulé des évènements par son ex-femme, lors d'une énième dispute après l'enterrement, juste avant qu'il ne s'exile définitivement, seul sur son bateau.

Il termina son histoire en insistant sur le fait que ce n'était pas ma faute. Il me le répéta plusieurs fois. Ce soir-là, s'il n'avait pas oublié Matéo rien de tout cela ne serait arrivé. Nous aurions fait une simple embardée avec Bruno, et Matéo serait vivant.

Je ne pus m'empêcher de penser que, dans cette version, c'est moi qui serais mort sous les coups dans la voiture. J'hésitais à le lui dire.

— C'est quoi une embardée ?
— Une embardée ? C'est quand on dévie de sa trajectoire, volontairement ou pas. Parfois on évite un obstacle, parfois on aggrave les choses.

Sa définition nous laissa songeur. Elle semblait évoquer notre parcours depuis Saint-Pierre d'Irube.

— Et des fois ça change rien du tout. On se redresse et on reprend la route.

Il tenta à nouveau de me persuader que ce n'était plus du tout Bruno ni moi qui étions en cause mais uniquement lui, Philippe Sarre. Je savais que c'était faux mais il avait l'air d'y tenir. Alors je ne le contrariai pas.

Nous voulions finalement tous les deux la même chose, empêtrés dans nos culpabilités. Nous cherchions l'impossible : réparer nos erreurs, d'une manière ou d'une autre. Or, on ne répare pas ses erreurs. Quand elles sont faites, elles sont faites. Au mieux, on les ajoute à l'oubli.

Moi, je m'étais imposé une servilité absurde. Lui, avait voulu faire de toute cette merde quelque chose de positif en ouvrant mes horizons. Il en profitait pour vivre ce qu'il n'avait jamais eu avec son fils. Il avait joué au père et j'avais joué au fils. Ça n'avait pas si mal marché.

Je le regardai rejoindre le mât à pas hésitants. J'avais l'impression qu'il allait se briser. Il n'était plus du tout costaud. Il leva la tête vers la girouette tout en haut, ébloui par la forte luminosité. Puis il lâcha les longes et le harnais qui se répandirent une fois de plus sur le pont dans un bruit d'abandon.

— On verra ça demain.

Je me redressai pour le rejoindre. Nous étions réconciliés à vie, espérais-je. Il avait besoin de moi, désormais, et je serai là. Puis, je repensais à son récit ; ce que Matéo voulait lui dire ; ses quatre vérités. Je me demandais ce qu'elles pouvaient être.

— Tu sais c'est lesquelles les quatre vérités qu'il voulait te dire ?

Il pouffa comme un chat en fin de castagne.

— Dire ses quatre vérités à quelqu'un c'est pas dire quatre choses. Ça veut dire qu'on vide son sac... qu'on lui dit ce qu'on a à lui dire. En général, c'est pas des choses très agréables.

Je connaissais l'expression. Je fus un peu froissé qu'il pense le contraire, mais je n'insistais pas. Je m'étais rendu compte que je ne voulais pas vraiment savoir ce que Matéo lui reprochait. Je craignais que ça atténue mon admiration pour Philippe.

Il ramassait ses affaires et n'en finissait pas de les plier, les relâcher et les replier. On aurait dit un droïde victime d'un bug. Mon inquiétude grandissait à chacun de ses gestes. Pour la première fois de ma vie, je voyais un adulte perdre totalement pied. Ce n'est plus à moi qu'il parlait.

— Matéo, ça n'était plus qu'une petite case dans mon agenda : vendredi, dix-neuf heures, une semaine sur deux. Une obligation légale. Je ne le connaissais plus, mon fils... Quand je l'ai vu à la morgue, avec sa pauvre tête toute pâle...

Il choisissait les mêmes mots que pour me décrire lorsqu'il m'avait kidnappé et ramassé dans la brousse. Il n'était plus l'homme admirable que j'avais vu se sortir de toutes les situations avec inventivité et une certaine classe. Celui qui m'avait soigné, choyé, protégé, nettoyé, engueulé, éduqué... il n'était plus qu'une masse pitoyable. Il s'épanchait dans une impudeur qui aurait dû me gêner. Il avait balancé son amour-propre je ne sais où. Il pleurait comme un petit enfant, recroquevillé sur sa douleur, le nez coulant. Lorsqu'il me regarda fixement, on aurait dit qu'il me découvrait. Ce fut difficilement soutenable.

Je voyais le visage de Matéo à travers le sien, suppliant, plein de larmes. Ils avaient les mêmes yeux. Derrière les larmes, ils avaient les mêmes yeux.

— Le pire, ça a été plus tard, quand j'ai compris que c'était pour tout le reste de la vie... qu'il ne serait plus jamais là... plus jamais où il était... ça fait un mal de chien.

Il avait vraiment mal. Physiquement. Il se tenait l'abdomen. Je n'existais plus. Je tentai quand même de revenir vers lui.

— Essaie de penser à quelque chose de positif !
Je lui soutirai un simple hoquet. Je craignais de lui avoir fait encore un peu plus mal.

26.

La nuit allait bientôt livrer la plus dense de ses encres.

J'étais resté près de lui pour savoir quand il bougerait. Je me contentais de somnoler, me fichant du temps et de l'allure du bateau. La faim aussi était devenue un problème secondaire. S'il voulait rester comme ça, nous resterions comme ça, indéfiniment. Qui sait combien de temps prend ce genre de chagrin ? N'y tenant plus, j'allais pisser par-dessus bord, à genoux contre les filières pour éviter la bascule. Je savais ma leçon.

Quand je revins m'allonger tout près de lui, plus silencieusement que les embruns qui caressaient le pont, il avait l'air presque apaisé. Il se redressa, émergea en félin groggy et prit le temps de m'adresser un sourire dont je ne sus que faire. Je souris sobrement en réponse. Nous étions trempés. D'une voix rauque, il proposa des crêpes pour le dîner. J'aurais dû m'en réjouir mais ça m'était égal. Je n'avais qu'une chose en tête : le convaincre de me garder avec lui.

J'étais certain qu'il finirait par accepter l'idée que toute cette histoire n'était pas qu'un hasard. Ou plutôt si, c'était le hasard ; mon père, ce hasard. Il m'avait choisi sans le savoir.

J'avais mis à profit le temps que nous avions passé sur le pont pour passer un accord avec Matéo. Je ne saurais vous l'expliquer sans paraître illuminé, mais nous n'étions plus qu'un. Matéo avait accepté. Il resterait à mes côtés, quelque part, invisible et silencieux et vivrait sa vie avec moi. C'était notre accord. Personne ne jura. Personne ne cracha. Mais ni lui ni moi n'avions envie de devenir un tas de bidoche.

*

Le lendemain, Philippe se leva tôt pour réparer la girouette. Il dut la descendre avec l'anémomètre pour rafistoler le tout correctement. Je l'observais sans le déranger, mais à disposition au cas où.

Nous pûmes repartir en début de soirée. Afin de lui permettre de se poser un peu, je m'occupai pour la première fois entièrement de notre repas. Le festin était composé de nouilles trop cuites à l'emmental et à la sauce tomate et d'un gâteau de Savoie sous vide que je fourrai à la confiture. J'étais pas peu fier.

Quand la navigation reprit, nous étions attentifs à la préservation d'une ambiance paisible. Nos échanges étaient sobres et bienveillants.

Philippe s'occupa de mon plâtre. Ça faisait plus de trois semaines que je le subissais. C'était suffisant. J'avais ingurgité plus de poisson dans ce laps de temps qu'un marin pêcheur en six mois. Mes os n'auraient pas pu être en meilleure santé. Lorsque je posai mon bras sur le teck de la table extérieure, j'offris à Philippe l'occasion de briser un carcan symbolique, alors que nous approchions de la fin de la traversée.

Une énorme parenthèse allait se refermer. Nous le sentions. On y rangeait plus ou moins consciemment les derniers souvenirs, comme on range les dernières bricoles dans un carton de déménagement qu'on va sceller. Il n'y avait pas assez de place pour tout y mettre, alors on bazardait quelques anecdotes et de nombreuses heures sans intérêt, pour ne garder que l'essentiel. Mais finalement, lorsqu'on rouvrirait le carton, bien plus tard et qu'on se souviendrait de tout ça, on se rendrait compte que l'essentiel n'était pas toujours essentiel ; que les anecdotes avaient parfois pris une place plus importante que la grande histoire. On les avait emportées sans le vouloir. Elles s'étaient accrochées, soutenues par notre inconscient, plus lucide que nous. On examinerait enfin plus précisément ces broutilles qu'on avait négligées et qui font pourtant de nos mémoires autre chose qu'une simple suite de souvenirs.

*

La mini-disqueuse siffla en attaquant la résine et s'y bloqua. Philippe l'en extirpa et reprit le travail. Malgré ma confiance dans sa dextérité, je ne pouvais m'empêcher de penser qu'un accident était possible. Mes gémissements finirent par le faire réagir.

— Oh ! Mais arrête un peu de bouger !
— Mais ça va me couper !
— Est-ce que je t'ai touché ? Non ! Bon, alors arrête de geindre ! T'as peur d'avoir peur, là, musaraigne !

Je n'étais pas vexé. Au contraire. J'étais content de retrouver son ton sarcastique et son impatience. Je crois que lui aussi s'amusait du retour de nos chamailleries. Moi qui me plaignais, lui qui se moquait de ma trouille. Tout revenait à la normale.

Une fois libéré, j'eus l'impression que mon bras pesait moins lourd que l'air. Mon premier réflexe fut de le rattraper pour qu'il ne s'envole pas. J'étais aussi excité par ce drôle de truc que par le sentiment d'être réparé. Je gambadais partout dans le bateau, essayant mon bras sur tous les winchs, tirant des bouts, barrant en exagérant mes mouvements. Il était un peu faible et un peu moche, mais d'en retrouver la possession m'apportait une légèreté rassurante. Le soir, je tins à mettre la table et laver la vaisselle. Je passais la serpillière et nettoyais la salle de bains, à la grande surprise de Philippe qui ne m'avait jamais vu en faire autant.

Malgré cela, je notais chez lui une inquiétude discrète, une tension infime qui changeait les traits de son visage. Notre arrivée prochaine le préoccupait. Après autant de temps passé ensemble, dans un espace réduit, on décèle le moindre changement chez l'autre. Même sa voix s'était infléchie. Je le remarquai quand il me signala la présence de plus en plus de bateaux autour de nous. Du coup, je m'inquiétais aussi.

— Comment qu'on va faire pour le plan ?
— Le plan ? … Ah ! Oui… ben on va chez mon père et ensuite on avisera…
— Il va nous aider ?
— Comment veux-tu que je le sache ?

Il avait été trop sec. J'aurais dû arrêter là.

— J'espère qu'il va bien m'aimer, mon papy.

Mon sourire forcé était censé appuyer le trait d'humour. Sa réponse froide l'effaça brutalement. Il trouvait ça déplacé. Il n'y avait pas sujet à rigolade. Ça me rappelait de manière brutale qui j'étais et ce que je ne pouvais pas espérer.

Je décidai de ne plus lui parler. Si j'avais eu ma combinaison de Spiderman, je l'aurais enfilée. Mais elle avait été réduite en lambeaux qui servaient désormais de tissus de bricolage. J'allai donc bouder dans ma cabine d'un pas lourd, en me jurant qu'il n'était pas près de m'en voir sortir.

Quand il proposa une partie de piste aux étoiles après manger, je refusai, rancunier, en lui rappelant qu'il n'y avait pas sujet à rigolade. Il n'insista pas, transformant ainsi mon acte de rébellion dérisoire en un caprice inutile qui se retournait contre moi.

Le jeu de la piste aux étoiles consistait à compter le plus grand nombre d'étoiles filantes. Nous nous installions en général sur le pont avant, et le premier qui voyait une étoile filante criait : « moi ! ». Il marquait un point. C'était simple. Je gagnais tout le temps, quoi qu'il en dise. Il finissait par tricher et je m'offusquais qu'un adulte puisse à ce point être de mauvaise foi. J'adorais nos disputes à ce moment-là. Je riais, et, comme à chaque fois, mes rires le faisaient rire, puis ses rires alimentaient à leur tour mes rires, comme une spirale infernale.

Nous n'avions joué que trois fois, mais ça avait suffi pour en faire un rituel important. Refuser une partie de piste aux étoiles à deux jours de notre arrivée était un énorme sacrifice. J'aurais voulu qu'il le comprenne ; qu'il comprenne à quel point il avait été injuste. Mais je le sentais à peine contrarié. J'avais beau arborer ma moue la plus ostensible, mon arme de persuasion massive semblait être définitivement enrayée. Je m'endormis alors en pensant que j'aurais dû accepter sa trêve, car je l'avais blessé avec ma remarque pas très drôle, et ambiguë, il faut bien l'avouer.

*

Mes nuits se passaient dorénavant sans crainte excessive. Je rattrapais tout le retard de sommeil que j'avais cumulé. Ma vie n'avait jamais été aussi normale que lors de ces derniers jours sur l'océan. Le calme régnait sur l'eau, entre nous, dans ma tête et dans mes rêves ; un calme sans joie ni peine ; une sorte de sérénité choisie à défaut des éclats de vie parfois trop saillants ; une routine un peu triste, peut-être, juste ce dont nous avions besoin. Je jouais au matelot avec sérieux sur cette route tranquille qui ne nécessitait pas de manœuvre particulière. J'avais abandonné le costume de pirate. Je m'exerçais. En bonne petite grenouille, je sautais avec légèreté, des cartes à la barre pour faire semblant de rectifier le cap. Je bondissais, du piano au chariot d'écoute de foc et je restais là, à observer les poulies, les haubans, l'anémomètre tourbillonnant comme un manège supersonique, les voiles et leurs penons[8] frétillants. Je terminais mon état des lieux, le regard songeur sur notre sillage rectiligne. J'étais sûr qu'un jour j'aurais un bateau, peut-être même plus grand que celui-ci. Je me satisfaisais pleinement de cette tranquillité que beaucoup auraient trouvée barbante.

*

---

[8] *Les penons sont des rubans de tissus ou brins de laine légers, fixés sur les voiles près du centre de poussée vélique. Ils permettent de visualiser l'écoulement des filets d'air sur la voile.*

Il me semblait que je venais tout juste de m'endormir quand Philippe me réveilla en me secouant par les pieds. Il piaillait comme un fou pour que je monte sur le pont. La peur me saisit, avant que je remarque un sourire éclatant sur son visage. Je ne l'avais jamais vu sourire à ce point. Mon humeur grincheuse céda à la curiosité et je le suivis mollement, agacé à l'idée d'une éventuelle plaisanterie. Il me jurait qu'il ne fallait pas que je rate ça, en m'attrapant comme il pouvait pour me faire sortir.

Sur le pont, le soleil bas du matin m'empêcha de distinguer ce qu'il y avait à voir. Je me protégeai avec les mains et me triturai le visage pour évacuer la fatigue. Il me demanda de regarder dans une direction précise. Il n'y avait rien que des vagues régulières et trop de soleil. La même vision que nous avions tous les jours, si ce n'est une bande de terre au loin sur l'horizon. Je commençais à me dire que j'allais être en droit de piquer une colère s'il ne s'agissait que de me montrer la terre. La Guadeloupe. Ok ! On arrivait, mais y'avait rien d'extraordinaire qui nécessitait un réveil... Une masse énorme s'éleva soudain dans une gerbe d'eau, tout près du bateau, comme au ralenti. Elle retomba en créant une gigantesque vague qui nous éclaboussa un peu. L'hystérie de Philippe me contamina immédiatement.

C'était un groupe de baleines à bosse qui nous souhaitait la bienvenue aux Antilles. Un miracle vivant ! Elles jouaient au large de l'île de La Désirade. Mon cœur partit à la renverse dans une risée euphorique. Je me précipitai immédiatement vers les cétacés, me collant aux filières en essayant de les toucher. Philippe dut me saisir pour me calmer un peu et éviter que je passe par-dessus bord.

Pleurant de joie devant la majesté des monstres amicaux, hors de toute retenue, je sautai au cou de Philippe pour le remercier. Je profitais de sa surprise et de l'instant si particulier pour me blottir contre lui, les nerfs lâchant, l'amour avec.

Mon père faiseur de miracles, mon guide, mon mentor, le baume apaisant de mon âme. J'allais rester pendu à son cou autant que possible. Jusqu'à ce qu'il décide que ça suffisait. Je pensais cela imminent. Mais au lieu de me remettre à ma place, il me serra pour la première fois dans ses bras avec une tendresse qu'on ne m'avait jamais témoignée, à part Corinne ; une tendresse reconnaissante. Il pensait peut-être aussi à Matéo. Je pensais à ma mère. C'est exactement cette tendresse que je lui avais mendiée. La peine et le bonheur ruisselaient de concert sur mon visage sans que je ne puisse rien y faire. Ça se mêlait aux éclaboussures un peu plus salées. Une chose invisible et pesante cédait un peu d'espace dans ma cage thoracique. Il était temps de laisser aller tout ça. Ce que peuvent charrier les larmes.

Nous restâmes un moment à regarder les baleines en silence, les yeux humides, serrés l'un contre l'autre. Nous étions enfin parvenus à nous consoler mutuellement. Philippe désamorça cette effusion en faisant mine de parler dans une radio, comme s'il s'adressait aux cétacés.

— Ksshhhh ! Heu ! C'est bon les filles, il est content. Vous pouvez partir !

La voix fêlée par l'émotion, je mimais ma propre radio.

— Kssss ! Heu ! Non ! Restez un peu s'il vous plaît !

On riait entre les larmes, encore plus que dans les rues d'Arrecife, encore plus que pendant nos danses folles, parce que libérés de la distance qui semblait avoir voulu s'imposer. Je restais dans ses bras le plus longtemps possible, car c'était le meilleur endroit du monde.

LE BOUT DU MONDE

27.

Les baleines avaient disparu.

Au moment où Philippe avait contacté la capitainerie de Bas du Fort, sur l'île de La Guadeloupe, les cétacés majestueux avaient plongé pour ne plus remonter. L'ambiance avait alors changé à bord. Le sérieux de notre situation avait repris le dessus. Le fil avec le monde extérieur, que nous avions quitté aux Canaries, était à nouveau tendu.

Nous nous efforcions d'évacuer la tension en jouant la joie du père et du fils qui arrivent enfin à destination après une belle traversée. C'était l'histoire dont avait décidé Philippe. Nous connaissions nos rôles par cœur, pourtant, il nous était difficile d'entrer dans cette mascarade d'une vraisemblance cruelle.

Il y avait encore de la place dans la marina en ce début de saison. Un homme nonchalant et très amical nous attendait pour aider à l'amarrage. Tout se passa bien, à la capitainerie aussi. Philippe ressemblait à n'importe quel propriétaire de bateau aisé qui revient d'une transat avec son garçon. On saluait nos voisins de ponton. On évitait les échanges trop longs. Tout ça me semblait irréel sous la lumière antillaise.

Le mal de terre me cueillit comme une brindille. Son vertige, combiné au chaos joyeux de la civilisation me faisait tituber. On s'en amusa un peu. Pas trop. L'atmosphère était plus grave qu'on l'aurait voulu. Les bruits et la chaleur de la terre, l'immobilité retrouvée, la complexité des émotions, des matières, des couleurs et des sons, toutes ces impressions trop fortes me traversaient et m'abrutissaient.

Il y avait un léger décalage entre les choses autour et la perception que j'en avais. Mon cerveau mettait un laps de temps à analyser ce qu'il voyait ou entendait. J'avais l'impression d'être devenu débile. Tout était trop. Trop rapide. Trop fort. Trop lumineux. Trop grand. Trop nombreux.

Comme pour illustrer les dangers de ce fatras oppressant, un scooter évita de justesse un piéton avant de heurter un trottoir. Le conducteur aboya des insultes incompréhensibles. Ce fut mon premier contact avec la langue créole.

*

Le soir, nous allâmes manger dans un petit restaurant proche de la marina. Un bon repas bien chaud avec des frites et un hamburger maison ! À l'entrée, il y avait un pirate en bois peint, grandeur nature, appuyé sur un tonneau avec un perroquet sur l'épaule. Il devait être là depuis des siècles, parce qu'il était très abîmé ; peut-être depuis l'époque des pirates ! Je rêvais de l'emporter chez moi. Cette idée me rappela de façon brutale où c'était, chez moi.

Plantés devant nos assiettes, nous n'avions pas grand-chose à nous dire. Le changement d'environnement semblait nous avoir éteints, l'un et l'autre. D'habitude, le bateau meublait nos silences.

De part et d'autre d'une petite table en bois patiné, sans rien avoir à faire que manger, on s'ennuyait presque. Le serveur interrompit notre silence sans finesse.
— Alors on cale déjà ?
— Un peu, oui… on s'est régalé… hein !
J'acquiesçai de mon plus beau sourire.
— Même pas un petit dessert pour la demoiselle ?
Je trouvai ça drôle. Mais au fond de moi, il y avait une petite voix qui insultait cet imbécile tatoué avec son tablier branché et son petit carnet tout froissé. Cette petite voix me reprochait également d'avoir choisi ce T-Shirt trop pastel lors de notre arrêt à Lanzarote et d'avoir trop bien coiffé mes cheveux longs. Philippe, lui, ne retint pas son éclat de rire. Le serveur s'excusa à sa manière en me fouettant amicalement l'épaule avec son carnet.
— Ah ! Bah ! Y'a qu'à manger la soupe mon gars !
Il demanda à nouveau pour le dessert. Je décidais finalement de boycotter le « Plaisir Coco » et Philippe demanda un café et l'addition. Le serveur ramassa les assiettes avant de partir, de bonne humeur malgré tout. Philippe continua de s'amuser de ma gêne un moment, puis il me regarda avec une idée derrière la tête. Je réagis tout de suite.
— Je te préviens, j'me déguise pas en fille !
Je suis sûr que c'était à ça qu'il pensait. Il avait beau me soutenir le contraire. Si on me cherchait, c'était une bonne manière de passer inaperçu. Je répétai, en tentant de garder mon sérieux, qu'il était hors de question de m'habiller en fille. Nous fûmes pris d'un fou rire que nous tentâmes en vain de contenir. Notre fatigue faisait craquer nos résistances. Je ris tellement que je manquai de

tomber de ma chaise, ajoutant ainsi un prétexte à notre marrade d'imbéciles heureux. On riait ensuite sans raison, juste pour le plaisir d'accorder nos émotions. Il n'était quand même pas très prudent de se faire remarquer comme ça.

*

La nuit était sans grand effet sur la chaleur. Les bruits, eux, s'étaient estompés. On avait trop mangé. Philippe décida qu'il serait bon de marcher un peu avant de retourner au bateau. Je traînai des pieds, requinqué mais alourdi par le « Rackham junior » et ses frites ; une aberration nutritionnelle dont il me revient encore aujourd'hui le goût de viande grillée et de sauce chili/poivrons/fromage en bouche ; un véritable festin après des semaines de poisson, fruits secs, pâtes, riz et conserves de légumes.

Philippe décida de la direction, à l'opposé de la marina. Nous longeâmes une petite baie où s'amusaient quelques jeunes sur la plage. Les pieds dans le sable, nous fîmes une pause pour profiter de la quiétude du soir et la fraîcheur relative des alizés. Je m'endormis très vite, sous un ciel sans étoile. Nous les avions laissées au large.

Quand Philippe voulut me réveiller, je grognai, épuisé jusqu'à l'os. Il me prit dans ses bras pour rentrer au bateau. Je n'en revenais pas. À peu près réveillé, je continuai à faire semblant de dormir. Les sons feutrés me parvenaient comme des bulles douceureuses. À travers mes yeux mi-clos, j'avais conscience d'avancer alors que les perspectives reculaient, comme lorsque j'étais dans l'ours. Là, il n'y avait plus de déguisement. Mes vrais bras étaient autour du cou de mon faux père. Nous savions que j'étais trop grand pour être porté en dehors d'un ours mais la nuit tombée était propice et nous n'aurions peut-être bientôt plus l'occasion de tenir ces rôles qui nous réconfortaient tous les deux, j'en suis sûr. Une femme me sourit en nous croisant. Elle gloussa plus loin, au bras de son ami. Je ne le prenais pas mal. C'était un gloussement plein de bonté.

Philippe abandonna l'effort à mi-chemin de la marina. Il me posa sur le sol rigide en me faisant remarquer que je n'avais pas maigri. Je souris, satisfait de ce tour bonus. Je marchais ensuite fièrement à côté de lui jusqu'au bateau, content de notre petite soirée en famille, le cœur aussi léger que si c'était vrai.

L'illusion disparut au moment où Philippe glissa le badge électronique dans le portillon de sécurité. Je sursautai au claquement métallique de la serrure qui perfora la quiétude de la nuit. *Clac !*

28.

Plus de tangage ou de roulis.
J'appréciais de me réveiller dans le bourdonnement léger de la marina. Les bruits de petites mécaniques, les odeurs de nourriture, les voix qui s'interpellent en riant, tout cela créait une ambiance de village agréable.
Les WC étaient immenses et l'eau tiède de la douche dispensait un jet fort. J'avais envie d'y traîner un peu. De là à prendre goût à la propreté il y avait encore une marge, mais ce confort ponctuel était bienvenu.
On s'était faits propres. Philippe avait ressorti les tenues que nous portions aux Canaries. Elles nous faisaient vraiment ressembler à un père et son fils en tenue du dimanche. Il les avait entreposées dans un placard pendant toute la traversée, spécialement pour ce jour où nous allions rencontrer son père. Pour en masquer l'odeur d'humidité, il y pulvérisa un parfum de fleur avant qu'on les enfile. Pour quelques heures, nous aurions aussi la même odeur, lui et moi.
— Combien de temps on va rester ?
— Comment veux-tu que je sache ?
Il grognait, évidemment. Ma question était stupide. Notre séjour dépendrait essentiellement des retrouvailles avec son père. Je ne me rendais pas tout à fait compte de l'importance de l'évènement dans la

vie de Philippe. Ça allait être un moment d'une extrême tension. À cela se rajoutait la question de ma présence. Il ne voulait pas faire croire que j'étais Matéo. Il pensait que son père avait déjà reçu plusieurs photos de Matéo et qu'il ne serait pas dupe. Il n'avait pas tort, mais l'explication qu'il envisageait n'était pas plus réaliste.

— Non ! Non ! Non... On va pas commencer les retrouvailles avec du baratin !

— Ah ! Parce que dire que je suis le fils d'une amie de Pointe à Pitre, c'est pas du baratin, peut-être ?

— C'est moins grave. Avance !

Je traînais mon humeur sous ma casquette, sur la route qui longeait la côte sud de l'île de La Désirade. Le ciel était criblé de nuages et l'atmosphère demeurait lourde et chaude, malgré le vent léger. J'avais eu très mal au cœur dans le ferry. Nous avions dû sortir sur le pont. Le mal de mer ne m'avait jamais touché sur le voilier de Philippe. Ce gros bateau puissant qui essayait de casser la houle, sentait le gasoil et le progrès. Il avait heurté mes sens.

On avait dû prendre le ferry parce qu'il n'y avait pas de mouillage suffisamment profond à La Désirade. Cette épreuve avait achevé de me miner.

En chemin vers la maison de son père sur une route interminable, Philippe s'agaçait de mes remarques. Il marchait dix mètres devant moi. Mon humeur n'était pas qu'un caprice. À la place de l'aventure attendue, nous avions basculé depuis la veille dans le monde des hommes. Les Pirates des Caraïbes n'existaient pas. Tout était comme en France et ailleurs, partout on faisait les mêmes choses, on construisait les mêmes bâtiments et on s'embarquait dans les mêmes bêtises.

L'océan n'était pas une finalité, juste un chemin, une parenthèse où s'abandonnaient aux éléments nos heures joyeuses, comme nos mauvaises passes. Quand on arrivait à terre, il n'en restait plus rien. J'allais devoir me réaccoutumer à une vie dans laquelle mes pieds heurtaient le sol avec une dureté qui m'assénait cette vérité. J'en avais assez de marcher sous cette chaleur intenable, le long d'une route sans fin, entre montagne et océan. Mon seul espoir était mon papy. Même si je n'étais pas celui qu'il attendait, peut-être m'accepterait-il.

*

J'étais certain que la grande route de La Désirade aurait raison de ma raison. Personne ne pouvait habiter si loin. Les voitures étaient rares et les maisons discrètes et clairsemées dans la végétation, de part et d'autre de la route. Je râlais toujours, pour m'occuper autant que pour lui faire des reproches. On aurait pu prendre un taxi sans se faire remarquer (j'ignorais qu'il n'y avait pas de taxi sur cette petite île). Pourquoi m'avait-il dit de prendre un sac à dos ? C'est lourd et ça fait transpirer ! J'ai mal aux pieds. Je suis fatigué. C'est encore loin ?

Dans le trouble de la chaleur renvoyée par le goudron, je vis Philippe s'arrêter devant une boîte aux lettres accrochée à une barrière en bois. L'ensemble avait été repeint plusieurs fois, la dernière couche était blanche. Des noms étaient inscrits à la main, au pinceau noir, sous la fente mal découpée destinée à recevoir le courrier : Kédétu -

Candrau. Il m'annonça que nous étions arrivés et me demanda avec une ironie satisfaite si c'était le bout du monde. Je fus soulagé de n'avoir plus à marcher, mais je confirmai en grognant qu'il s'agissait bien du bout du monde, et le prouvai d'un geste circulaire. Les maisons étaient invisibles sur l'espace limité entre l'océan et le versant sud de la montagne qui occupait la majeure partie de l'île. On apercevait une étendue aride à l'Est, au bout de la route. Philippe dodelina de dépit et observa la propriété plus attentivement. Un toit bleu carrée en contrebas dépassait de la verdure ; le même toit que sur la photo de son père. Philippe chercha une sonnette ou une cloche sans rien trouver. Je remarquai que son nom de famille (Sarre) ne figurait pas sur la boîte aux lettres.

Sarre était en réalité le nom de sa mère. Candrau était le nom de son père. Il le pointa du doigt sur la boîte aux lettres. C'était encore une chose que nous avions en commun, l'absence du nom du père. Il vérifia sa tenue et la mienne, comme si nous nous présentions à un concours d'élégance, puis, m'adressa un sourire empreint de doute. Il serra un poing qu'il me tendit. Drôle d'idée ! C'était la première fois. Je le tamponnai doucement avec mon petit poing : « Check ! ».

Il s'engagea en premier dans la descente, raide mais agréable. Un peu de la lourdeur de l'air semblait absorbée par les grandes plantes, arbres à pain, manguiers et autres cocotiers qui bordaient le petit chemin. Mon cœur s'emballait à mesure que nous nous rapprochions de la rencontre avec son père, mon papy. Je combattais le vertige de l'excitation.

J'observai attentivement Philippe, au risque de trébucher sur le terrain irrégulier. Je voulais savoir s'il était prêt, si tout allait bien. Je voulais lui dire qu'en cas de problème j'étais là. En vérité, je craignais qu'il n'ait déjà plus besoin de moi.

Quand nous fûmes proches de la maison, je m'occupai finalement à apprécier les lieux, comme on fait l'effort de concentration au moment de sauter du plongeoir. Je devais rassembler tous mes esprits et mon courage, moi aussi.

*

C'est la voix d'une petite fille qui nous accueillit. Elle était assise près d'un arbre, comme un champignon magique au milieu des herbes. Laura avait cinq ans, des yeux comme des perles noires bien rondes et une natte qui tenait ses cheveux à l'écart d'une bouille sérieuse. Elle appela plusieurs fois « Mamie », d'une voix tendue. Une femme forte à l'expression contrariée, sortit de la maison en râlant gentiment. Elle se figea en nous voyant. Philippe et moi, intrus amicaux, avions été stoppés par l'alarme efficace de la petite sirène qui avait rassemblé ses poupées pour se protéger.

Un silence trop long et le regard désespéré de Mamie alimentèrent nos craintes. Elle savait qui nous étions. Son sourire triste nous le confirmait. Elle mit une main devant sa bouche en remuant la tête négativement. Ses yeux luisaient. Nous pouvions alors deviner la raison de son aphasie. Quand elle nous l'annonça, d'une voix brouillée par la tristesse, nous avions déjà relevé nos boucliers. Le choc vint de l'intérieur : une de ces implosions qui vous ravage sans bruit.

Nos grandes illusions et nos maigres espoirs étaient soudain balayés par la réalité, cette cynique, cette saloperie crue, sans nuance. J'étais plus atteint que Philippe, parce que bien plus vulnérable. Je crois que c'est ce qui lui permit de tenir le coup à ce moment-là. S'occuper de mon chagrin lui évitait de recevoir le sien de plein fouet.

Son ex-femme, Nathalie, avait essayé de joindre Philippe pour lui annoncer la mort de son père, quelques jours après son départ. Mais Philippe s'était totalement détaché du monde. Il avait d'abord coupé tous les ponts pour des raisons émotionnelles, puis, il avait continué pour des raisons de kidnapping. Il ne lisait même plus ses e-mails et ne se connectait plus, d'aucune manière. Il avait cherché la solitude, puis l'invisibilité.

Je ne le vis esquisser qu'une grimace fataliste, loin de la douleur qui devait le saccager. Il réagissait comme si on l'avait simplement informé qu'il n'y avait plus de place pour un concert auquel il avait tardé à s'intéresser. Il me prit la tête dans ses mains, me regarda bien en face, comme l'avait fait Monsieur Belloux, le prof d'EPS. Il me passa les pouces sur les larmes et j'eus la vision d'un animal sauvage qui protège son petit. Je crus qu'il allait me lécher la face pour me consoler. Il se contenta de me dire que ça irait, qu'il ne fallait pas que je m'inquiète. Je n'y croyais pas et lui non plus, mais ça me touchait qu'il me parle comme ça, tout bas, qu'il essaie de m'alléger d'un chagrin qui le concernait bien plus que moi.

Il savait que ma petite carcasse ne supportait plus ces drames et que la sienne ne craignait plus rien. Il me connaissait intimement. J'étais son petit, plus que jamais.

29.

Jus de fruit et gâteaux coco.

Gestes tendres, ondulés comme le phrasé créole, j'avais été largement apaisé par la bienveillance de Mamie. J'aurais mieux répondu à sa tendresse sans la présence de cette petite chose qui piaillait à qui mieux mieux et nous collait autant que possible. Même si je me tenais souvent tout près de la silhouette massive de Mamie et ses vêtements colorés, je ne me collais pas, moi ! Laura était un petit animal énervant, toujours dans nos pattes.

Mamie sentait bon le poivre doux. Elle accordait une attention généreuse à tout ce qui l'entourait, ce qui est extrêmement rare chez les adultes. Elle avait cela en commun avec Philippe que ses gestes étaient précis et utiles. Elle avait cela en plus qu'ils étaient toujours tendres. Elle gérait son petit monde (qui ne s'arrêtait pas à sa jolie maison) comme une cheffe d'orchestre omnisciente, sans effort, même si ces derniers jours l'avaient terriblement chamboulée.

Mamie était la dame qu'on va voir pour un oui ou pour un non, celle qui sait s'occuper des petits bobos existentiels comme des plus grandes plaies de l'âme, l'oreille attentive, la philosophe du quotidien. Pas de grandes théories ou de circonvolutions psychologiques, non. Mamie ne trayait pas les mouches, comme elle le disait parfois. Elle vous prenait le moral en mains et y insufflait un peu de clairvoyance et de bon sens qui suffisaient en général à vous remettre sur pied. Sinon, fallait aller voir un spécialiste en ville !

Le toit de tôle bleu azur de sa maison s'étendait au-delà des murs, formant une véranda ouverte soutenue par quelques poteaux. Chaque façade était ainsi abritée du soleil et de la pluie. C'était une maison créole typique, ornée d'un lambrequin en bois sculpté, plusieurs fois repeint, en léger retrait de la gouttière. Rien ne semblait neuf, mais l'usure des bois était cohérente avec le reste. On n'aurait pas voulu quelque chose de neuf, de plastique ou de trop chic, dans cet ensemble harmonieux. Tout avait l'air fabriqué par des mains généreuses.

*

Mamie et Jipé (le père de Philippe, qui se prénommait Jean-Pierre) se connaissaient depuis longtemps, comme tous les habitants de cette petite île, mais ils n'avaient jamais vraiment parlé ensemble avant un soir de fête, sur la Plage du Souffleur, à la lueur d'un brasero et jusqu'à son extinction.

À force de bon sens et de rhum, Mamie avait gagné la confiance de celui qu'on surnommait parfois « blan sèl » : le blanc seul. Il avait fini par lui raconter son histoire, et par là-même l'histoire de son fils, Philippe, qu'il avait laissé en France avec sa mère. Il n'osait pas employer le véritable terme pour décrire son geste : « abandonné ».

Il avait « laissé » Philippe et sa mère en métropole pour chercher un succès illusoire aux Antilles, certain d'y trouver plus d'opportunités. Philippe n'avait jamais compris cette fuite en avant. Il l'avait vécu comme une trahison à un âge où, plus que tout, un père doit être là. Il en voulait d'autant plus à son père qu'il n'avait jamais fait l'effort de revenir en métropole, ne serait-ce que pour les fêtes. Une simple carte postale pour les évènements et quelques lettres trop courtes et trop rares avaient contribué à entretenir la rancœur du fils. Dès sa majorité, Philippe avait changé son nom pour « Philippe Sarre », le nom de sa mère.

La réalité était, comme souvent, plus nuancée. Plusieurs fois, Jipé avait envisagé de revenir en métropole pour recoller les morceaux, mais sa situation financière désastreuse le forçait à rester quelque temps à Basse Terre. Il ne voulait pas revenir vers son fils en loser pitoyable. Il espérait toujours que le vent des affaires tournerait bientôt. Et le temps avait filé, figeant les souvenirs du fils et quelques photos d'un passé qui ressemblait de plus en plus à une suite d'erreurs cruelles en Kodachrome. Jipé avait rangé depuis longtemps sa peine dans un coin de tiroir quand Nathalie le contacta.

Elle voulait que Matéo connaisse son grand-père. C'était contre la volonté de Philippe qui avait du coup été tenu à l'écart des échanges. Elle et Jipé se parlèrent deux ou trois fois au téléphone avant qu'elle lui passe Matéo. Jipé avait été bouleversé en entendant pour la première fois la voix, pleine de douceur et de fébrilité, de son petit-fils.

Ils échangèrent des courriers très réguliers, où chacun racontait ses petites anecdotes, drôles ou tristes. Matéo inventait même parfois des histoires qui épataient son grand-père. Comme cadeau d'anniversaire pour ses quinze ans, Matéo demanda à sa mère d'aller voir papy Jipé en Guadeloupe. Nathalie lui avait promis d'en parler à Philippe et avait commencé à planifier le voyage pour les vacances d'hiver (celles qui allaient avoir lieu juste après notre arrivée). Elle cherchait encore la bonne façon d'en parler à son ex-mari quand l'accident de Matéo avait eu lieu.

L'annonce de la venue de son petit-fils avait d'abord redonné un élan de jeunesse à Jipé. Quelques jours plus tard, il fut pris de douleurs dans la poitrine et un engourdissement du bras gauche. On l'amena à l'hôpital de Pointe à Pitre en urgence pour une pose de stents. Il ne revint jamais sur La Désirade. L'une de ses artères s'était définitivement fermée aux battements de sa vie.

C'était donc foutu d'avance, notre histoire.

*

Jipé était devenu le compagnon de Mamie lors d'un apprivoisement mutuel. Ils s'étaient rapprochés l'un de l'autre mine de rien, comme sur la pointe des pieds. Personne n'était certain de la nature de leur relation. On savait seulement qu'ils n'étaient pas séparables très longtemps et que leur tendresse réciproque se lisait sur leurs visages.

Mamie avait été mariée avant cela avec un pêcheur qui lui avait fait une fille, puis s'était installé à Basse Terre avec une amie d'enfance qu'il avait quitté quelques mois plus tard pour une jeune femme ambitieuse et jolie, bien que toujours trop maquillée selon Mamie. Jipé était arrivé quelques temps après. Elle et sa fille, Marie-Amélie, lui avaient fait une place dans leur vie modeste. Il s'était posé là, comme une feuille d'automne dans une région qui ne connaissait pas cette saison, sans un bruit.

Jusqu'au départ de Marie-Amélie, les trois avaient formé une petite famille paisible, modeste et heureuse. Mamie avait attendu que sa fille quitte la maison pour se rapprocher plus intimement de Jipé. Ils faisaient toujours chambre à part. Cette pudeur un peu désuète amusait Marie-Amélie.

*

Mamie n'était pas du genre à se laisser aller, ni aux effusions, ni à la nostalgie. Cette carapace allait être mise à mal au moment où on lui montra le corps sans vie de Jipé. Elle fût surprise de ne plus pouvoir maîtriser ses sanglots, tandis que son corps réagissait déjà à l'absence par de petits tremblements tout aussi irrépressibles. C'était la première fois. Voir ainsi l'enveloppe corporelle de son ami, de son amant, de l'homme de sa vie sans vie, la fit plier sans rompre. Elle ne serait plus jamais cette femme solide au regard empathique. Elle s'était courbée presque imperceptiblement. Sa démarche avait changé. Seuls ceux qui la connaissaient bien avaient remarqué quelque chose de différent chez elle, sans parvenir à dire d'où cela provenait. Alors on parlait d'un "coup de vieux".

Elle dût attendre quelques jours pour trouver la force d'informer Matéo du drame. Elle ne reconnut pas Nathalie au téléphone, dont la voix, fêlée par le chagrin et le *Tranxène*, évoquait une très vieille femme. Avant que Mamie ait le temps de lui annoncer la terrible nouvelle, Nathalie s'empêtra dans une phrase énigmatique.

— On a... il est... Matéo... on a perdu Matéo.
Nathalie tenta d'être plus claire, sans pour autant choisir les mots définitifs.
— Il a eu un accident. Il nous a quitté...
Les pleurs ponctuaient ses mots en hoquet. Mamie eût l'impression qu'on lui avait volé son texte.
— Je suis désolée... pardon... je sais pas quoi dire... je suis désolée. Je vous rappellerai.
Elle s'écroula sur le plancher de bois patiné du salon, en se demandant si elle avait bien compris. Après s'en être assurée en se répétant les phrases, elle rappela pour s'excuser, mais n'osa pas parler de la mort de Jipé. Il lui semblait bon d'attendre. Nathalie avait besoin de lui parler, car Mamie n'avait pas son pareil pour écouter. Ce coup de téléphone fut le moment le plus difficile de sa vie. Elle eut besoin de rester cloîtrée plusieurs jours ensuite sans voir personne. Seule la petite Laura parvint à la consoler un peu avec sa voix trop aiguë et ses petites mains poisseuses.

*

Tout ce que j'appris sur Marie-Amélie, Mamie et Monsieur Candrau, je l'appris de la bouche de Laura, bien plus tard. Elle était la fille de Marie-Amélie, qui vivait toujours sur la Désirade, un peu plus loin sur la route. Quand elle était petite, Mamie la gardait après l'école, et pendant les vacances. Nous ne nous étions vus que le soir de notre arrivée à la Désirade avec Philippe, mais cette gamine pétulante m'avait rapidement saoulé avec sa kyrielle de questions, souvent incompréhensibles. Trop contente d'avoir enfin à portée de babillage quelqu'un qui ressemblait à un enfant, elle m'avait demandé de jouer avec elle et ses poupées sales. J'avais obtempéré de mauvaise grâce, sous l'influence de Philippe qui voulait parler un peu tranquillement avec Mamie. Je fus, au bout du compte, satisfait de pouvoir alléger mes pensées plombées avec des jeux, si puérils fussent-ils.

J'inventais des scénarios pour ses jouets et des voix incongrues pour ses poupées. Ça la faisait rire aux éclats. Encouragé par son enthousiasme, je surenchérissais avec une improbable histoire et une mise en scène déjantée qui la laissait désorientée. Je pouvais voir, derrière ses billes luisantes qui me fixaient, bouillonner les alambics de la compréhension. Elle m'amusait finalement autant, et peut-être plus, qu'elle ne m'agaçait.

*

La soirée se feutra comme le jour diminuait. Dans le feu du soleil, nettement sur le déclin, nos silhouettes joyeuses éclaboussaient le vieux bois patiné du ponton. L'ouvrage rafistolé offrait un plongeoir idéal, ni trop haut, ni trop bas. J'avais demandé l'autorisation à Philippe de me baigner, comme si j'en avais besoin. Mamie m'avait mis en garde, car Laura ne savait pas nager. Je tentai de m'en servir d'excuse pour me baigner seul, mais la petite hurla, puis débita un charabia pénible, les bras croisés, tapant du pied pour ponctuer des phrases que personne ne saisissait entièrement. Pour éteindre sa fureur, j'assurai à Mamie que j'allais la surveiller. Laura me toisa avant de piailler à nouveau joyeusement en retirant sa robe. Philippe me demanda de faire très attention à elle. Il me parla d'une voix à la fois complice et autoritaire, alors que je foulais la végétation de mes pieds nus, sans crainte, balançant mes belles chaussettes et mon short près de mes baskets neuves. Il n'avait pas à se faire de souci. J'avais grandi. Il était loin le temps où je plongeais bêtement au milieu de l'océan, sans m'assurer d'une ligne de vie ou d'une bouée... ça faisait au moins une semaine et demie ! Laura gâcherait certainement un peu ma récréation, mais la fraîcheur de l'océan après une journée aussi éprouvante était à ce prix.

Malgré la grande tristesse qui nous avait accablés dès notre arrivée et qui s'ajoutait à l'inquiétude permanente de notre cavale, la soirée fut d'une douceur singulière. Elle me revient encore en mémoire aujourd'hui comme une carte postale parfaite. Comme si, pour quelques heures, on nous avait mis sous cloche.

J'appris à Laura à ne pas avoir peur de sauter dans l'eau, lui promettant de toujours la rattraper. La première fois, elle mit une éternité à se décider. Les fois suivantes, elle prit des risques que je trouvai excessifs, plongeant trop loin de moi, à des endroits où je n'avais plus pied. Je voulais la gronder mais ses rires et ses petits cris me désarmaient.

Il y avait une gratitude immense au fond de ses yeux pétillants, cerclés de cils humides en paquets, comme des couronnes. Elle se fiait totalement à moi. J'avais l'impression de réussir quelque chose que je n'avais jamais réussi auparavant, avec personne. Je jetais à plusieurs reprises un œil vers le haut du terrain, près de la maison, pour m'assurer que Philippe voyait bien ça. Il le voyait. Il était assis, à discuter avec Mamie autour des souvenirs de son père. Il pouvait être fier, lui aussi. Il avait réussi quelque chose avec moi que personne n'avait jamais même essayé. Tout irait bien. La nuit nous protégeait encore un peu.

*

La petite avait une grande complicité avec Jean-Pierre Candrau, qu'elle appelait Papika. Elle n'avait pas compris son départ soudain pour le ciel. Elle faisait parfois la sieste dans le fauteuil du vieux Monsieur qui lui manquait, enserrant son coussin ratatiné avec ses petits bras, consolant l'être invisible de toutes ses forces en lui murmurant des demandes impossibles à satisfaire. Cela, je l'appris en écoutant la conversation entre Philippe et Mamie, juste avant de m'endormir.

Une fois Laura raccompagnée chez elle par Mamie, nous étions restés tous les trois dans la maison. Pour un moment je redevins petit garçon un peu fragile et fatigué. Mais je commençais à sentir que ce rôle ne m'allait plus tout à fait. Après avoir tenté de résister au sommeil, j'y cédai agréablement, la peau sous un drap léger, sans plus savoir réellement où je me trouvais. C'est avec le visage de Matéo que je m'endormis. Dorénavant amical et discret, il ne s'imposait plus. Je murmurai son prénom et il était là. Il s'allongeait près de moi comme un grand frère, souriant avec son appareil dentaire, les cheveux au vent, et écoutait ce que j'avais à lui dire. Parfois, je lui demandais son avis, sans prononcer un mot. Il me répondait de la même manière.

30.

Bien avant d'ouvrir les yeux, j'avais senti qu'il se passait quelque chose.

Le calme qui régnait semblait résulter de la fin d'un chuchotement, d'un petit adieu inavouable et de pas de velours qui s'estompent. Avais-je entendu tout cela avant mon réveil ? Était-ce l'arrêt du chant des petites grenouilles hylodes qui donnait un peu plus d'épaisseur au silence ? Les contes de fées finissent-il toujours par l'arrêt du chant des grenouilles ?

Quand je me redressai dans le lit, sous la moustiquaire, je remarquai le soleil déjà chaud à travers les persiennes en bois. On n'avait pas fermé les fenêtres la nuit, afin de laisser entrer un peu d'air. La pièce était traversée par des tranches de lumière qui se projetaient contre les murs. Je remarquai mes habits sur une chaise. Mon sac était posé par terre, à côté. Quelqu'un avait rangé. J'entendis bouger plus loin. Je me levai, encore un peu groggy.

Mamie était seule dans la cuisine. La maison, assez petite, ne laissait pas de doute sur l'absence de Philippe. Mamie me demanda si je voulais mon chocolat chaud ou froid. Je ne répondis pas. Sa voix m'était parvenue faiblement, très loin derrière mon inquiétude. J'appelai Philippe dans le jardin en faisant le tour de la maison, clopinant sur le bois déjà chaud de la petite terrasse abritée. Je retournai dans ma chambre pour vérifier qu'il n'y avait pas d'autre bagage que le mien. Je remarquai alors un petit mot sur ma pile de vêtements et reconnaissais immédiatement l'écriture de mon précepteur de circonstances :

Je ne serai jamais trop loin. C'était signé : Le pirate des Crabes

Laconique, précis et évocateur. C'était bien lui. Je me souvins alors du visage qui s'était penché sur moi dans mon demi-sommeil. Il avait murmuré. Je n'avais pas compris ce qu'il avait dit, mais c'était bien lui.

Près de mes vêtements, il y avait mes vieux habits, bien pliés. Mamie tentait de me convaincre qu'il y avait un plan et qu'on allait le suivre pour que tout se passe bien. Philippe était parti rejoindre son bateau et je devais lui laisser quelques jours pour s'éloigner.

Je m'habillai très vite, le plus vite possible, mis toutes mes affaires dans mon petit sac et traversai le salon en courant. Mamie ne parvint pas à m'empêcher de sortir. J'étais bien plus agile qu'elle. Je m'en voulus de m'en débarrasser de cette façon, mais l'urgence justifiait mon ingratitude.

Tandis que je courais vers la route, elle me cria que je n'arriverai pas à temps et que je le mettais en danger. Je n'écoutai pas. J'étais inarrêtable. Pour le rejoindre j'aurais tout donné, car je savais ce qui m'attendait et je n'en voulais plus. Je craignais de me blottir bientôt dans le sentiment du monde immobile ; dans mon lit sans remous, ma mère en parfaite victime coupable. L'idée me révulsait. Rien ne me ferait renoncer.

Je courais au bord de la route que j'avais déjà détestée à l'aller. La chaleur était plus lourde, malgré l'heure matinale. Je me revoyais, dans ma course de panique la nuit, juste après l'accident de Matéo, avec la même urgence de me soustraire à une réalité insupportable. Chaque virage dévoilait une route toujours plus longue. Mes pieds brûlaient dans mes petites baskets neuves, mon cerveau se brouillait sous ma casquette et mon souffle ne parvenait pas à suivre le rythme de mes jambes.

Après une courbe, j'aperçus au loin une voiture de gendarmerie arrêtée sur le bas-côté. Deux gendarmes prenaient congé d'un homme derrière une clôture, avant de remonter dans leur véhicule. Je sautai immédiatement par-dessus le parapet du côté de l'océan et me retrouvai dans la végétation, la face contre le sol, respirant à plein nez l'odeur de la terre humide. La ressemblance avec des faits antérieurs commençait à être troublante. J'entendis la voiture passer. Relevant prudemment la tête, je vis le véhicule disparaître derrière le flanc de la montagne d'où je venais. Il fallait que je trouve un chemin plus sûr. Un endroit au milieu des éboulis permettait d'accéder au bord de l'eau.

Je longeais la mer en contrebas pendant un long moment. C'était bien plus difficile et plus long pour rejoindre le port, mais plus sûr, car la végétation me masquait de la route. Je passais quelques propriétés et arrivais à un surplomb qui permettait de voir la digue du port au loin.

Quelque chose au large attira immédiatement mon regard. C'était fini. Le voyage s'arrêtait là, pour de bon. J'avais reconnu le traversier rouge et blanc minuscule qui se dirigeait vers l'île papillon. Deux coups de sirène, dont la faible intensité attestait de la distance qui nous séparait, me le confirmèrent. Je restais sur mon rocher pendant de longues minutes, reprenant mon souffle, essayant de ne pas flancher, accablé par l'abandon, bien réel cette fois. J'observais la silhouette du bateau qui rétrécissait irrémédiablement, sans comprendre pourquoi Philippe m'avait fait ça. Le bateau tarda un peu à se faire totalement absorber par la fine bande à peine visible de la pointe des Châteaux.

*

Je devais retourner chez Mamie. Je n'avais pas le choix. J'espérais que Philippe n'était pas monté dans le ferry. Il n'aurait pas pu se résoudre à m'abandonner et nous pourrions trouver une solution ensemble. Je regrettais d'avoir été si geignard sur la route, la veille, et tous ces moments où j'avais pu le contrarier. Je n'avais pas été assez bien pour qu'il ait envie de me garder. Qu'allais-je devenir sans lui ?
Pour éviter les gendarmes, je décidais de rester le long de l'océan. J'eus tout le temps de penser à la trahison, cette façon de me quitter, après tout ce que nous avions vécu. Bien sûr, il était temps pour lui de se tirer des ennuis, mais c'était trop brutal. Il allait ressurgir ! Je finissais par m'en persuader quand j'arrivais au niveau du ponton, chez Mamie.
Les gendarmes discutaient avec elle sous le porche. Je crus un instant qu'elle nous avait dénoncés, mais elle ne semblait pas très coopérative et les gendarmes paraissaient gênés d'insister. Par précaution, je décidai de ne pas rester dans les

parages. Je me remis en marche, vers l'est, cette fois, le plus loin possible des endroits habités, vers le bout du monde.

Je découvris la Pointe Doublé, son petit phare automatique et le vieux sémaphore abandonné à ses pieds, que squattaient de nombreux iguanes au milieu de leurs crottes. Les drôles de bestioles endémique des petites Antilles s'enfuyaient à mon approche. Ce n'est pas de moi qu'ils auraient dû se méfier. Ça me rendit triste. Je me laissai distraire, comme dans la brousse, par leur observation, au point de ne plus voir le temps passer, lorsqu'une voiture de touristes arriva. Elle était conduite par un guide local. Pris au piège, je répondis poliment aux bonjours avant de m'éloigner vers les rochers en appelant une mère imaginaire en bas, priant pour que les curieux ne me suivent pas. Heureusement, ils ne venaient que pour le sémaphore, le phare, les iguanes et un peu de l'histoire de l'île, qui commençait au deuxième voyage de Christophe Colomb, lorsque La Désirade fut baptisée ainsi par les marins, heureux d'atteindre la première île des petites Antilles après une traversée difficile.

*

La côte nord, à l'ombre de la montagne voyait ses falaises plonger directement dans l'océan Atlantique. On ne pouvait pas les longer. Il fallait grimper vers les éoliennes du plateau, vers les habitations. La faim commençait à me tirailler. Je décidai de revenir sur mes pas pour retourner chez Mamie, par bord de l'océan qui devenait, sans que je sache comment, ni précisément où, la mer des Caraïbes. Les touristes aux iguanes étaient partis. Je marchais sans enthousiasme sous le soleil, les pieds dans l'eau tiède quand c'était possible.

Une bonne heure plus tard, quand je reconnus enfin le ponton de Mamie, mon soulagement fut bref. La propriété était vide ; la maison au toit bleu fermée, verrouillée. J'attendis dans le silence, caché par les arbres en me goinfrant de deux mangues tombées un peu plus loin, tel un homme des cavernes, accroupi dans un creux de végétation. Les mangues réveillèrent un peu plus ma faim et je grignotais les noyaux avec mes incisives, jusqu'à ce qu'il n'y reste plus aucune fibre comestible.

Lorsqu'un hélicoptère survola les environs, un peu plus tard, je redescendis vers l'océan pour me mettre à l'abri du ciel, dans une végétation plus dense. Je ne savais plus quoi faire. Chaque décision pouvait ruiner l'avenir du plan de Philippe. Je ne bougeais plus. La chaleur et la faim commençaient à être pénibles.

Je vis arriver la nuit avec soulagement. Blotti sous un rocher qui formait une mini-caverne, j'entendis des voix, sur la route, plus haut. Je me demandai si c'était vraiment moi qu'on cherchait. Des moteurs sur l'eau bourdonnèrent. Un bateau rapide projetait sur la côte une lumière aussi puissante que celle des douaniers de Madère. Je m'extirpai de mon nid et courus me cacher un peu plus loin, manquant d'oublier mon sac avec mes affaires. La lumière passa sur moi sans me voir. Une fois le danger écarté, je retournai sur les rochers, parce que je craignais un peu toutes les bestioles des grandes herbes. Elles étaient très différentes de celles de la brousse à Saint

Pierre d'Irube. C'est en pensant à cela que je finis par sombrer dans les affres d'un cauchemar d'un nouveau genre. Bruno m'emmenait à la plage et faisait le malin sur une planche de surf devant les filles, alors que j'étais ridicule et mal habillé, en chaussettes trouées sur le sable. Mais soudain il disparaissait dans les vagues et les filles pleuraient et moi aussi, par empathie feinte, n'osant avouer mon soulagement.

Je me réveillai d'un coup, électrisé par la clarté du jour sans soleil, la fraicheur et le bruit d'un hélicoptère. Je m'étais recouvert d'un feuillage à présent dispersé et j'avais dormi sur mes affaires. Le cœur tambourinant, j'allai me cacher sous les arbres, sachant que je ne tiendrai pas la journée comme ça, sans manger.

Je passais un long moment à regarder plein est, le soleil, comme je l'avais vu si souvent en pleine mer, chasser les brumes atmosphériques de sa force nucléaire, pour se lever encore et toujours, ne cédant jamais longtemps au masque des nuages. La seule constante dans une vie de chaos, c'est cette danse qu'il exécute avec la lune. Après un moment passé à évaluer les maigres possibilités qui s'offraient à moi, je n'en retins qu'une envisageable.

Je me déshabillai et cachai mes affaires récentes dans la végétation très dense et très verte, avant d'enfiler celles de l'enlèvement. Ces vieux trucs semblaient appartenir à quelqu'un d'autre. J'avais beaucoup grandi. Tout me serrait, le pantalon, le T-shirt et les chaussettes trouées, bien sûr. Je regrettais mes chaussons trop grands. Mais le plus difficile à enfiler c'était le souvenir du mioche qui les portait.

C'en était fini de ses craintes. Je prendrai maintenant ma part dans ce monde. La peur était devenue une entité familière avec laquelle je conversais d'égal à égal.

Je pris donc une grande respiration, bombant le torse avant de me diriger vers la civilisation, vêtu de mon costume d'enfant disparu. Je pourrais ainsi faire croire que je n'avais fait qu'errer, traversant des contrées et des mers où Philippe Sarre n'avait jamais existé, avant de me retrouver là, sur les rives de La Désirade.

Une fois à proximité de la plage du souffleur, j'entrai dans l'océan et avançai vers le large, fouetté par les vagues, caressé par les algues. D'abord les chevilles, puis les mollets, les genoux, la taille. Pirate des crabes, j'avançai, irrémédiablement, tremblant de Faim, de Fatigue, de Frousse, de Froid et de « Foif ». Je n'avais pourtant pas le mal de mer. Cette fois, pour de bon, malgré toute la volonté qui m'animait, il me restait en travers de la gorge un jeu de mots cruel qui résumait toute mon histoire : j'avais le mal de père.

31.

Je voudrais terminer ici, en racontant que Philippe a navigué sous un faux nom sur des mers lointaines sublimes et dangereuses ; qu'il m'a donné des nouvelles discrètement, à l'aide d'un code que nous avions inventé ; que je lui ai parlé de temps en temps ; qu'il a continué de me guider dans ma vie, mon travail et mes rencontres. Oui, je voudrais vous dire cela.

J'aimerais vous raconter qu'un jour je suis allé le retrouver au bout du monde, avec ma petite famille. C'est ça... nous y sommes allés... et maintenant, nous sommes près de lui, tranquillement installés dans un bungalow, à deux pas de la forêt humide de Waipoua, au Nord de la Nouvelle Zélande. Son nouveau bateau, plus vieux que l'ancien échangé dans sa fuite, est au mouillage dans la baie. Nous avons décidé de rester ici, très loin de cette histoire. Ma femme est enseignante et moi je construis des trucs, je bricole, je dessine et j'écris. Notre petit Victor fréquente l'école primaire d'Aranga. Il aime la nature et la voile. Il se débrouille très bien. Un jour, lui aussi ira voir un peu le monde pour s'en faire une meilleure idée. Philippe est bien plus indulgent avec lui qu'il l'était avec moi, comme un papy doit l'être.

Encore une fois je m'arrête de tapoter sur le clavier de mon ordinateur. Je reste de longues minutes à réfléchir à la phrase suivante.

Encore une phrase inventée, avec toutes ces Couleurs qui peignent les histoires, les figeant ainsi dans la formulation d'un sentiment suspendu et disponible.

Je regarde autour. Je me fais un café ; force 9. Je regarde la mer et ses moutons alignés ; force 5-6. J'entends un puffin et un bruit de tonnerre dans la coque qui émanent des entrailles du souvenir. Le manque donne trop d'importance aux choses. Voilà ce que je me dis en regardant la mer des Caraïbes : le manque donne trop d'importance aux choses.

Je suis revenu là, pour raconter enfin notre voyage à ma manière, après tout ce temps. J'aurais préféré vous raconter cette histoire de Nouvelle Zélande idéale, plutôt que la vérité. J'aurais préféré oublier la suite — la véritable fin — cet épilogue qui semble confirmer ce que Philippe m'avait répété : « On ne pourra jamais faire de toute cette merde quelque chose de positif ».

Pourtant, tout n'a pas été vain. Ce livre en témoigne. Le chemin qu'il m'a montré, je l'ai suivi le plus souvent possible. Mais pour lui c'était différent.

Ce jour-là, sur l'île de La Désirade, Philippe n'a pas rejoint son bateau. Il n'a d'ailleurs plus jamais navigué. Les mers lointaines et dangereuses, il les a peut-être parcourues dans les récits de grands navigateurs. Mais lui, n'a jamais eu l'occasion de disparaître. Il ne s'est pas échappé par le ferry pour rejoindre son voilier. Il n'a même pas atteint le ferry.

32.

J'entrai dans l'eau, déséquilibré par les vagues et le mal de père.

Obnubilé par ce sentiment d'abandon et ce sens du respect de la parole donnée, je jouais mon nouveau rôle avec sérieux. Après avoir nagé ce qu'il fallait pour être épuisé (c'est-à-dire très peu), il était temps de sortir de l'eau à un endroit où quelqu'un pourrait en être témoin. Je dus emprunter un petit bout de route, parce que des propriétés interdisaient l'accès à la côte à certains endroits. Je me replongeais dans l'eau en attendant d'apercevoir des humains. Il n'y avait pas grand monde à cette heure matinale. Un couple de hollandais me remarqua en premier sans me reconnaître. La femme retint son mari par le bras. Mes vieilles fringues abimées, mes cheveux trop longs et ma mine défaite me donnaient l'air d'un migrant désorienté. Un homme mieux informé accourut en criant.

— C'est le petit... Bastien, là... Bastien Massini !

« Roussey ! Connard ! » pensai-je, entre deux tremblements à moitié simulés. Il s'approcha en cherchant autour de moi pour comprendre et me répéta de ne pas bouger et de ne pas avoir peur, tout en appelant les gendarmes. J'étais bien au-delà de la peur. Je me doutais que mon aventure allait sérieusement se compliquer, alors je décidai de ne pas parler tant que je n'aurai pas mangé.

Personne ne crut à ma version où des Espagnols — dont une dame un peu forte qui ressemblait à Ielosubmarine — m'avaient enlevé, et dans laquelle je m'étais enfui au péril de ma vie, pour arriver je ne savais comment sur cette plage de La Désirade. On me laissa tranquille avec mon mensonge.

Philippe avait été arrêté avant d'entrer dans le ferry. L'un des gendarmes me confirma d'une voix très douce qu'il avait tout avoué, l'enlèvement, le voyage, les accidents et le dernier plan foireux que j'essayais toujours d'expliquer à grand renfort d'incohérences et de contradictions. Il ne fallait plus que je m'inquiète, répétait l'homme très propre au visage rassurant. Je pensai tout le contraire, il fallait vraiment que je m'inquiète. Philippe s'était fait prendre. Mamie était en garde à vue, et moi, je passai pour un affabulateur traumatisé. Il ne manquerait plus que Bruno sorte de prison.

*

À Saint-Pierre-d'Irube, les choses avaient changé. Ma mère s'était transformée en lionne pour me retrouver. Elle avait mené sa propre enquête et avait même été soupçonnée de vouloir faire disparaître des preuves lorsqu'elle avait passé toute la friche à la faux, comme une folle, pour tenter de trouver un indice de ma disparition. Elle avait dépensé toute son énergie et ses piètres économies, tout ce qu'elle possédait, juste pour me retrouver, moi ! Moi qui pensais n'être qu'un petit caillou parmi d'autres dans les engrenages capricieux de son existence. Était-ce de la culpabilité, de l'instinct maternel ou un véritable amour ?

Lorsqu'elle me retrouva, dans un salon privé de Roissy, elle mit quelques secondes à se convaincre que c'était moi. Elle eut son fameux petit cliquetis et me prit dans ses bras, en pleurant cette fois. Elle murmura qu'elle m'aimait, s'excusa de ne pas me l'avoir dit plus tôt et d'avoir laissé Bruno me faire du mal, et tous les autres aussi, et que maintenant c'était fini... elle serait là.

C'est sûr, elle avait eu le temps de gamberger. Près d'un mois à me croire mort. Elle m'embrassait sans s'arrêter. Elle me touchait pour vérifier que c'était bien moi, entier, me regardait et m'embrassait à nouveau. Je ne pus évidemment m'empêcher de pleurer en croyant d'abord qu'elle était vraiment devenue folle. Puis je pensai que c'était peut-être son amour pour moi qui débordait d'avoir été trop retenu. L'idée qu'elle avait picolé m'effleura aussi. Elle sentait la transpiration mais pas l'alcool. Simplement, son amour pour moi ne se cachait plus. Je le regretterai parfois, plus tard, mais pas là. Là, il débordait jusqu'à me recouvrir d'une douceur semblable à celle de la nuit sur l'eau. Il me protégeait. Je m'y laissai aller sans crainte. Je l'avais tant espéré. Ma mère était parvenue un court instant à me faire oublier Philippe, juste un instant. Et j'étais finalement, moi aussi, bouleversé de la retrouver.

Quand nous reprîmes nos esprits et que le brouhaha de l'aéroport redevint prééminent, je la regardai comme je ne l'avais jamais fait avant. Elle me serrait toujours les mains en tremblant, ses yeux embués dans mes yeux embués. Je compris alors clairement sa vulnérabilité.

Ses cernes étaient deux virgules bleues et la lueur de son iris semblait avoir terni, comme du vieux cuivre. Elle avait besoin d'un bon coiffeur, d'un calmant et de nuits réparatrices. Moi, j'avais besoin d'autre chose.

— Je peux te demander quelque chose ?
— Tout ce que tu veux, mon cœur.

J'étais son cœur, maintenant, carrément ! J'hésitai quand même. Je me doutai que ça pourrait ne pas lui plaire.

— Quoi. Dis-moi !
— Je voudrais voir Philippe.

SILENCE

33.

Il aurait mieux valu que je me taise.

Ma plus grande bêtise face au monde des adultes avait été de tout raconter, dans les moindres détails. Je voulais que l'on comprenne que Philippe était innocent, et mon avocat m'avait dit qu'il fallait que je raconte tout dans les moindres détails pour qu'on comprenne qu'il était innocent. Il était là pour me défendre, défendre mes droits, avait-il martelé de son indexe sur le sous-main en croute de cuir de son bureau.

Alors je me livrais en toute confiance aux enquêteurs, puis au juge d'instruction et plus tard au tribunal. Toutes mes sensations, mes peurs, mes pudeurs, mes colères et mes douleurs finissaient par être retranscrites, interprétées et décortiquées. Chacun écoutait avec patience.

Je racontais aussi nos moments extraordinaires, à quel point j'avais été heureux, et le garçon un peu plus brave que j'étais devenu mais ça les intéressait moins. Les journaux montraient toujours la même photo de moi en CM1 et la même photo de Philippe où il avait l'air d'un vrai criminel.

Tous parlaient de mon calvaire, de séquestration, de soupçons de sévices et même de drogue pour évoquer l'anesthésiant et la morphine. Je ne reconnaissais rien de ce que j'avais traversé. J'avais l'impression qu'il s'agissait d'une autre affaire.

Au regard de l'opinion et de la justice, Philippe était indéfendable. Tout ce que je disais semblait le confirmer. Il y avait tant de mots hors de ma portée : « syndrome de Stockholm », « emprise perverse », « personnalité toxique ». Je finissais par me taire complètement. Or, les silences sont des terrains propices à la suspicion.

J'eus moi-même une période de doute, tant ces hommes et ces femmes de loi s'exprimaient avec une précision admirable. Leurs voix portaient une conviction habilement fédératrice. C'était leur métier et ils le faisaient bien. Je finis par voir Philippe avec leurs yeux, comme un manipulateur égocentrique, un pervers narcissique aux nombreux accès de violence. Il semblait être tellement de choses mauvaises que je n'avais pas remarquées.

Aujourd'hui encore, je crois que j'aurais du mal à le défendre contre ceux qui étaient là pour me défendre. Ils sont façonnés par les expériences. La plupart du temps ils ont à juger de vrais coupables, le sordide sous ses formes les plus terribles. Comment leur en vouloir ?

Philippe était coupable, bien sûr ; pas à moitié coupable. Il avait organisé l'enlèvement tout seul, après mûre réflexion ; la préméditation ne laissait aucun doute et son crime d'enlèvement d'enfant en était bien un, ainsi que l'intention de donner la mort. Que je me sois sorti de tout ça mieux que j'y étais entré n'avait pas de sens. Il était clair pour chacun qu'on ne sort pas indemne de ce genre d'expérience ; que le trauma surviendrait un jour ou l'autre, après le déni.

C'est vrai, je n'en étais pas sorti indemne. Il m'arrivait de temps en temps de repenser à la friche, au long voyage dans le coffre et à mon bras cassé. À toutes mes peurs d'alors. C'était difficile mais je comprenais pourquoi c'était arrivé. Je comprenais ce que j'avais vécu. Je n'y voyais aucun traumatisme, juste des souvenirs désagréables, des peurs qui ressurgissaient parfois, comme les peurs ressurgissent parfois chez tout le monde. Mon véritable traumatisme s'épanouissait au présent.

J'avais perdu mon meilleur ami, mon guide, mon père de hasard. Mais pour la justice, j'étais une victime qu'on allait protéger et pour laquelle on obtiendrait réparation. Ce que tous feignaient d'ignorer, alors que je leur criais de toutes mes forces, c'est que j'avais déjà été réparé. Par Philippe Sarre.

*

Si le bonheur était moins chiant on en ferait de meilleurs films. Ma renaissance n'intéressait personne. Ma compassion pour cet homme n'intéressait personne. Ma gratitude envers lui passait pour l'un de leur syndrome, l'une de ses victoires pernicieuses sur mon innocence.

Seize ans de prison dont trois de sursis. J'entendis le verdict par la voix du présentateur du 13h00, lors d'un repas avec Corinne à la maison, le 13 mars 2011, entre un reportage spécial sur Fukushima et un micro-trottoir où des passants offusqués ou résignés commentaient la fermeture d'une maternité.

Ma mère ne m'avait rien dit. Six mois s'étaient déjà écoulés, comme une éternité, sans que je puisse le voir et je découvrais dans un vertige brutal qu'il me resterait douze ans de plus à passer sans lui, autant que l'âge que j'avais alors.

Il y eut un grand vide autour de moi, comme si j'allais être aspiré par une force destructrice. Je hurlais que c'était injuste, jusqu'à me briser la voix. Je hurlais que je ne mangerai plus jamais jusqu'à ce qu'on le libère. Devant ma mère tétanisée, je hurlais jusqu'à vomir ; jusqu'à ne plus pouvoir jamais hurler. J'aurais voulu tout casser, mais Corinne était plus forte. Elle me saisit pour me protéger. J'en voulais au monde entier d'être si aveugle, si... imbécile ! Personne ne comprenait donc ? Si c'était ça, ça ne servait à rien de vivre parmi tous ces imbéciles aveugles !

Corinne était d'accord. Elle éteignit patiemment ma colère sous son aile immense et soyeuse de grosse poule, dans un coin de notre vieux canapé. Mon enfance était passée. Je m'attachais à le souligner régulièrement à cette période. Pourtant je ne voulais plus sortir du nid qu'elle m'avait fabriqué.

34.

Je m'étais remis à manger le lendemain afin de ne pas affoler ma mère mais surtout parce que c'était vraiment difficile d'arrêter. La faim était devenue une sensation à éviter à tout prix. Elle me plongeait immanquablement dans des réminiscences trop vives pour parvenir à y mettre de la distance. Il me faudra du temps avant de pouvoir jeûner.

Le milieu médical pensait que le résultat du procès avait ravivé le choc de l'enlèvement ; une sorte de rechute. C'était pratique. On expliquait le moindre de mes gestes, la plus anodine de mes pensées, par le traumatisme de l'enlèvement.

— Voilà... c'est pour ça que tu te sens moins bien. Mais globalement ça va de mieux en mieux... ça se voit. Tu dois le sentir que ça va mieux, là ? Hein ?

J'acquiesçais lâchement, afin d'abréger ce face à face inutile. Personne ne voulait comprendre que ce n'était pas sur moi que je pleurais, encore moins sur mon enlèvement que je voyais de plus en plus comme une chance extraordinaire. Mais on ne dit pas cela. Parce qu'un enlèvement est toujours un drame.

Personne ne voulait entendre que toute cette détresse venait du vide laissé par Philippe ; un manque qui allait devenir éternel. C'est cela qui me semblait insupportable. Le visage de Philippe Sarre à la barre du bateau ou riant de mes maladresses, tant verbales que physiques, s'évanouissait de plus en plus vite, à mesure que je tentais de m'en souvenir, comme lorsqu'on essaie de restituer un rêve trop profond au réveil. Plus on tente de le saisir, plus il disparait.

Vous vous direz peut-être, vous aussi, que j'étais un gamin fragile, tombé sous l'influence d'un manipulateur. Parce que, quoi que j'en raconte, il était coupable. Et, la plupart d'entre nous, voulons une justice équitable. Comme si cela pouvait exister.

*

Philippe était autant coupable de mon enlèvement que des mensonges, tromperies et autres pressions psychologiques dont il avait usé lors de sa vie professionnelle. Or, pour ça, il n'avait jamais été inquiété. Parce qu'on condamne rarement la réussite, quels qu'aient été les moyens employés pour y parvenir.

Il avait quitté le monde des affaires un soir où son succès lui était revenu à la figure dans une gifle tragique. Une de ces gifles qui vous ramènent à la pleine conscience. Il avait abdiqué sans calcul son statut privilégié dans la catégorie des décideurs, pauvres en scrupules et limités en empathie. Il avait abandonné ce désir d'influencer le monde ; ce désir central chez les mégalos qui leur permet de vénérer leur propre existence. La mort de Matéo l'en avait en quelque sorte libéré.

On connaît réellement quelqu'un lorsqu'on a navigué avec. La mer ne ment pas.

Philippe était exactement comme je vous l'ai décrit. Aujourd'hui, dix-sept ans après notre séparation, je peux encore vous l'affirmer : Philippe avait purgé sa peine, bien avant son verdict.

35.

Il fallait que je m'élève, seul dorénavant.
La crise était passée mais le sentiment d'injustice resterait pour toujours. Sorti définitivement du nid de Corinne mais encore sous le joug de la nostalgie, je m'installais dans ma chambre pour relire des notes prises deux ans plus tôt, juste après mon rapatriement en métropole. Un cahier à peine entamé contenait des textes très courts et des phrases sans suite, comme dans un journal intime décousu. J'avais eu besoin d'écrire tout de suite après mon retour de Guadeloupe à Saint Pierre D'Irube. J'avais demandé un cahier à ma mère et je m'étais réfugié avec les mots qui, à ma grande surprise, commençaient à remplacer les dessins. En voici quelques bribes :

Le phare c'est l'œil des brouillards – Ce matin, il y avait des veines roses dans le ciel et sur la mer – L'araignée est un être bien singulier – Dans l'ours j'avais froid tous les vingt centimètres. Mais surtout ça durait longtemps. – Matéo a une tombe de magicien. – Y'avait des Stenella frontalis tout autour du bateau. Ça me rendait joyeux mais j'avais quand même des larmes. – D'habitude j'étais tout seul au monde et bien là on était deux au monde – On est perdu dans du lait bleu, avec du coton au-dessus de nous. – Je voudrais ne plus jamais avoir peur de la nuit.

Deux ans plus tard, sur le même bureau, je m'empressais de raccorder ces évocations entre elles pour empêcher le temps de les fondre en une masse dénuée de sens.

Il me semblait nécessaire de reprendre le récit depuis le début. La velléité de raconter mon histoire se confronta très vite à mon incapacité à structurer un récit. Les notes maladroites, pleines de fautes mais d'une sincérité touchante ne m'aidèrent pas à clarifier une vision. Elles étaient pourtant suffisamment évocatrices pour me replonger dans le voyage et ranimer ainsi d'autres fragments de mémoire qui s'estompaient contre ma volonté. Ces notes augmentées m'ont été utiles pour tirer le fil du souvenir qui m'a permis une plus grande justesse dans l'écriture de ce livre aujourd'hui.

*

En cherchant à créer une liste exhaustive des chapitres de mon voyage, j'ajoutais un souvenir particulier qui allait devenir, des années plus tard, le point d'ancrage de mon récit.

C'était un soir, juste après notre jeu de la piste aux étoiles. Le silence avait peu à peu enveloppé notre hilarité. La voix sourde de Philippe m'avait alors commandé d'imprimer en moi cet instant ; de bien regarder et sentir tout ce qu'il y avait autour de nous, les petites lumières et les reflets ; sentir les parfums du large ; entendre les bruits infimes, comme chaque instrument d'un orchestre indiscipliné.

Nous avions les étoiles en compagnie, le vent léger comme respiration et le clapot pour bande son. Philippe avait insisté pour que je prenne conscience de ce qui m'habitait à ce moment précis. D'une voix douce et profonde il avait chuchoté pour que j'entende mieux.

Il était parvenu à rendre cet instant inoubliable. Je m'en souvenais parfaitement trois ans plus tard, le visage suspendu au-dessus des notes sur mon carnet d'enfant.

Comme il me l'avait demandé, j'avais gardé ces détails précieux, afin de m'en servir quand ça irait moins bien. C'est ce que je faisais, là, résistant aux assauts de la nostalgie, je me lançais dans l'inventaire de toutes ces petites choses que nous avions vécues et qui en formaient, au bout du compte, une très grande.

*

Le lendemain matin, je me réveillai avec la ferme intention de changer d'attitude ; retrouver ma nouvelle Couleur et m'en servir ; arrêter de pleurer sur mon sort et sur le sien. L'oublier ? Certainement pas. Au contraire. Le garder en mémoire afin qu'il continue à me montrer le bon chemin. Mais le livre, ce n'était pas pour aujourd'hui. J'avais besoin de grandir — pas trop vite — et d'apprendre.

J'allais à la bibliothèque l'après-midi même. Moi, l'élève médiocre qui n'avait jamais terminé un livre, j'allais en emprunter un sans qu'on me le demande. C'était un livre très particulier dont j'avais détesté la lecture partielle sur le bateau. Il parle d'une petite fille qui reçoit des courriers énigmatiques évoquant des questions philosophiques auxquelles on lui demande de répondre. Sophie méprise d'abord la simplicité des questions, comme la toute première et essentielle : « Qui es-tu ? ».

J'avais fini, comme elle, par comprendre qu'on savait très bien qui on était, jusqu'à ce qu'on se pose vraiment la question. C'est à peu près tout ce que je retenais de ce premier contact avec la philosophie.

36.

Rien ne me fera renoncer à mon père.
Philippe avait interdiction de communiquer avec moi jusqu'à ma majorité. Luttant chaque jour contre l'avis du corps médical et la décision de justice, je réussis à convaincre ma mère de lui faire parvenir une de mes lettres.
J'avais concentré mes efforts sur l'orthographe mais, plus que tout, je tenais à ce qu'il soit assuré que je n'étais pour rien dans la décision des hommes de loi, et qu'au premier jour de mes dix-huit ans je viendrai lui rendre visite. Je le lui jurais.
Ma mère voulait lui parler avant de lui donner la lettre, au cas où. Elle avait des soupçons, elle aussi. Quelques jours plus tard, sans me dire qu'elle était allée lui rendre visite, elle me questionna, peu avant l'heure du repas. Je ne comprenais d'abord pas pourquoi. Quand j'eus terminé de lui raconter l'essentiel de mes souvenirs — répondant le plus précisément possible à ses questions, insistant sur l'érudition, la bienveillance et la grande sensibilité de cet homme que j'admirais — elle prit un ton solennel pour me rappeler ce qu'elle m'avait dit à l'aéroport : elle serait toujours là pour moi. C'était une maigre consolation face à la si longue absence de Philippe mais je gardai cette remarque pour moi. Je souris, pas rancunier de notre vie d'avant. Parce que

moi, je ne voulais pas la laisser seule avec sa tendresse.

D'une main hésitante, elle me tendit une enveloppe qui contenait une lettre de Philippe. Je l'ouvris avec la fébrilité d'un petit matin de 25 décembre. Ses mots étaient à l'économie, comme souvent ; longuement pesés, supposai-je. Ils sonnaient comme un abandon que l'on n'ose formuler :

Cher pirate,
On ne se reconnaîtrait pas, ici. Souviens-toi de nos étoiles et de nos fous rires. Continue de grandir, toujours. N'éteins jamais tes petites lumières, mon Bastien.
Philippe

Je relus ces phrases impératives comme autant de commandements, encore et encore, jusqu'à les savoir par cœur. Je lui répondis une dizaine de fois sans envoyer les lettres, ni même en parler. Que répondre à quelqu'un qui vous dit adieu ? J'avais envie de crier : « Pars pas ! » ou « Papa ! ».

*

Le jour précis de mes dix-huit ans, je lui envoyai ma première lettre, issue d'une centaine de brouillons. Il garda le silence. Je revins par deux fois de la maison d'arrêt de Bayonne, la tête basse, le cœur gros, à me demander pourquoi il me rejetait ainsi. Je finis par penser que je n'avais été pour lui qu'un ersatz de fils qui lui avait servi à tenir le coup.

L'illusion avait été acceptable pendant sa fuite en avant, embrouillé qu'il était par le chagrin et le remord. Dorénavant cette illusion n'était plus supportable. Me revoir n'aurait fait que raviver ce qu'il tentait d'apaiser : l'absence de Matéo.

Tout ce temps passé à compter les jours jusqu'à nos retrouvailles avait donc été perdu. Je me sentais ridicule ; profondément vexé. Je ne pus m'empêcher de lui en vouloir. Un être calculateur, voilà ce qu'il était ! Y repenser me faisait chaque fois sombrer dans une mélancolie pénible.

Il me fallut beaucoup de temps pour accepter son choix. Aussi injuste que ça me semblait, je ne pouvais pas m'imposer. Que je le veuille ou non, je trainais avec moi le fantôme de son fils.

*

Malgré son absence, toujours pesante aux confins de mon esprit, aujourd'hui je n'ai qu'une certitude : Philippe Sarre a fait bien plus pour moi que tous ceux qui voulaient m'aider.

Alors, peu importe qu'il m'ait utilisé. Peu importent ses lubies et ses rages contenues, parfois effrayantes. Peu importe qu'il ait choisi de me laisser, au bout du compte, au bout du monde, de notre voyage. Je ne pourrai jamais lui en vouloir. Parce qu'il a été mon père, de Madère à Pointe à Pitre et c'est plus que je n'ai jamais eu.

Ce père, je le garde bien au chaud de ma mémoire. Je le ressors parfois, à la barre d'un voilier, en fouettant une omelette, en tournant les pages d'un livre ou en regardant les étoiles.

Et nous rions.

EMBARDÉES

A TERRE 7
DANS LE MEME BATEAU 73
SONGES & CHAOS 105
TRAVERSER 169
LE BOUT DU MONDE 237
SILENCE 275

PETIT LEXIQUE VISUEL

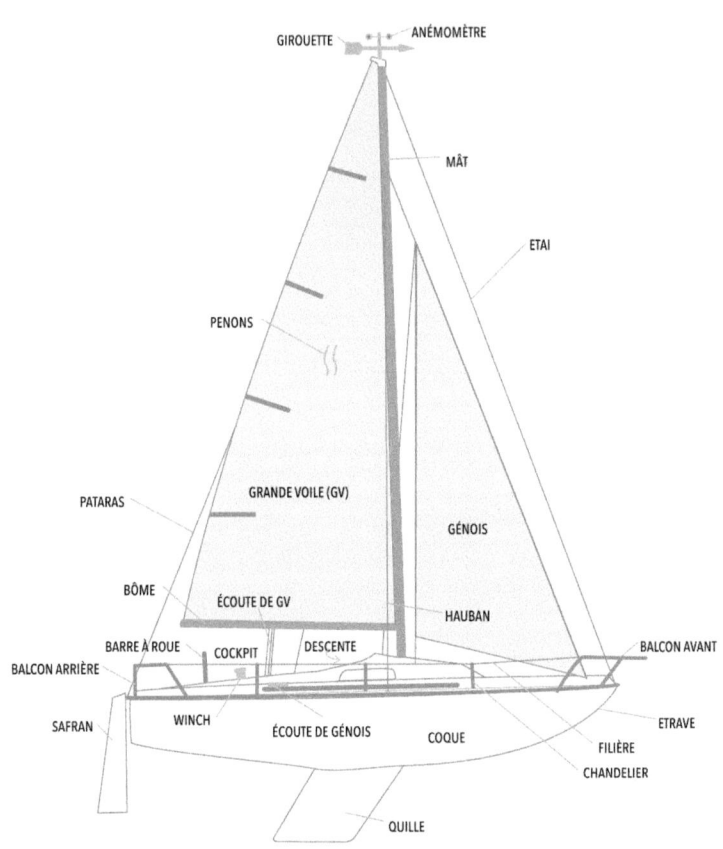